渡辺 恒彦
와타나베 츠네히코
illustration 아야쿠라 쥬

이상적인 기둥서방 생활

8

「이얏호! 해냈어!」

젠지로는 환희의 감정을 폭발시켰다.

「이 비옷 때문에
　제 옷이 안 보이나 보죠?」
「실례했습니다, 선장님.」

프레야 공주와 호위 여전사 스카디는
비가 내리는 발렌티아 항구에 서 있었다.

그 소녀는 젠지로 앞에서 스커트를 집어 올리며 말했다.

「저, 브로이 후작 가문의 **루크레치아**가 대표로서 환영의 인사를 올립니다」

이상적인
기동서방생활 ⑧

「젠지로 폐하, 그때는 저를 환영해 주시겠어요?」

프레야 공주의 질문을 듣고 젠지로는 번뜩 표정을 다잡았다.
여기까지 온 이상, 젠지로에게는 선택의 여지가 없었다.

「네. 반드시 돌아오겠습니다」

프레야 공주는 눈물을 글썽이며 얼굴 가득 미소를 지었다.

이상적인 기둥서방생활 8

INTRODUCTION

기둥서방, 마법을 습득하다

특훈을 계속한 지 몇 개월, 젠지로는 드디어 『순간이동』 발동에 성공한다.

그리고 마법을 습득한 덕분에, 젠지로의 쌍왕국 행이 정식으로 결정된다.

유리구슬 제조 계획을 비롯해 나침반의 개발, 증류주의 양산도 본격적으로 시작되는 등 제 8권에서는 「이젠 기둥서방이라는 말과도 안녕이다!」라고 말을 하듯이 맹활약.

사랑하는 아내에게 둘째도 생기고, 프레야 공주와의 관계도 급진전되는 등, 그야말로 봄날을 맞은 젠지로.

하지만 금발의 천진난만한 소녀와의 만남이 젠지로의 앞길에 그림자를 드리운다.

동안 소녀는 자신의 야망을 위해 남몰래 위험한 일을 꾸미고 있었던 것이다.

이상적인 기둥서방 생활

8

이상적인 기둥서방 생활
⑧

와타나베 츠네히코

길찾기

이상적인
기둥서방생활⑧

CONTENTS

일러스트 아야쿠라 쥬 **장정·본문 디자인** 5GAS DESIGN STUDIO
교정 아이카와 카오리(도쿄출판서비스센터) **편집** 다카하라 히데키(주부의 벗)
한국어판 번역 문기업 **교정** 정성학 김일철 **마케팅** 김정훈 **편집** 백진화 **주간** 박관형

[프롤로그] 젠지로의 귀환

수도의 대로를 주룡 여덟 마리가 끄는 거대한 용차가 달렸다.

물론 그만큼 격식 높은 용차가 딱 한 대만 달릴 리 없다. 용차의 앞뒤를 기사와 병사가 물 샐 틈 없이 보호했고, 조금 작긴 하지만 누가 봐도 귀족이 타고 있을 듯 보이는 커다란 용차도 뒤를 따랐다.

가질 변경백령에서 돌아오는 젠지로 일행이었다.

보통 왕족의 용차가 길을 지나면 길 양쪽으로 수도의 주민들이 쭉 늘어서 갈채를 보내지만, 지금은 비교적 매우 차분했다.

물론 대로의 차도 쪽은 통행금지였고, 호기심이 많은 구경꾼이나 어린이들이 인도에서 용차와 나란히 달렸지만, 아무리 봐도 '왕족의 행진' 같은 분위기는 감돌지 않았다.

당연한 이야기이다. 이번 결혼식 때의 주역은 신랑 푸죠르 장군과 신부 루신다였기 때문이다.

아무리 왕족이라지만 젠지로가 주역인 신랑신부보다 눈에 띄어서는 체면이 서지 않는다.

실제로 며칠 전, 수도로 돌아온 푸죠르 장군과 루신다는 지붕이 없는 용차에 신랑신부 의상(신랑은 의례용 군복이었지만)을 입고 자리에 앉아 미소와 함께 손을 흔들며 대로를 통과했다.

그로부터 며칠이 지났다고는 하지만, 젠지로는 어디까지나 결혼식 하객에 지나지 않았기 때문에 돌아올 때도 너무 눈에 띄어서는 안 됐다.

하지만 젠지로에게는 다행인 일이었다.

조금 익숙해지긴 했지만, 서스펜션도 없는 용자로 절대 고르다고는 하기 힘든 '소금 도로'를 주파해 온 젠지로는, 솔직히 말해 상당히 피로했다.

그래서 웃으며 국민에게 손을 흔들 필요 없이 용차에 푹 몸을 기대고 앉아 있을 수 있어 그저 다행이라는 생각뿐이었다.

"후우……."

"괜찮으신가요, 젠지로 폐하?"

무의식적으로 한숨을 내쉰 젠지로에게 옆에서 걱정스럽게 말을 걸어 준 사람은 북대륙 웁살라 왕국의 제1 왕녀, 프레야 웁살라였다.

짧은 은발을 찰랑이며 이쪽의 안색을 살피는 젊은 왕녀에게 젠지로는 작게 웃으며 대답했다.

"걱정해 주셔서 감사합니다, 프레야 전하. 수도에 돌아와서 조금 긴장이 풀렸을 뿐이니, 괜찮아요."

딱히 센 척을 하는 것은 아니었다. 물론 다시는 장거리 이동을 하고 싶지 않을 만큼 흔들리는 용차에 두 손 두 발 다 들었지만, 그렇다고 해서 고통을 호소할 정도는 아니었다.

그냥 단순히 '엄청나게 지쳤다'라고 표현해야 할 상황일 뿐이었다.

그보다도 문제는, 다리와 다리가 착 달라붙어 있을 만큼 프레야 공주가 가까이에 있는데도 전혀 위화감을 느끼지 못한다는 점이었다.

"그러네요. 이제는 왕궁에 가서 아우라 폐하에게 귀환을 보고하면, 편히 쉴 수 있으니 우리 힘내요."

"하하하. 그런데 프레야 전하는 힘이 넘치시는군요. 역시 대해를 건너오신 선장님은 뭔가 다른 것 같습니다."

"후후후, 감사합니다."

담소를 나누는 젠지로의 미소에 경계의 빛이 떠올라 있지 않았다.

원래 젠지로는 불과 얼마 전까지만 해도 일본에서 서민으로 살았던 인스턴트 왕족이다. 같은 용차를 타고 이동하는 여자가 매일같이 우호적이면서 호의적으로 미소를 지어 주는데, 계속해서 경계심을 유지할 수 있을 정도로 정신력이 강하지 못했다.

그렇기 때문에, 나이는 어리지만 천생 왕족인 프레야 공주에게 어느 정도 당하는 것은 어쩔 수 없는 일일지 모른다.

하지만 그렇다고 해서 지금 상황이 프레야 공주의 의도대로인가 하면 또 그렇지는 않았다.

"이래저래 힘든 일도 있었지만, 즐거웠어요, 젠지로 폐하."

"네, 그건 그러네요."

프레야 공주가 가질 변경백령에서 같이 경험한 화제를 꺼내 보았지만, 젠지로는 웃으면서 긍정적으로 대답해 줄 뿐, 바로 시선을 다른 곳으로 돌렸다.

젠지로는 왕궁 쪽을 바라보았다.

젠지로의 마음은 이미 왕궁, 더 구체적으로 말하자면, 젠지로의 입장에서는 자신의 집이라 할 수 있는 후궁에 가 있었다.

프레야 공주가 체온이 느껴질 만큼 바로 옆에 있는데도, 젠지로는 아직 멀리 있는 여왕 아우라와 만나길 더욱 고대했다.

"하아……."

젠지로의 마음이 이쪽을 향하지 않았다는 사실을 깨달은 프레야 공주는 '이거 참 강적이네'라고 말하듯이, 작게 한숨을 내쉬었다.

————◆————

수도에 귀환한 젠지로가 가장 먼저 가야 할 곳은 당연히 왕궁이었다.

알현의 방에서 옥좌에 앉아 있는 '여왕' 아우라에게, '왕의 배우자' 젠지로로서 무사히 돌아왔다는 사실을 알리고 '여왕'에게서 노고를 치하받으면 이번 원정은 공식적으로 끝난다.

고위 귀족끼리의 결혼식은 일종의 공무다. 게다가 왕족이 참석하면 더 이상 뭐라고 변명할 수 없을 만큼 완벽한 공식 행사다.

그렇기 때문에, 매우 번거롭기는 하지만, 이렇게 공개적으로 귀환을 선언할 필요가 있었다.

물론 이런 자리에서 형식적으로 대화를 나누었다고 해도, 젠지로나 아우라 양쪽 모두 아직 '귀환 인사'를 나눈 것이라고는 할 수 없었다.

젠지로는 왕궁에서 공식적인 인사를 무사히 마치고 후궁에 돌아갔을 때야 비로소, '돌아왔다'는 사실을 실감했다.

"다녀왔어, 아우라."

지친 얼굴로 후궁 거실로 돌아온 젠지로는 자신을 맞이하러 나와 준 아내에게 진짜로 귀환했다는 사실을 알렸다.

"어서 와, 젠지로."

한 발 먼저 후궁에 돌아와 있던 여왕 아우라는 부드러운 미소를 지으며 겨우 돌아온 남편을 맞이했다.

시간은 아직 저녁이 되기 전. 평소라면, 여왕 아우라가 아직도 업무를 보고 있어야 할 때이지만, 오늘은 남편 젠지로가 돌아오는 날이라, 며칠 전부터 일정을 조절해 오늘 이 시간을 비워 두었다.

젠지로로서는 좀처럼 흉내를 내기 힘든 융통성 있는 행동이었다. 착실하다는 말의 의미를 조금 오해하고 있는 젠지로는, 다른 사람에게 자신의 일을 전가시키기를 극단적으로 꺼린다.

손을 뒤로 돌려 거실의 문을 닫은 젠지로는 눈앞에 서 있는 애처를 양손으로 껴안았다.

"다녀왔어."

"어서 와."

키가 거의 비슷한 부부는 뺨과 뺨을 서로 맞대듯이 서로의 어깨에 턱을 올리고 한 번 더 '다녀왔어'와 '어서 와'를 반복했다.

"후우우······."

젠지로는 오른팔을 아우라의 등에, 왼팔을 허리에 둘러 온몸으로 사랑하는 아내의 감촉을 느끼면서 야무지지 못하게 긴장이 풀린 소리를 내뱉었다.

이 세계에서 유일하게 전기가 들어오는 방에 들어와 사랑하는 아내의 부드러운 몸을 강하게 껴안고 나자, 젠지로는 겨우 '돌아왔다'는 사실을 실감했다.

그와 동시에, 긴장의 끈이 풀렸는지 온몸을 좀먹은 피로와 강한 졸음이 동시에 몰려왔다.

서로 안고 있어서 얼굴이 보이지 않았는데도, 그 사실을 예리하게 포착한 아우라는

"괜찮아? 일단은 소파에 좀 앉는 게 어때?"

하고 말하면서, 어깨를 부축해 남편을 소파로 유도했다.

젠지로의 체중 절반이 걸려 있을 텐데도, 젠지로의 몸을 붙잡은 팔에서도, 그 발걸음에서도 아무런 위태로움이 느껴지지 않았다.

불가능한 일은 아니겠지만, 입장이 반대였다면 정말 겨우겨우 부축했을 게 틀림없다.

매번 마찬가지이지만, 참 한심스럽다고 생각을 하면서도 젠지로는 순순히 아내의 호의를 받아들이며 그대로 소파에 몸을 기댔다.

"후우……."

익숙한 소파에 몸을 깊이 묻자, 곧장 수마에 백기를 들 것만 같았다.

"기왕에 그냥 이대로 잘래? 그래도 괜찮아."

소파 옆에 서서 아우라가 다정한 목소리로 그렇게 말했지만, 젠지로는 눈을 꽉 감고 몇 번이고 고개를 저었다.

"아니, 아직 시간이 이르잖아. 모처럼이니까 힘낼게."

젠지로는 한 번 체내 시간이 흐트러지면 원래대로 돌아오는 데

오래 걸리는 타입이다.

지금은 아직 저녁때다. 지금 자고 한밤중에 눈을 뜨면, 생활 리듬을 되찾을 때까지 나른한 일상을 보내야 한다.

그렇게 되느니, 오늘 하루 열심히 잠을 참는 편이 낫다.

그런 젠지로의 대답을 들은 여왕은 "알았어"라고 말한 뒤, 냉장고에서 은색 주전자와 빨간색, 파란색 유리컵을 하나씩 가지고 왔다.

"술을 마시면 졸리니, 과실수(果實水)를 마셔야겠어. 조금은 잠이 달아날 거야."

"응, 고마워."

여왕이 시원스럽게 과실수를 따라 주자, 젠지로는 기쁘게 웃으며 유리컵을 받아 들었다. 그리고 젠지로는 자신이 든 파란 유리컵과 아우라가 든 빨간 유리컵을 쨍, 하고 작게 부딪친 뒤 단숨에 과실수를 들이켰다.

"으음……."

흑설탕과 감귤계 과즙으로 맛을 낸 냉수는 확실히 순간적으로 졸음을 쫓아 주었다.

"후우, 시원한 음료수는 오랜만이야. 이것만큼은 다른 곳에서는 맛볼 수 없어."

"당신 덕분이지. 그건 그렇고, 저녁때까지는 시간이 있으니, 근황에 대한 이야기를 서로 나누는 게 어떨까?"

아내가 웃으며 그렇게 제안하자, 젠지로가 미간을 찌푸렸다.

"음~, 그렇게 하면 시간을 유용하게 사용할 수야 있겠지만, 솔직히 지금 몸 상태로는 말도 제대로 못 할 테고, 듣는 이야기도 많이 잊어버릴 거야."

과실수를 마셔서 조금 졸음이 달아나기는 했지만, 젠지로의 뇌는 여전히 반쯤 잠든 상태였다. 지금 정보를 교환해도 정확하게 전달할 수도 없을 것 같고, 들은 정보도 기억 못 할 가능성이 높았다.

하지만 그런 남편의 걱정을 여왕은 고개를 저으며 일축했다.

"상관없어. 정식 정보 교환은 오늘 밤 푹 자고 내일 개운할 때 하면 되는 거니까. 일부러 그러려고 시간도 확보해 뒀어. 지금은 그냥 서로 대략적인 이야기만 하면 돼. 이렇게 하는 목적은 시간을 유용하게 사용하기 위해서가 아니라, 그냥 잠을 깨기 위해서거든."

"그렇구나."

아내의 말을 듣고 젠지로는 이해가 됐다는 듯이 고개를 끄덕였다.

확실히 수다는 잠을 깨는 데 효과적이다. 물론 본격적으로 잠이 몰려올 때는 소용이 없겠지만, 어느 정도는 졸음을 쫓는 데 도움이 된다.

본격적인 '정보 교환'은 하기 어렵더라도, 잡담의 연장선 정도라면 아무런 문제도 없다.

"좋아. 그럼 뭐부터 이야기할까? 서로 이야기하자고 했으니, 아우라도 나한테 알릴 게 있는 거지?"

"응. 있긴 해. 음, 정확하게 시간 순서대로는 내일 시간을 들여 정보를 교환하기로 하고, 지금은 중요한 것만 말해 둘까? 젠지로, 아마 당신도 눈치챘으리라 생각하지만, 니르다 가질의 이름은 현재, '명부'에 기록이 없어."

"아, 역시나. 다행이야. 그 말은 즉, 내 행동이 꽤 정곡을 찔렀을 가능성이 높다는 말이잖아. 내가 생각해도 참 파인 플레이였어."

"말을 들어 보니 당신도 역시 눈치채고 있었구나? 무슨 문제라도 일어났어?"

그 뒤, 젠지로와 아우라는 정보 교환이라기보다는, 어깨의 힘을 빼고 서로의 근황을 알리는 수준에 가까운 대화를 이어 갔다.

자세하게 시간 순서대로 정보를 말하지 않더라도 대략적인 정보 교환이 이루어지면 서로 지금 어떤 상태에 놓였는지 큰 틀에서는 이해할 수 있다.

대략적인 정보 교환을 끝낸 젠지로는 피로나 졸음도 잊고 식은땀으로 등을 흠뻑 적셨다.

"예상은 했지만, 니르다는 역시 귀족이 아니었구나. 위험했어. 만약 그대로 니르다가 진두에 섰으면 나바라 왕국을 상대로 정말 큰일이 났을 거야."

"으음, 당신이라면 눈치채고 알아서 대처해 줬을 거라 생각해 일부러 연락을 안 했는데, 예상보다 훨씬 위험한 상황이었네. 설마 니르다 양이 나바라 왕국의 기사와 마찰을 겪었다니."

젠지로에게서 가질 변경백령에서 있었던 일을 들은 아우라도 다행이라는 듯이 안도의 한숨을 내쉬었다.

젠지로를 믿고 일부러 연락을 안 한 일은 결과적으로 옳은 일이었지만, 동시에 웃어넘기기 힘든 중대한 문제가 일어날 뻔했다는 사실을 실감했다.

대국인 카파 왕국과 중견국인 나바라 왕국의 국력 차이를 생각하면, 귀족이 아닌 상태의 니르다가 나바라 왕국의 기사와 분쟁을 일으켰다고 하더라도 결코 대처할 수 없었으리라고는 하기 어렵다. 하지만 그런 일이 벌어질 경우 상당히 성가신 일이 된다는 사실만큼은 분명했다.

그런 의미에서, 최종적으로 '이번 사건은 처음부터 없었던 일로 하고, 양쪽 모두 앞으로 다시 문제 삼지 않는다' 라는 확약을 받아낸 젠지로는 그야말로 최상의 결과를 이끌어 냈다고 할 수 있었다.

"덕분에 살았어, 젠지로. 이번엔 전적으로 당신의 공적 덕분이야."

아우라는 옆에 앉은 남편의 팔에 몸을 기대며 미소 지었다.

진지한 이야기를 할 때는 마주 보며 앉고, 가벼운 잡담을 할 때는 옆에 나란히 앉는 게 보통.

방금 그 이야기는 명백하게 진지한 이야기였기 때문에, 옆에 나란히 앉는 행동은 불문율을 깨는 것이었지만, 이렇게 옆에 나란히 앉아 있는 이유는 '이건 본격적인 대화나 정보 교환이 아니다' 라는 사실을 더욱 강하게 어필하기 위해서겠지.

어깨와 팔에서 느껴지는 사랑하는 아내의 체온과 거리낌 없는 칭찬에, 젠지로는 쑥스러운 듯 눈을 가늘게 뜨며 웃었다.

"그렇게 말해 주니 고생한 보람이 있는걸? 응, 이번만큼 정말 열심히 노력했어."

평소에는 비교적 겸손한 말을 많이 하는 젠지로가 웬일로 자랑할 만한 일을 했다는 듯이 말했다.

실제로도 이번만큼은 그렇게 말을 해도 될 만큼 자부심이 있었던 거겠지.

　자랑스럽게 가슴을 펴는 남편에게 여왕은 흐뭇한 미소를 지었다.

　"가질 변경백도 니르다 양도 아직 변경백에 있겠네? 좋아, 두 번 일을 하지 않도록 세베로한테 말을 해 둘까. 이번엔 이쪽이 실수를 했으니, 내가 공짜로 '순간이동'을 사용해 주겠어."

　"세베로?"

　이름을 처음 들어 고개를 갸웃하는 젠지로에게 아우라가 간단히 설명해 주었다.

　"아아, 가질 변경백 가문의 가신 귀족으로, 수도의 저택을 관리하는 중진이야. 지금 가질 변경백 가문은 결혼식 때문에 일시적으로 수도에 일족이 한 명도 없는 상태라, 세베로가 수도에 있는 가질 변경백 가문의 대표 대행을 맡고 있지."

　카파 왕국의 귀족 가문은 '전(前)당주', '현(現)당주', '차기 당주' 중, 최소 한 명은 수도에 체재해야 할 의무가 있지만, 이른바 '관혼상제' 때에는 일시적으로 일족 모두가 수도를 떠나기도 한다.

　"그렇구나. 알았어. 하지만 이야기가 어떻게 진행되느냐에 따라서는 꽤 문제가 커질 수 있다는 정보였는데, 그 세베로라는 사람, 믿을 만해?"

　가신 귀족이 반드시 주인 가문에 충성스러울 것이라고는 생각하기 어렵다. 유력 가신 가문의 경우에는 주인 가문의 분가도 많기 때문에 하극상을 노리고 있을 가능성도 충분히 있다.

　하지만 그런 젠지로의 걱정도 아우라는 고개를 옆으로 저으며 일축했다.

"물론 무조건 믿을 수는 없겠지만, 일단은 괜찮을 거야. 원래 가질 변경백 가문과 그 가신 가문은 귀족으로는 아주 보기 드물게 정직하고 인격적으로 신용할 수 있는 사람이 많거든. 덧붙이자면, 세베로는 아만다의 남편이야."

예상치 못한 정보에 젠지로는 순간 잠이 온다는 사실도 잊고 눈을 휘둥그렇게 떴다.

"아만다 시녀장의 남편? 우와, 그 말을 들으니 갑자기 신뢰할 수 있을 것 같아. 물론 여전히 아무런 확증은 없지만."

신뢰할 만한 사람의 가족이라고 해서 무조건 신뢰해서는 위험하다. 인격이 훌륭한 사람의 친족도 반드시 인격자라는 보증은 없기 때문이다.

젠지로도 머리로는 그 사실을 잘 알고 있었지만, 감정적으로는 역시 신뢰할 수 있는 사람의 가족이라는 소리를 들으니, 순간적으로 '그럼 괜찮지 않을까' 하는 생각이 들었다.

"그러니, 아마 오늘내일 중으로 가질 변경백 가문에 전령을 '보내게' 될 거야. 그럼 변경백은 니르다 양과 '명부 복사본'을 가지고 수도로 돌아오겠지. 변경백은 의리가 있는 사람이라 사정을 알면 당신에게 인사를 하러 올 테니, 그렇게 알고 있어."

"응."

아우라의 말을 듣고 젠지로는 작게 고개를 끄덕였다.

가질 변경백의 성격을 생각하면, 그런 행동을 할 것이라는 사실은 쉽게 상상할 수 있었다.

일단 가질 변경백과 니르다에게 어떻게 대처할 것인지는 그 사람들이 수도에 온 뒤에 생각해도 늦지 않는다. 젠지로는 그렇게 판단했다.

"일단 내 이야기는 이 정도일까? 아우라는 말할 거 뭐 없어?"

젠지로의 질문에 아우라는 조금 생각을 한 뒤 입을 열었다.

"응, 몇 가지 전달 사항이 있어. 일단 유리 연구가 순조롭게 진행되는 중이야. 당신이 발렌티아에서 가져온 조개껍질과 흰모래를 사용하니 극적으로 색이 투명해졌고, 점도도 높아져서 아주 다루기가 쉬워졌거든. 슬슬 실험적으로 보옥을 만들어 보는 게 어떨까 하는 단계까지 진행됐어."

"오오, 그러고 보니 전에도 그런 이야기를 했었지? 그때보다 더 개선이 됐다는 이야기야?"

젠지로가 소파에서 몸을 일으키며 눈을 반짝였지만, 아우라는 그 기세에 찬물을 끼얹듯이 염려되는 사항에 대해 말을 덧붙였다.

"응, 유리 그 자체는. 단, 유리 가마 개량은 전혀 진전이 없고, 양산 체제를 갖출 수 있을지 없을지도 불투명해. 현재로서는 유리 제조에 필요한 화력을 가마가 버티지 못해서, 가마를 불태우면서 유리를 생산하고 있는 실정이야. 그 탓에 작업도 더디고. 유리 제조를 진행하는 인원이 적다는 점을 생각하면, 중간에 휴식 시간을 확보할 수 있어 다행이라고도 할 수 있겠지만."

양산이 불투명하다는 점은 분명히 앞으로 걸림돌이 되겠지만, 현재로서는 아직 그 전 단계이니 해야 할 일이 많이 남아 있다.

우연이 아니라 의도적으로 무색투명한 유리를 만드는 순서를 확립하고, 구형으로 다듬는 기술을 연마하고, 기포까지 줄이는 노력을 해야 한다.

"유리의 점도가 높아졌으니, 잘라서 금속제 경사면에 굴리면 자동적으로 둥글게야 되겠지만……. 풀 워터슬라이드 같은 형태 같은 건데, 모르겠지? 뭐라고 하면 좋을까. 이렇게, 나선 계단 같은 모양인데, 그곳에 고온의 점도가 높은 유리를 떨어뜨리면, 빙글빙글 굴러서 아래쪽 상자에 떨어질 즈음에는 딱 보기 좋은 구형이 되는데……."

젠지로가 중학교 수학여행 중에 갔었던 유리 체험관에서 옛날 방식으로 유리구슬을 만드는 모습을 봤던 때를 떠올리며 설명을 했지만, 말만으로는 제대로 전달할 수 있을 만큼 표현이 정밀하지 못했다.

"……다음에 종이에 쓰면서 설명해 줄게."

"그렇게 해 줬으면 좋겠어."

아니나 다를까, 제대로 전해지지 않았는지, 여왕 아우라는 그렇게 말을 하며 어깨를 작게 으쓱했다.

아무튼, 아무리 수량이 적다지만 유리구슬을 생산할 수 있을 가능성이 커지자, 매체가 되는 '마법 도구' 제조 문제가 신경 쓰였다.

"마법 도구라고 하니 생각나는데, 프란체스코 전하가 또 성가신 말을 꺼냈어."

문득 생각났다는 듯이 아우라가 미간을 찌푸리고 크게 한숨을 내쉬면서 말했다.

"응? 뭐라고 말했는데?"

프란체스코 왕자가 성가신 말을 꺼냈다. 주어와 서술어가 거의 한 묶음이 된 듯한 말에, 젠지로는 거의 동요하지 않고 되물었다.

프란체스코 왕자가 말을 꺼낸 성가신 일이란 다른 것이 아니라, '부여마법'의 '마법 도구'를 만들고 싶다고 말을 꺼낸 그 일이었다.

부여마법 '마법 도구'를 만든다. 아무리 평가절하를 해도, 프란체스코 왕자의 발언은 대륙을 뒤흔들 수밖에 없는 일이었기 때문에, 아우라는 남편의 의견이 어떤지 묻고 싶은 충동에 사로잡혔다.

하지만 아우라는 조금 생각을 해 본 뒤, 고개를 옆으로 저었다.

"흐음……. 아니, 아직은 아니야. 그 일에 관해서라면 프란체스코 전하가 절대 다른 곳에 누설하지 말라고 다짐을 받아 두었으니, 아직은 그 약속을 깰 수 없어."

왕족·귀족에게 구두 약속이란 반드시 지켜야만 하는 일은 아니었지만, 너무 자주 약속을 깨면 아무래도 신용에 흠이 간다.

"그래서 현시점에서는 자세한 내용을 밝힐 수 없지만, 그 일은 당신의 그 보옥과도 관련이 있을 가능성이 높아."

"응, 대충 무슨 이야기인지는 알겠어."

아우라의 대답에 젠지로는 뭔지 알겠다는 듯이 몇 번이고 고개를 끄덕였다.

바보처럼 기술을 좋아하는(진짜 바보인 것도 같다) 프란체스코 왕자가 말을 꺼낸 '비밀 이야기'에 젠지로의 유리구슬이 얽혀 있다면, 아마 프란체스코 왕자는 터무니없는 마법 도구를 만들려고 하는 중이겠지.

그리고 아우라가 그 이야기를 단호하게 거절하지 않았다는 점을 생각해 보면, 카파 왕국에게도 어떤 이익이 있는 일일 가능성이 높았다.

특별히 머리가 좋지 않은 젠지로도 그 정도 추측은 쉽게 할 수 있었다.

"알았어. 언제 이야기가 나와도 좋도록 마음의 준비를 하고 있을게. 그래도 일단 확인을 해 두고 싶은데, 내가 저쪽 세계에서 가져온 유리구슬이야 내 것이겠지만, 앞으로 기술자들이 만드는 유리구슬은 내 것이 아니지?"

마지막에 질문 형식으로 끝낸 이유는 확실한 확인을 받아 두기 위해서였지만, 젠지로의 말을 들은 여왕은 잠시 골똘히 생각했다.

"흐음, 제조 방법은 모두 당신이 제공해 준 것이니, 공평하게 보면 당신에게도 권리가 있다고 해야 정당할 테지만……."

그걸 다 알면서도 아우라가 '아니, 그건 당신 거야' 라고 단언하지 못하는 이유는, 젠지로에게 권리가 있다고 했을 때 어떤 문제가 발생할지 잘 알고 있었기 때문이었다.

지금 당장 이떤 문제가 생기는 것은 아니지만, 장래에 카파 왕국에서 유리구슬을 양산할 수 있게 되고, 또 젠지로의 혈통에서 '부여마법' 계승자가 태어나면, 유리구슬을 제조할 권리가 누군가에게 있는가가 큰 쟁점으로 부상한다.

카파 왕국에 부여마법 사용자가 나타나고, 유리구슬 양산 기술이 갖추어진다는 것은 곧 마법 도구 양산 체제의 완비를 의미한다.

마법 도구 양산을 왕이 컨트롤할 수 있으면 왕권이 매우 강해지는 효과를 얻을 수 있지만, 왕 이외의 왕족의 손에 들어가면 나라를 뒤흔들 수 있는 요인이 될 수도 있는 양날의 검이다.

그리고 유리구슬 제조의 권리를 지금 젠지로에게 주면, 차후 왕이외의 왕족에게 그 권리가 넘어갈 가능성이 단숨에 높아진다.

아우라와 젠지로 사이에는 '부여마법' 사용자가 태어날 가능성이 매우 낮다. 카를로스 젠키치 제1 왕자는 파격적인 마법량 덕분에 혈통마법인 '시공마법'과 '부여마법'을 양쪽 다 사용할 수 있을 것으로 보이지만, 그건 예외중의 예외다.

일반적으로, 아우라와 젠지로의 아이는 아우라의 강한 '시공마법' 소질 때문에 '부여마법' 소질이 겉으로 발현될 가능성이 낮다.

때문에 카파 왕국에 '부여마법' 사용자가 나타난다고 한다면, 젠지로와 아우라 이외의 여자 사이에서 태어난 아이——즉, 방계 왕족이 될 가능성이 높았다.

당연히 마법 도구 양산의 중심인물은 그 방계 왕족이 된다. 그때 마법 도구 양산에 필요한 소재——유리구슬에 관한 권리가 젠지로에게 있으면 문제가 아주 복잡해진다.

방계 왕족은 왕의 배우자인 젠지로의 아이지 여왕 아우라의 아이가 아니다. 그렇기 때문에 당연히도 자신이 주로 사용하는 유리구슬의 소유권을 아버지인 젠지로에게서 이어받으려고 할 게 틀림없다.

그 어머니가 프레야 공주든, 다른 여자이든 간에, 배후에 있는 친족들은 권익을 더 확보하기 위해서 그 권리를 강하게 주장할 가능성이 높았다.

한편, 처음부터 유리구슬의 권리를 여왕 아우라에게 귀속시키면 다음 세대 때 그런 성가신 문제가 생길 가능성은 낮아진다.

여왕 아우라와 남편의 권리가 아무리 같다고 해도, 직접 피가 이어지지 않은 방계 왕족에게 권리를 계승시킬 의무는 그 어디에도 없다. 아우라의 아이——다음 카파 왕에게 권리를 계승시키는 일은 아주 자연스러운 흐름이 된다.

그런 상황은 젠지로도 당연히 잘 알고 있었다.

"응, 역시 유리는 아우라가 기술자를 지도해서 만든 거니까, 아우라의 소유야. 내가 뻔뻔하게 권리를 주장할 순 없어."

아주 자연스럽게, 눈곱만한 집착도 없이, 젠지로는 순순히 그렇게 말했다.

"……정말 괜찮아?"

젠지로가 이해력이 뛰어나다는 사실을 잘 아는 아우라였지만, 역시 이번만큼은 당황스러운 듯했다.

당연하다. 지금까지 아우라가 부여해 주려 했던 권력이나 보수를 받지 않는 것과는 차원이 다른 이야기이니까.

젠지로는 자신이 가져온 지식, 그것도 앞으로 나라의 근간을 이룰지도 모르는 엄청난 지식에 관한 권리를 무조건적으로 포기하겠다고 말한 것이다.

지금까지 같이 지내 왔기 때문에 젠지로가 아무런 사심 없이 진심으로 한 말이라는 사실은 확신했지만, 그 가치관은 도저히 이해하기 힘들었다.

젠지로에게 있어 이 정도는 별로 대단하지 않은 일이라는 사실을 머리로는 이해해도, 마음이 그 가치관에 차마 공감을 하지 못했다.

그런 아내의 마음을 아는지 모르는지, 젠지로는 여전히 사심 없는 표정을 유지한 채 이해를 표했다.

"괜찮아. 마법 도구의 매체가 될 수도 있는 물건의 제조 기술은 아무리 생각해도 왕이 직접 가지고 있어야 위험하지 않으니까. 물론 양산 체제가 갖춰질 때까지는 나도 될 수 있는 한 협력할게."

젠지로의 천연덕스러운 말을 들은 아우라는 머리를 쥐어 싸고 한숨을 내쉬었다.

"……가끔 당신이 정말로 사람인지 의심스러울 때가 있어. 혹시 내가 나한테 유리하게 꾸며 낸 망상을 위대하신 정령이 현실로 구현해 준 생물이 아닐까 생각할 만큼."

정말로 그런 생각을 할 만큼 여왕 아우라에게 있어 배우자 젠지로라는 남자는 '편리한 남자'였다.

능력의 유무를 제외하면, 아우라가 해 달라고 하는 것은 기본적으로 다 해 주고, 반대로 아우라가 원하지 않는 일은 애초에 흥미를 보이지 않는다.

지난 대전을 포함해 현실의 불합리함과 이해관계를 조정하는 일이 얼마나 어려운지 잘 알고 있는 아우라에게는 젠지로라는 남자의 뛰어난 이해력이 너무나도 무서워질 때가 있었다.

물론 젠지로도 그렇게까지 둔한 남자는 아니었다.

자신의 가치관이 이쪽 세계에서는 이질적이라는 사실을 머리로는 잘 이해하고 있었고, 일정 이상으로 친한 관계일 경우에는 겸손하고 조심스럽게 행동한다고 해서 반드시 결과가 좋지는 않다는 사실도 잘 알았다.

하지만 현실적으로 젠지로에게 있어 지나치게 많은 재산이나 권력이 '방해물'일 뿐이라는 것 자체는 흔들림 없는 사실이기도 하고, 젠지로는 근본적인 신분이 일반 서민에 불과하기 때문에 재산과 권력의 심적 수용 범위가 매우 좁다.

겸손하고 조심스럽게 행동하는 것 이전에, 스스로의 권한으로 지휘를 해야 하는 일은 피할 수 있으면 최대한 피하고 싶은 게 본심이었다.

젠지로는 쓴웃음을 지으면서 될 수 있는 한 정중하게 자신의 본심을 밝혔다.

"음~, 나에게 그런 일은 그냥 문제 덩어리라 귀찮기만 하거든. 특별히 아우라의 비위를 맞추기 위한 건 아니고, 그냥 본심을 말했을 뿐이야."

"거짓말이 아니라는 건 알아. 하지만 마음이 좀 불편해. 꼭 내가 일방적으로 당신을 착취하는 기분이라서. 아니, 기분이 아니라, 객관적으로 생각하면 누구든지 착취한다고 보겠지."

"신경 쓰지 말라고 말하고 싶지만, 세상 사람들의 눈이 있으니 그럴 수는 없나? 안 그래도 아우라와 내 입장은 미묘하니까. 내 공헌도를 숨길 수 없다면, 보여주기 식으로나마 아우라가 나에게 보답을 해 줄 필요가 있다는 말이겠지? 뭔가 적당한 선물이 있으면 받아 둘게."

완벽하게 외적인 면만 신경 쓰는 남편의 말을 들은 아우라는 쓴웃음을 지으며 한숨을 내쉬었다.

"남들에게 보여 주기 위해서가 아니라 정말로 당신의 헌신에 보답을 해 주고 싶어. 하지만 역시 우리는 왕족이니 사람들의 시선도 확실히 중요해. 그럴 경우 작위를 주는 게 가장 무난하겠지. 발렌티아 공작이나 포트시 백작처럼 영지와 함께 작위를 수여하기는 역시 어렵겠지만, 영지가 없는 작위도 많으니, 그런 작위를 하나 수여하면 수습하기가 쉬워."

영지가 없는 작위, 이른바 명예 작위다. 궁정 관료와는 달리 작위를 받았다고 해서 급료를 받는 것은 아니기 때문에, 작위에 어울리는 품위를 유지하려다 보면 재정적으로 오히려 위기를 맞을 가능성도 있었지만, 왕족의 경우에는 그런 걱정을 할 필요가 없었다.

왕족에게 필요한 물품은 원래 마련되어 있기도 하고, 다른 금품이 필요할 경우에도 왕족은 '혈통마법'이라는 무기가 있기 때문에 돈을 마련하는 것 자체는 어렵지 않았다.

"작위라. 응, 영지를 다스려야 한다는 직무가 포함되어 있지만 않다면 그게 가장 좋을 것 같아. 그리고 정말로 나한테 보답을 해 주고 싶다면, 내가 원하는 건 하나밖에 없어."

그렇게 말하는 동시에 조금 전까지는 상쾌했던 젠지로의 미소가 헤벌쭉한 모습으로 바뀌었다. 직접적으로 표현하면 '야릇한 미소'다.

젠지로는 옆에 앉아 있는 아내의 등에 오른손을 뻗어 두르더니, 자신이 있는 쪽으로 확 끌어당겼다.

아우라는 그 의미를 모르지 않았지만, 그렇기에 더욱 젠지로의 그 태도가 난처하기만 했다.

"아, 그, 그것 말인데, 젠지로. 마음을 가라앉히고 들어 줬으면

해······."

자신을 끌어당기는 남편에게 몸을 맡기면서도 오른손을 남편의 가슴에 살짝 대서 거리를 유지하며, 여왕이 그렇게 말했다.

웬일로 너무 말을 꺼내기 어렵다는 말투, 그리고 시선을 이리저리 움직이는 아우라의 모습에, 젠지로는 불길한 예감을 느끼면서도 물었다.

"응, 뭔데?"

"저어, 아직 확실하지는 않지만, 그러니까······, '둘째'가 생겼을지도 몰라."

"············."

둘째가 생겼다.

그 말의 의미가 무엇인지 이해한 젠지로는 사랑하는 아내를 끌어안은 채 얼어붙었다.

아내의 배 속에 둘째가 있을지도 모른다. 당연히 아주 축하할 만한 일이다. 아주 기쁜 일이다.

젠지로가 이쪽 세계에 불려 온 이유를 생각해 보면, 그야말로 바라마지 않던 상황이라고 할 수 있었다.

물론 젠지로의 입장에서도 자신과 아우라 사이에 아이가 태어난다는 사실 자체는 '기본적으로는' 환영해야 할 일이긴 하다.

첫째인 카를로스 젠키치는 젠지로에게 있어서 그야말로 보물 같은 존재이고, 그 보물이 하나 더 늘어나는 것이니 정말 기쁜 이야기다.

기쁜 이야기이긴 한데……, 지금의 젠지로에게는 조금 괴로운 이야기이기도 했다.

왜냐하면 아우라가 임신했을 가능성이 있다면, 당분간은 부부 생활을 할 수 없기 때문이었다.

젠지로는 한 치의 거짓도 없이 아이를 좋아했지만, 아이를 만드는 일도 그에 버금갈 만큼 좋아했다.

특히 지금은 한 달 넘게 원정을 갔다가 이제 막 돌아온 참이라, 여러모로 '끓어오르는' 상태였다.

"…………."

"…………."

소파 위에서 껴안은 채 말도 없이 계속 얼어붙어 있는 여왕과 그 남편.

1분은 족히 넘을 침묵을 깬 사람은 젠지로였다.

"……그건……, 아주……, 아주, 기쁜 소식인걸?"

쥐어짜내듯이 기대를 표하며 축복의 말을 하는 국서의 얼굴에는 기쁨과 슬픔을 동시에 나타내는 것처럼 '울고 웃는' 표정이 떠올랐다.

[제1장] **니르다 가질 1**

젠지로가 수도에 돌아온 지 열흘 정도가 지난 어느 날.

수도의 하늘은 두터운 비구름에 뒤덮여 있었다. 쏟아지는 빗방울이 왕궁의 지붕을 두드렸고, 안뜰(中庭)의 연못이 수많은 파문을 일으켰다.

태풍이 온 것처럼 바람이 불지 않아 그나마 다행이었지만, 일본의 장마와는 비교도 안 될 만큼 거칠게 비가 내렸다. 덧문까지 닫았는데도 빗소리가 들려올 정도의 호우였다.

'우기'가 시작되었다.

'우기'는 카파 왕국에서 가장 사람이 장거리 여행을 하기 어려운 계절이다.

그 이름 그대로인 '활동기'는 물론, 실내에서 일상생활을 하기가 매우 가혹한 '혹서기'에 비해서도, '우기'는 장거리 여행을 하기가 매우 어려웠다.

'우기'라고는 해도, 실제로는 평균적으로 이틀에 한 번, 또는 사흘에 한 번 꼴로 비가 올 뿐이지만, 이쪽 세계의 도로 사정으로는 수도 내의 주요 도로나 '소금 도로'처럼 국가에 물건을 납품하기 위한 큰 도로 이외에는 도로가 작은 시내처럼 변하는 일이 속출했다.

비가 내려 하천이 탁해지면 여행 도중에 식수를 확보하기도 어려워지고, 비가 내리고 있을 때는 야영을 하기 위해 진을 치기도 어렵다. 하천이 범람하면 보통은 지상에 나타나지 않는 수생 육식룡이 도로에 나타나기도 하는데, 비 때문에 시야 확보가 어려운 가운데 그런 용이 습격을 하면, 뜻하지 않게 큰 피해를 입을 수도 있었다.

그런 사정이 있기 때문에, '우기' 때에는 되도록 장거리 여행을 자제하는 것이 상식이었다.

그런 점을 생각해 보면, 며칠 전에 수도에 들어온 가질 변경백과 그 차녀인 니르다 가질은 '아슬아슬하다고 해도 과언이 아닐 만큼, 일정 자체가 위험했다고 할 수 있었다.

쏟아지는 비가 나무를 적시는 가운데, 젠지로는 후궁 거실의 컴퓨터 앞에 앉아 심각한 표정으로 주문을 외웠다.

'내가 뇌리에 그린 공간에, 내가 의도한 것을 보내라. 그 대가로서 나는 시공령에게 마력……'

젠지로가 직접 발음한 '마법어'가 자신의 귀에는 일본어로 들리는 이유는 '언령'의 자동 번역 기능이 실행되고 있다는 증거다. 즉, 올바로 발음을 했다는 증거였다.

"…………."

젠지로는 아무 말 없이 키보드를 조작해, 스프레드시트 프로그램에 오늘 열 번째의 O를 기록했다.

O는 젠지로가 지금 연습 중인 주문, '순간이동'을 올바로 발음했

다는 표시였다. O가 열 번이나 연달아서 기록되어 있다는 것은 열 번 연속으로 '순간이동' 주문을 정확하게 발음했다는 의미였다.

"이얏호!"

만감이 교차하는 가운데, 젠지로는 의자에 앉은 채 주먹을 꽉 쥐고 양손을 들어 올리며 외쳤다.

그것은 충동적이고 반쯤 무의식적으로 나온 말과 행동이었다.

평소에는 감정 표현이 적은 편인 젠지로로서는 매우 드문 행동이었지만, 이상할 것은 없었다. 아우라에게 '다음엔 「순간이동」을 외워 줘'라는 말을 들은 그때부터 약 3개월간의 노력이 드디어 결실을 맺었기 때문이다.

특히 가질 변경백령에서 돌아온 뒤로는, 꽤 집중적으로 마법 습득에 시간을 들였다.

기쁨이 더욱 클 수밖에 없다.

"크으윽!"

그대로 기지개를 켠 젠지로는 목을 빙글빙글 돌려 결린 어깨를 풀었다.

그런 젠지로의 괴상한 목소리를 들었는지, 침실의 문을 열고 거실로 들어온 사람은 다른 누구도 아닌, 젠지로의 사랑하는 아내, 여왕 아우라였다.

"아무래도 산을 하나 넘었나 보네?"

젠지로가 돌아보니, 편안한 드레스를 입은 여왕이 부드러운 미소를 지으며 이쪽으로 걸어왔다.

좌우에는 시녀 두 명이 따르며 여왕의 몸을 지켰다.

"아아, 미안해. 시끄러웠어?"

의자에서 일어선 젠지로는 컴퓨터를 계속 켜 놓은 채, 잰걸음으로 아내에게 다가갔다.

"아니, 신경 안 써도 돼. 나를 위해 열심히 노력하는 중이잖아?"

"그렇지 뭐. 정확하게 말하면 아우라와 '둘째', 두 사람을 위해서, 이러나?"

그렇게 말을 한 뒤, 젠지로는 아우라의 손을 잡고 거실 중앙에 있는 소파로 갔다.

아우라는 순순히 남편을 따라가 검은 가죽 소파에 천천히 걸터앉았다.

평소에는 젠지로의 의향에 따라 될 수 있는 한 별실에서 대기하던 시녀들도 이번엔 끝까지 아우라의 곁을 떠나지 않았다.

가질 변경백령에서 돌아온 젠지로가 정력적으로 '순간이동'을 배우기 위해 최선을 다하는 이유는 다른 것이 아니었다.

사랑하는 아내, 아우라가 둘째를 임신했을 가능성이 높아졌기 때문이었다.

아우라의 달거리가 아직도 찾아오지 않아, 다시 검진을 했던 주치의인 미셸도 '임신의 가능성이 높습니다. 적어도 아니라는 판단이 들 때까지는 임신했을 것이라 생각하고 행동하시죠'라고 권고했다.

여왕 아우라, 둘째 임신. 그 정보는 당연히 순식간에 왕궁 내에 퍼져 나갔다.

처음 돌아왔을 때는 아내의 임신 소식에 깜짝 놀랐었지만, 일단 감정이 평온을 되찾자, 그 후에는 오로지 기쁨만이 샘솟았다.

사랑하는 아내와의 밤 생활이 또다시 짧게 끝나 버려 아쉽기는 했지만, 둘째의 존재는 아쉬움을 훨씬 뛰어넘을 만큼 큰 기쁨이었다.

하지만 일이 그렇게 되자 예전에 했던 맹세가 떠올랐다.

젠지로는 아우라가 첫째――카를로스 젠키치를 임신·출산했을 때 깨달았다. 이쪽 세계에서의 임신·출산은 설사 왕족·귀족이라도 생명의 위기가 올 수 있는 일이라는 것을.

그래서 맹세했다. 둘째가 태어나기 전까지는 '순간이동' 마법을 습득해 만약의 일이 벌어지면 샤로와·지르벨 쌍왕국의 치유술사를 부를 수 있도록 준비를 해 두겠다고 말이다.

아우라가 둘째를 임신했을 가능성이 높아진 지금, 젠지로는 스스로 했던 그 맹세를 이루기 위해 자신을 다그쳤다.

아우라의 임신이 사실이라면 더 이상 미룰 수 있을 만한 시간이 없었다. 한시라도 빨리 '순간이동'을 습득해 쌍왕국을 방문할 필요가 있었다.

아무리 젠지로가 국교를 맺은 나라의 왕족이라지만, 갑자기 '순간이동'을 사용해 불쑥 찾아가 '아내가 위독해. 치유술사를 잠시 보내주게!' 라고 외친다 한들, 곧장 허락을 받을 수 있을 리가 없었다.

사전에 일단 공식적으로 방문해 친선을 맺으며 '이런 이유 때문에, 나중에 우리나라에 치유술사를 부를 수 있도록 허락을 해 주었으면 하는데, 괜찮은가?' 하고 사전 교섭을 해 둘 필요가 있었다.

젠지로는 아우라 옆에 앉아 생각했다.

"어차피 '우기'가 끝날 때까지는 이동할 수 없을 테니, 그 사이가 승부처야. 어떻게 해서든 '우기'가 진행되는 동안 '순간이동'을 습득해야 해."

꽉 주먹을 쥐며 결심을 다지는 남편을 보고 여왕은 흐뭇한 미소를 지었다.

"너무 조급해 하지 마. '우기'가 끝나면 '혹서기'잖아? '우기'만큼은 아니지만, '혹서기' 때도 장거리 여행은 아주 힘들어. 그렇게 생각해 보면, 여유는 약 6개월 정도 있는 셈 아닐까?"

당연하지만 젠지로 자신은 카파 왕국에서 쌍왕국까지 용차를 타고 여유 있게 이동할 수 없었다. 발렌티아나 가질 변경백령 같은 국내라면 몰라도, 국외로 이동하기에는 조금 위험했기 때문이다.

다른 이동 수단이 없는 다른 나라의 왕족이라면 몰라도, '시공마법'이라는 비장의 수단을 지닌 카파 왕국의 왕족이 굳이 위험을 무릅쓸 필요는 없다.

젠지로 혼자라면 아우라의 '순간이동'으로 충분하다.

하지만 어쨌든 왕족이니, 젠지로가 달랑 혼자서 다른 나라를 방문할 수는 없었다.

호위 기사와 병사, 일상의 여러 면에서 시중을 들어 줘야 하는 시녀 등, 수많은 사람 모두를 '순간이동'으로 이동시키기란 역시 불가능했다.

결국 젠지로 이외에는 육로를 용차나 도보로 이동해야 한다.

그렇기 때문에 젠지로 자신은 아우라의 '순간이동'으로 이동할 수 있는데도 불구하고, 계절의 제약을 완전히 벗어날 수는 없었다.

그래서 젠지로도 아우라의 말이 옳다는 걸 잘 알았지만, 그렇다고 아내의 말을 듣고 속도를 늦출 수는 없었다.

"응, 고마워. 하지만 이런 건 역시 빨리 습득하는 게 가장 좋아. 아우라의 임신이 사실이라면 앞으로는 나도 일을 하느라 바빠서 마법 연습을 할 시간이 없을 테니까."

지난번 임신 때도 아우라는 안정기에 들어갈 때까지 일의 양을 대폭 줄일 수밖에 없었다. 그 말은 곧, 아우라의 대리를 맡는 젠지로의 직무가 급증한다는 의미였다.

즉, 앞으로 젠지로는 '순간이동'을 습득하기 위해 노력하면서, 여왕 아우라의 대리로서 일을 하고, '순간이동'을 습득한 뒤에는 쌍왕국으로 날아가 치유술사 파견 교섭을 해야 한다.

물론 교섭을 타결할 때까지는 시간이 많이 걸릴 것으로 예상되기 때문에, 정기적으로 카파 왕국으로 돌아와(젠지로 자신이 '순간이동'을 습득하면, 왕복하는 것도 가능하다), 아우라 대신 업무를 처리할 필요가 있다.

아무튼 당분간은 바쁜 나날이 이어질 것 같았다.

"젠지로, 수고스럽게 해서 미안해. 고마워."

"아니, 뭘 이런 걸 가지고."

젠지로는 살짝 포갠 사랑하는 아내의 손을 꽉 잡았다.

◆

'우기'는 확실히 사람의 활동력을 저하시키지만, 그렇다고 완벽히 멈추게는 하지 못했다.

특히 수도에 모여 사는 귀족은 가장 비의 영향을 적게 받는다. 수도의 큰 길은 돌로 포장되어 있었고, 귀족의 이동 수단은 기본적으로 지붕이 달린 용차였기 때문이다.

게다가 수도에서 귀족들이 모이는 장소는 주로 왕궁이고 그 다음이 대귀족들의 수도 저택인데, 모두 커다란 석조 건물이라 비바람의 영향을 전혀 받지 않았다.

그 결과, 왕궁을 중심으로 이루어지는 귀족들의 사교는 비교적 '우기'의 영향을 받지 않고 계속된다.

그날 왕궁 알현의 방에 모인 귀족들은 단상의 옥좌에 앉아 있는 아우라와 단상 아래에 대기하고 있는 초로의 영주 귀족, 그리고 본 적 없는 작은 몸집의 소녀를 흥미롭게 쳐다보았다.

오늘 이 자리에 모인 이유는 정례 알현 때문이 아니었다. 이번엔 여왕 아우라의 이름으로 급히 소집된 임시 알현이었다.

여왕의 이름으로 소집된 긴급 집회. 그것만으로도 무언가 이상 사태가 벌어졌다고 생각하기에 충분했다.

처음에는 '대체 무슨 일이지?' 하고 불안한 표정을 지었던 귀족도 많았지만, 지금은 모두 평정을 되찾았다. 규정상 이 자리에 반드시 참석해야 했던 가질 변경백의 표정이 아주 침착했기 때문에, 일단은 '그렇게까지 심각한 사태는 아닌 듯하다'고 판단을 내렸던 것이다.

수많은 귀족들이 주목하는 가운데, 당당히 옥좌에 앉아 있던 여왕 아우라가 천천히 입을 열었다.

"오늘, 나의 부름에 화답해 주어 매우 고맙소. 오늘 이 자리에 그대들을 부른 이유는 다른 게 아니라, 그대들이 꼭 들어야 할 정보가 들어왔기 때문이오. 가질 변경백 미겔, 옆에 있는 자와 함께 앞으로 나오라."

"넷!"

여왕의 말을 듣고 초로의 영주 귀족──가질 변경백은 나이를 무색케 할 만큼 가볍게 앞으로 나섰다.

조금 뒤늦게, 옆에 대기하고 있던 작은 소녀──니르다 가질도 앞으로 나왔다.

이쪽은 한눈에 봐도 알 수 있을 정도로 잔뜩 긴장해 온몸이 굳어 있었다.

보폭, 발걸음, 옷자락을 잡는 방법 등, 모두 간신히 예법을 지키고는 있었지만, 긴장하는 바람에 누구의 눈에도 허둥대는 게 보일 정도라, 보고 있는 귀족들도 모두 가슴을 졸였다.

이 장소에 있는 귀족들 대부분에게 니르다는 처음 보는 소녀에 불과했지만, 어느새 모두가 니르다의 모습을 걱정스럽게 지켜보았다.

비록 처음 보는 얼굴이지만 가질 변경백 옆에 서 있으니 니르다가 가질 변경백 가문 사람이라는 사실은 쉽게 상상할 수 있을 게 틀림없었다.

귀족 중에는 가질 변경백 가문의 정적이라고 할 수 있는 사람도 있겠지만, 그런 사람도 '꼴좋다. 왕좌 앞에서 창피나 당해라' 라는

시선은 보내지 않았는데, 사실 그건 작은 위협이라고 해도 과언이
아니었다.

아무튼, 일반적인 시간보다 두 배나 걸려 니르다가 왕좌 앞에서
무릎을 꿇었을 때는 알현의 방 사람들 모두가 안도의 한숨을 내쉬
었다.

그 느슨해진 분위기를 다잡듯이 여왕이 늠름한 목소리로 말했다.

"이곳에 있는 소녀는 가질 변경백 미겔의 친자식이라고 들었소.
변경백, 틀림없는가?"

여왕의 말을 듣고 초로의 변경백이 고개를 끄덕였다.

"네. 틀림없습니다. 옆의 니르다 가질은 저의 딸이옵니다."

"그래. 대대로 충신이었던 변경백의 말을 의심할 생각은 추호도
없소. 하지만 굳이 말하네만, 내가 관리하는 왕가의 '명부'에는 니르
다 가질이라는 이름이 적혀 있지 않아."

아우라의 명백한 선언에 알현의 방이 웅성거리는 소리로 가득
찼다.

무리도 아니다. 귀족에게 있어 '명부'에 이름이 기재되어 있지 않
다는 것은 그만큼 중대한 일이었다.

이 카파 왕국에서 귀족이란 왕이 관리하는 '명부'에 이름이 기재
되어 있는 자를 뜻한다.

극단적으로 말해 명명백백한 귀족 사이의 적자라 하더라도, 수도
에 와서 왕을 알현하고 '명부'에 그 이름을 기재하기 전까지는 '귀족

의 아이'일 뿐, '귀족'은 아니었다.

실제로 후계자를 얻지 못한 귀족이 재능 있는 자기 영지의 평민을 양자로 삼아 왕에게 신고하여 '명부'에 이름을 기재하면 그 사람은 귀족이 될 수 있다. 반대로 경제적으로 어려운 하급 귀족이 아이를 많이 낳았을 경우에는 나중에 태어난 아이들을 일부러 '명부'에 등록하지 않기도 한다.

그만큼 귀족에게 '명부'에 이름이 기재되어 있는가 없는가는 중대한 문제였다. 어떤 의미에서는 혈통 그 자체보다 중요하다고도 할 수 있었다.

필연적으로 귀족들의 시선은 당사자인 가질 변경백과 그 딸인 니르다에게로 쏠아졌다.

하지만 깜짝 놀란 주위의 반응과는 달리, 정작 당사자인 변경백과 니르다는 처음과 전혀 태도가 달라지지 않았다.

니르다는 처음부터 긴장한 작은 동물처럼 떨고 있었기 때문에 더 이상의 감정 표현을 할 수 없었을 뿐이었지만, 가질 변경백은 그렇지 않았다.

가질 변경백은 태연한 태도를 유지한 채, 천천히 고개를 저으며 여왕에게 반론했다.

"허나, 니르다가 저의 딸이라는 것과 선왕을 알현하여 '명부'에 이름을 기재했다는 것은 사실입니다. 그 '복사본'도 이곳에 있습니다."

그렇게 말하며 가질 변경백은 품에서 용피지 한 장을 꺼냈다.

'복사본'이란 그 이름 그대로 '명부'에 그 이름을 기재했을 때, 이름을 기재했다는 증거로 받는 사본이다.

당연히 매우 중요한 서류이기 때문에, 보통은 각 가문의 가장 안전한 장소해 보관해 두어야 한다. 결코 그 자리에서 반론을 하기 위해 곧장 품에서 꺼낼 수 있는 물건이 아니었다.

아하, 오늘의 임시 알현은 연출된 일이구나. 알현의 방 안에 모인 귀족들 사이에서 그런 생각이 퍼져 나갔다.

실제로 이것은 대외 어필용 연기였다.

아우라와 가질 변경백은 며칠 전에 비공식적으로 회담을 하여 '명부'에 니르다의 이름이 기재되어 있지 않다는 점을 확인하였고, '복사본'이 위조되지 않은 것이라는 사실도 확인을 끝내 두었다.

하지만 아우라는 그런 뒷사정이 있다는 사실을 전혀 내색하지 않고, 옥좌에 앉은 채 옆에서 대기하던 문관에게 명령했다.

"그래, '복사본'이라고? 가져와라."

"네. 변경백, 폐하께 보여드리겠습니다."

가질 변경백의 '복사본'을 문관에게 건네받은 여왕 아우라는 일부러 큰소리로 말했다.

"서류는 확실히 진짜군. 산초 폐하의 서명도 들어가 있소. 이 필체는 틀림없이 산초 폐하의 것이오."

물론 며칠 전에 이미 전문가에게 필적 감정을 맡겨 확인을 했기 때문에 할 수 있는 말이었다.

선선대 왕인 산초 1세는 아우라의 친남동생이기 때문에 필적도 어느 정도 파악할 수 있었지만, 한눈에 '확실히 남동생의 필체다' 라고 단언할 수 있을 정도로 확실히 기억하고 있지는 않았다.

'복사본'을 확인한 여왕은 알현의 방에 모인 사람들 모두를 둘러보며 선언했다.

"이처럼 '복사본'이 존재하니, 본의 아니게도 '명부'에 누락이 있었다고 판단할 수밖에 없소. 가질 변경백, 이 '복사본'의 서명은 산초 폐하의 것인데, 틀림없는가?"

"네. 6년 전, '명부'에 이름을 기재하고, '복사본'을 내려 주신 분은 산초 폐하이십니다. 내려 주신 장소는 포트시이옵니다."

가질 변경백은 그렇게 말해 여왕의 말이 맞다고 확인해 주었다.

산초 1세. 별칭 '복수왕'.

그 이름 그대로, 형의 복수를 다짐하며 1년이 채 안 되는 짧은 재위 기간의 대부분을 전쟁터에서 보낸 왕이다.

당연히 산초 1세가 왕위에 올라 있을 때는 전선이나 전선에서 가까운 포트시에서 '명부' 등록 작업을 진행했다.

그 뒤, 산초 1세가 전쟁터에서 처절하게 전사하는 와중에, 전쟁터에 가지고 갔던 '명부'가 분실되었을 것이다.

그런 예상을 대략적으로 설명한 후, 아우라가 계속 말했다.

"이것은 불의의 사고이니, 이번에만 특례로, 무조건적으로 명부 재등록을 실시하겠소. 물론 등록 날짜는 '복사본'의 날짜를 그대로 인정할 것이오."

굳이 무조건이라는 말을 덧붙인 이유는 보통 '명부'에 이름을 올릴 경우, 등록료가 발생하기 때문이다. 등록료는 가질 변경백 가문 같은 큰 귀족에게는 푼돈에 불과했지만, 말단 약소 귀족에게는 결코 무시할 수 없는 금액이었다.

이어서 여왕은 뒤에 대기하고 있던 문관에게 말했다.

"필기구를 준비하라."

"네, 여기 있습니다."

여왕의 명령을 받아 옆에 대기하고 있던 문관이 화판(畫板)처럼 생긴 목판(木板)과 용골필(龍骨筆)을 내밀었다.

아우라는 문관 두 사람이 좌우에서 잡고 있는 목판 위에 큰 책을 펼치고, 디자인이 섬세한 용골필을 오른손으로 쥐었다.

주로 카파 왕국에서 사용되는 용골필은 유리펜처럼 단단한 철필이다.

다른 문관이 내민 잉크통에 용골필을 찍은 아우라는 사람들이 주목하는 가운데, 평소처럼 태연한 태도로 '명부'에 글을 썼다.

니르다 가질이라는 이름과 그 보증인의 이름, 그리고 혈연관계. 그곳에 6년 전의 날짜와 오늘 날짜를 적은 여왕은 일단 '명부'를 문관에게 건넨 뒤, 이번엔 '복사본'을 목판 위에 펼쳤다.

이쪽에 적어야 할 내용은 많지 않다.

산초 1세의 서명 아래에 자신의 이름——아우라 1세의 이름을 추가로 쓰고, 6년 전의 날짜 옆에 작게 오늘 연월일을 추가로 적으면 된다.

그렇게 완성한 '명부'와 '복사본'을 문관들에게 알현의 방에 모인 귀족들 앞에서 펼치게 하고 여왕이 선언했다.

"오류가 정정되었소. 니르다 가질은 6년 전부터 우리 카파 왕국의 귀족이었으며, 선선대의 왕인 산초 1세가 등록하였음을 나, 아우라 1세가 오늘, 바로 지금, 보증하오."

오류는 어디까지나 왕가가 관리하는 '명부'에 있었지, 가질 변경백 가문 쪽에 있었던 것은 아니었다. 때문에 몇 년간 니르다 가질을 귀족으로서 대우해 온 가질 변경백 가문의 태도는 정당한 것이며, 그 일에 이의를 제기해서는 안 된다. 아우라는 그렇게 선언한 것이다.

일국의 왕이라는 입장 때문에, 확실한 '사죄'의 말은 하지 않았지만, 전면적으로 왕가에게 책임이 있다는 사실을 인정하는 성명이었다.

"산초 1세의 재위는 1년이 채 되지 않았지만, 그럼에도 그 기간에 '명부' 등록을 한 자가 니르다 가질 단 한 사람이라고 생각하기는 어렵소. 짚이는 데가 있는 사람은 추후에 신청을 하시오. 산초 1세의 서명이 들어간 '복사본'만 있으면, 니르다 가질과 마찬가지로 인정해 주겠다고 보증하지."

여왕의 말을 들은 귀족들이 웅성거렸다. 개중에는 짚이는 곳이 있는지, 심각한 표정을 지은 자도 있었다.

그 웅성거림이 자연스럽게 가라앉길 기다린 후, 여왕은 더욱 덧붙였다.

"특별 '명부' 재등록 기간은 오늘부터 1년 이내. 짚이는 곳이 있는 자는 1년 후 오늘까지, 보증인과 함께 산초 1세의 서명이 들어간 '복사본'을 지참하고 오도록. 혹여 보증인이 없는 경우, 그 이유를 설명하면 본인만 오더라도 인정하겠소."

보증인이란, 그 말 그대로 새로 귀족이 되기를 원하는 자의 신분을 보증해 줄 수 있는 사람이다. 일반적으로는 친부모가 그에 해당하며, 예외적으로 가신 귀족의 경우 주인 가문의 당주가 보증인이 되어 주는 예도 있다.

그런데 아우라가 예외로서 '보증인이 없는 자는 본인만 와도 좋다'고 덧붙인 이유는, 지난 대전 때에 부모님이 모두 돌아가신 집안도 개중에는 있기 때문이었다.

"내가 할 말은 이상이오."

폐회를 선언하는 여왕의 말에 모인 귀족들은 깊게 고개를 숙이면서도, 머릿속으로는 앞으로 어떻게 움직일 것인가 숨 가쁘게 머리를 돌렸다.

◆

그 다음 날.

호우가 내렸다. '우기'라고는 해도 전체적으로는 사흘에 한 번, 또는 이틀에 한 번 정도 비가 내릴 뿐이지만, 오늘은 바로 그 비가 내리는 날이었다.

닫힌 나무 문 밖에서는 강한 빗소리가 들렸고, 대낮인데도 등잔

여러 개에 불을 붙여야 할 정도로 방 안은 어두웠다.

젠지로는 어둑어둑한 왕궁의 방 한 곳에서 가질 변경백 미겔, 그 차녀인 니르다 가질과 면회를 하는 중이었다.

"젠지로 님, 이번 일은 정말로, 정말로 감사합니다!"

"감사합니다."

초로의 아버지와 이제 막 성인이 된 딸은 소파에 앉지 않고 양탄자 위에 넙죽 엎드렸다.

미리 아우라에게서 이렇게 될 가능성에 관해 전해들은 젠지로는 최대한 놀란 모습을 내색하지 않고 대답했다.

"됐다. 고개를 들어라. 이대로는 이야기를 할 수 없으니까."

젠지로가 그렇게 말하며 두 사람에게 소파에 앉으라고 권했다.

"네. 그럼 실례하겠습니다."

"실례하겠습니다."

맞은편 소파에 가질 변경백과 니르다가 순순히 앉자, 젠지로는 들리지 않을 만큼 작게 안도의 한숨을 내쉬었다.

차라리 공적인 행사였다면 그냥 습관적으로 받아들일 수 있었겠지만, 이런 상황에서 가질 변경백이 진심으로 넙죽 엎드리니 심리적인 압박이 굉장히 심했다.

근본은 평범한 일본인일 뿐인 젠지로의 입장에서는 다른 사람이 넙죽 엎드린 모습은 아직도 익숙하지가 않았다.

하지만 그것은 젠지로의 일방적인 느낌일 뿐, 가질 변경백에게는 엎드려 절을 해야 할 확실한 이유가 있었다.

가질 변경백 미겔은 귀족치고는 드물게 속을 잘 감추지 못하는 올곧은 무인이었지만, 그렇다고 해서 특별히 머리가 나쁘지는 않았다.

니르다 가질의 이름이 '명부'에서 누락되었다는 정보를 알게 된 뒤 지난 결혼식에 있었던 일을 떠올려 보면, 그때 젠지로가 어떤 의도를 가지고 행동했는지 추측하기란 별로 어려운 일이 아니었다.

원래는 니르다와 나바라 왕국의 기사 사이에서 일어난 분쟁이었는데 갑자기 프레야 공주가 옆에서 끼어들더니 어느새인가 프레야 공주가 진두에 섰던 일.

그런 프레야 공주의 '말괄량이' 같은 모습을 파트너인 젠지로가 제재하기는커녕, 오히려 전면적으로 지지한 일.

그리고 최종적인 결론을 내릴 때, '이번 사건은 처음부터 없었던 일로 하고, 쌍방 모두 다시 문제 삼지 않는다' 라고 제안한 일.

모두 그 당시에는 어딘가 이상한 대응이었지만, '니르다가 귀족이 아니다' 라는 정보를 하나 더하니, 젠지로가 무엇을 했던 것인지가 명확해졌다.

지켜 주었던 것이다. 귀족이 아닌 소녀——니르다의 행동이 나중에 문제가 되지 않도록 보호해 주었다. 사정을 알게 된 이상 그렇게 해석할 수밖에 없었다.

"젠지로 님은 그때 이미 니르다의 사정을 알고 계셨던 것입니까?"

어설프게 상대의 속을 떠보기보다는, 설사 귀족답지 않다는 말을 듣더라도 의문스러운 것이 있으면 확실히 묻는 편이 자신에게는 더 어울린다. 지난번 실패를 통해 그 사실을 깨달은 가질 변경백은 단도직입적으로 물었다.

초로의 영주 귀족의 질문에 젠지로는 잠시 생각을 했지만, 이제와서 특별히 숨길 일이 아니라고 판단해 솔직하게 대답했다.

"확증이 있었던 건 아니다. 단지, 가질 변경백에게 니르다라는 딸이 있다는 이야기는 못 들어서 말이야. 최악의 사태를 상정하고 행동했을 뿐이지. 큰일로 번지지 않아 다행이다."

"넷. 이게 모두 젠지로 님 덕분입니다."

가질 변경백이 이번에는 소파에 앉은 채 고개를 깊숙이 숙였다.

가질 변경백의 태도는 결코 호들갑스러운 것이 아니었다.

그때 젠지로가 없었다면 가질 변경백 가문과 니르다는 치명적이라고까지 말하기는 어려워도 외교적으로 상당히 큰 타격을 받았을 가능성이 높았다.

물론 사건의 발단은 '명부'를 일부 분실한 카파 왕국에게도 있었으니, 젠지로는 그 왕가의 일원으로서 당연히 해야 할 뒤처리를 했을 뿐이라고도 말할 수 있었지만, 정치적인 역학이 얽히면 이야기가 복잡해진다.

첫 실수를 범한 쪽은 선선대 왕이긴 하지만, 현시점에서 '귀족이 아닌 딸이 나바라 왕국의 귀족과 다툼을 벌인' 쪽은 가질 변경백 가문이다.

나바라 왕국은 카파 왕가보다 가질 변경백 가문 쪽에 트집을 잡을 가능성이 높았다. 하지만 그 가능성도 '이번 사건은 처음부터 없었던 걸로 하고, 쌍방 모두 다시 문제 삼지 않는다'라는 젠지로의 제안에 따라 결말이 지어진 이상, 완전히 사라졌다고 해도 좋았다.

'명부' 분실이라는 실수를 한 카파 왕국 그 자체에는 한마디 항의를 하고 싶었던 가질 변경백이었지만, 그 사실을 눈치채고 사건을 원만하게 수습하기 위해 힘을 써 준 젠지로 개인에게는 그저 감사할 따름이었다.

"이 은혜는 결코 잊지 않겠습니다. 제가 힘이 될 수 있는 일이 있다면, 뭐든 말씀만 해 주십시오."

"역전의 용사인 변경백이 그렇게까지 말해 주니 마음이 든든하군. 나로서는 앞으로도 그대가 '카파 왕가에게' 변함없이 충성을 맹세해 준다면, 그보다 더한 기쁨은 없을 걸세."

"……네, 알겠습니다."

젠지로의 대답을 들은 초로의 영주 귀족은 잠시 뜸을 들인 후, 순순히 작게 고개를 끄덕였다.

옆에서 생글생글 웃으며 앉아 있는 니르다는 전혀 눈치채지 못한 듯했지만, 방금 그 대화에는 조금이지만 숨겨진 의미가 포함되어 있었다.

가질 변경백의 감사의 말이 일개 개인인 자신에게만 향해 있다는 사실을 걱정한 젠지로가 일부러 '카파 왕국에게' 충성을 맹세해 달라고 못을 박아 두자, 변경백은 잠시 생각을 한 뒤 그 말을 받아들인 것이다.

젠지로 스스로도 너무 예민한 게 아닌가 하고 생각했지만, 위험한 싹은 최대한 빨리 잘라내고 싶었다.

　기사 나탈리오 말도나도처럼 사실상 전력이 한 명뿐인 기사 귀족의 충성이라면 고맙게 받아들일 수 있겠지만, 독자적인 기반을 지닌 변경백의 개인적인 충성을 왕의 배우자인 젠지로가 받아들이는 일은 장래를 생각해 봤을 때, 결코 좋다고 하기 어려웠다.

　한편, 니르다는 당사자이면서도 그런 뒷사정을 전혀 이해하지 못한 듯, 지금도 천진난만한 미소를 짓고 있었다.

　니르다도 바보는 아니고, 가질 변경백 가문에 들어온 뒤로는 언니인 루신다가 친절하게 귀족에 걸맞은 교육을 해 주었기 때문에, '명부'에 자신의 이름이 기재되어 있지 않다는 사실이 귀족 사회에서 얼마나 큰 문제인지는 잘 알았다.

　하지만 니르다가 이해하고 있는 것은 거기까지였다.

　자신을 위해 힘을 써 준 젠지로에게는 순수하게 감사의 마음만을 품었을 뿐, '왜 그런 일을 한 것인가?', '어떤 대가를 요구했는가?' 같은 이해관계까지는 생각이 미치지 못했다.

　"젠지로 님, 정말 감사합니다."

　그래서 감사의 인사에도 눈이 부실 만큼 순수한 호의만이 담겨 있었다.

　"아니, 별일은 아니다. 큰일로 발전하지 않아 정말 다행이야."

　젠지로는 소녀의 미소에 이끌리듯, 자신의 본래 모습에 가까운 순수한 미소를 지었다.

같은 시간. 왕궁의 다른 방에서는 여왕 아우라가 심복인 파비오 비서관, 궁정 필두 마법사 에스피리디온, 시녀 마르그레테를 상대로 내밀한 회의를 하는 중이었다.

"폐하, 몸은 좀 어떠십니까?"

"아아, 현재로선 아무 문제 없어. 일단 미셸도 임신을 했다고 단언을 하지는 않았으니까."

시녀 마르그레테의 손에 이끌려 검은 가죽 소파에 앉은 여왕은 그렇게 말을 한 뒤, 시녀의 노고를 치하하듯이 작게 손을 흔들었다.

자리에 앉은 사람은 아우라뿐으로, 심복 세 사람은 소파 앞에서 작은 원을 그리듯이 서 있었다.

중년의 비서관, 노령의 마법사, 그리고 젊은 시녀. 직업도 성별도 연령도 모두 다른 세 사람의 공통점이라면, 그 능력과 충성에 아우라가 전폭적으로 신뢰를 둘 정도의 심복 중의 심복이라는 점이었다. 약 한 명, 능력과 충성이야 어쨌든 인격적으로는 그다지 신뢰할 수 없는 자도 섞여 있었지만.

먼저 대화를 시작한 사람은 그 인격을 신뢰할 수 없는 인물──파비오 비서관이었다.

"폐하, 이번 소집은 역시 '명부'에 관한 일 때문인지요?"

비서관의 말을 듣고 여왕은 작게 고개를 끄덕였다.

"아아, 그래. 나중에 내 '회임'과 관련된 움직임도 같이 확인해 두고 싶지만, 일단은 '명부'에 관한 일이 우선이야. 마르그레테. 지금까지 확인된 사항만이라도 좋으니, 보고해라."

여왕의 말을 듣고 카파 왕국에서는 드물게도 금발, 녹색 눈, 흰 피부를 지닌 시녀가 작게 고개를 숙인 뒤 입을 열었다.

"네, 폐하. 그 후, 알현의 방에서 빠져나가는 귀족들 중, 최소한 네 명 정도가 짚이는 곳이 있는 듯한 발언을 했습니다."

밀정을 총괄하고 있기도 한 금발 시녀의 말을 듣자 여왕은 살짝 미간을 찌푸렸다.

"역시 니르다 양 혼자만의 문제가 아니었군. 각오는 했지만 조금 귀찮은 일이 될 것 같아. 하지만 관계자가 수도에 있는 사람들은 아직 문제가 작다고 볼 수 있어."

"그렇습니다. 진짜 문제는 오늘 그 자리에 관계자가 없었던, 즉, 현시점에서 집안 사람이 아무도 사정을 이해하지 못하고 있는 '잠재적 명부 누락자'입니다."

여왕의 걱정에 얼굴이 갸름한 비서관이 그렇게 말하며 동의했다.

현재 카파 왕국은 지난 대전에서 많은 사상자가 나와 일손이 부족한 귀족 가문에 한해 예외적으로 수도 근무를 면제해 주는 중이다.

그렇게 자신의 영지에 틀어박혀 있는 집안에 '명부 누락자'가 있다면, 대처가 늦어지는 케이스도 나올 수 있다.

여왕과 비서관의 말을 들은 노령의 마법사——에스피리디온은 짧은 턱수염을 손으로 쓰다듬으며 말했다.

"폐하는 지금 왕도에서 근무하고 있지 않은 귀족 집안을 파악하지 못하고 계십니까? 만약 파악하고 계시다면, 소식을 알려 주기만 해도 문제가 없을 것 같습니다만."

에스피리디온의 말을 들은 여왕은 심각한 모습으로 고개를 옆으로 저었다.

"물론 파악하고 있지. 파악은 하고 있지만, 그런 귀족 집안 중에는 가신 귀족 가문도 있거든. 그런 경우에는 주인 가문을 통하지 않고 왕가가 직접 소식을 알려 봐야, 결국 묵살당할 거야."

"그렇군요. 그것은 참 문제입니다."

여왕의 말을 들은 늙은 마법사는 여왕과 마찬가지로 심각한 표정을 지었다.

카파 왕국은 극단적으로 왕가의 힘이 강하긴 하지만, 기본적으로는 봉건국가이다.

지방의 영주 귀족은 반쯤 독립되어 있고, 그런 유력 영주 귀족은 자신들 아래의 부하 귀족——가신 귀족을 거느리고 있다.

그런 가신 귀족에 대한 명령권은 원칙상으로는 왕인 아우라에게는 없다. 가신 귀족은 기본적으로 주인 가문의 명령에만 따른다.

그런 상황에서 가신 귀족과 왕인 아우라가 주인 가문을 통하지 않고 직접 이야기를 진행하면 주인 가문은 당연히 불쾌해한다.

설사 좋은 마음에서 시작한 일이라도, 그게 반드시 좋은 결과로 이어질 것이라고는 할 수 없었다.

왕가가 할 수 있는 일은 주인 가문에게 이야기를 전달하는 것 정도. 만약 주인 가문이 가신 가문에 무언가 불만을 안고 있어 이야기를 전달하지 않는다 하더라도, 왕가로서는 더 이상 손쓸 방도가 없었다.

"그렇다면, 폐하. 정보를 늦게 전달받은 귀족에 한해, 기간을 연장해 주는 것은 어떻겠습니까?"

파비오 비서관의 제안에, 여왕은 곧장 고개를 가로저었다.

"안 돼. 기한은 1년, 예외는 인정할 수 없어. 그 이상 시간을 주면 부정한 생각을 하는 자들이 나타날 수 있으니까."

당사자들이 증거로서 가지고 있는 '명부'의 '복사본'은 왕가의 문장과 당시 왕의 사인이 들어가 있지만, 시간을 오래 들이면 절대 모방이 불가능하다고는 하기 어려웠다.

더욱 문제인 것이 '명부'의 누락 기간이 지난 대전 중이었다는 점이다.

큰 전쟁이 벌어졌을 때는 무공을 세운 평민이 처음으로 귀족이 되는 케이스도 존재한다.

유력 지방 영주라면 이 기회에 '복사본'을 위조해, 부하라 할 수 있는 가신 귀족을 늘리는 것도 불가능하지 않다.

그 외에도 조금 천박한 이야기이지만, 귀족이 되지 못했던 빈곤한 귀족의 차남, 차녀를 부정하게 유혹할 우려도 있다.

최하급 기사 가문의 경우, 후계자인 장남이나 다른 가문과 의무적으로 교류를 해야 하는 외모가 뛰어난 딸만이 '명부'에 등록되고, 그 이외의 아이들은 그대로 평민으로 추락하는 집안도 드물지 않았다.

그럴 수밖에 없는 이유는 여러 가지가 있지만, 그중에서도 특히 부담스러운 것이 바로 등록료이다. '명부' 등록료는 말단 귀족의 입장에서는 자기 자녀의 미래를 어쩔 수 없이 포기해도 이상하지 않을 만큼 고액이었다.

그런 사람들에게는 이번의 '산초 1세의 서명이 들어간 복사본'이 있으면, 등록료 없이 재등록해 주겠다'는 조건이 매우 매력적으로 보일 게 틀림없었다.

"그렇다면 아무래도 미처 등록하지 못하는 사람이 나올까 무섭습니다만, 폐하의 생각은 어떠신지요?"

늙은 마법사의 말을 듣고 여왕은 작게 고개를 끄덕였다.

"그래. 그래서 기일 이외의 다른 면으로는 크게 편의를 봐 줄 생각이야. 올해의 '길 정비'는 그런 점을 고려하여 선택할 생각이지."

카파 왕국에서는 우기가 끝나면 거의 항상 도로 일부에 문제가 생긴다.

길 일부가 개펄이 되거나, 옆 수로가 매워져 얕은 물웅덩이의 물이 빠지지 않는 일은 그나마 나은 수준이고, 산악에 낸 길의 경우에는 산사태가 나서 도저히 통행을 할 수 없는 곳도 많이 생긴다.

말할 것도 없이 산사태로 통행이 불가능해진 산악지대가 가장 심각한 것은 사실이지만, 영향을 받는 사람의 숫자로 따지면 '소금 도로'와 같은 큰길에 발생하는 물웅덩이나 진흙탕이 더 큰 문제다.

파견할 수 있는 공병의 수에는 한계가 있기 때문에, 결국 여왕은 나라 전체의 효율을 최대한 높이려면 어디를 우선해야 할지 결정해야 한다.

그 결과, 당사자에게는 심각한 문제일지라도 피해를 입은 사람이 적은 산악지대의 산사태는 뒷전으로 밀리거나, 현지 주민에게 전적으로 뒷수습을 맡기는 사태가 벌어진다.

그런데 이번에는 가장 높은 우선순위 중 하나로 '명부 누락자'가 지나는 길을 넣는 게 어떠냐고 아우라는 주장하고 있는 것이다.

"원래 왕가의 실수로 벌어진 사태인데 수도로 올 수 없어 귀족 자격을 잃는 일이 벌어지면, 아무래도 인심이 멀어질 테니까 말이야. 최악의 경우 할아범이 '날아가' 줘야 할 테지. 고생을 좀 하겠지만, 마음의 준비를 해 두시오."

여왕의 말을 들은 늙은 마법사는 짐짓 일부러 어깨를 으쓱하더니, 크게 한숨을 내쉬었다.

"후우, 알겠습니다. 폐하의 명령이라면, 이 늙은이도 한바탕 분발을 해 볼 수밖에요."

일반적으로 마력량이 많은 사람은 마력 소비량이 적은 소규모 마법을 사용할 때 고생을 하는 경향이 있지만, 극히 일부의 예외도 존재한다.

에스피리디온은 그 극히 일부의 예외 중 한 사람이다.

다채로운 주문을 풍부한 마력량으로 구사할 수 있는 에스피리디온은 마음만 먹으면 혼자서 공병 부대를 능가하는 힘을 발휘할 수도 있다.

산사태로 사람이 지날 수 없는 길을 일단 한 사람 정도 지날 수 있게 하는 정도라면, 하루도 걸리지 않겠지.

"부탁하오."

여왕의 요청에 늙은 마법사는 작게 웃으며 고개를 끄덕였다.

일단 '명부'에 관한 일은 일단락됐다고 판단한 여왕은 이어서 심복에게 또 한 가지 걱정스러운 점에 대해 물었다.

"그건 그렇고, 내 임신에 관한 소문은 이미 왕궁 내에 퍼져 있을 것이라 생각하는데, 사람들은 그에 관해 어떤 반응을 보이고 있지?"

정확하게 말하면 주치의 미셸은 아직 '임신의 가능성이 매우 높다'고밖에 말하지 않았지만, 임신이 확정될 때까지 가만히 기다려 줄 정도로 귀족이라는 인종은 예의가 바르지 못했다.

마르그레테는 침착한 말투로 보고했다.

"네, 대체적으로는 지난번과 비슷한 반응입니다. 이번 일을 계기로 젠지로 님의 측실 자리를 노리려는 자들이 주류이고, 다음이 둘째의 유모 자리를 노리는 흐름입니다. 당연하지만 유력 귀족은 그 두 가지를 동시에 추진하고 있습니다."

"흐음, 카를로스 때의 카산드라처럼 좋은 인재가 있었으면 좋겠지만, 이것만큼은 원한다고 어떻게 되는 일이 아니니 말이야."

여왕은 그렇게 말을 한 뒤, 복잡한 표정을 지으며 턱을 괴었다.

카산드라는 아우라의 첫째 카를로스 젠키치의 유모이다.

고위 귀족은 아니지만 인격적으로도 신용할 수 있고, 아이가 셋인 어머니라 젖을 준다는 의미에서의 '유모'로서는 최적의 인재였다.

아쉽게도 그다지 교양이 있는 여자는 아니기 때문에, 젖을 뗀 뒤, 유년기 교육 담당 '유모'를 겸임시킬 수는 없겠지만.

카산드라처럼 안심하고 아이를 맡길 수 있는 유모를 과연 둘째에게도 찾아 줄 수 있을까?

불안을 숨길 수 없었는지, 아우라는 무의식중에 오른손을 아직 전혀 부풀지 않은 자신의 배에 갖다 댔다.

그런 여왕의 모습을 보고 얼굴이 갸름한 비서관은 눈썹을 움찔, 하고 움직였지만 특별히 지적은 하지 않고 말을 계속했다.

"그렇군요. 유모는 역시 그때가 되면 최선의 인재를 선택할 수밖에 없겠지요. 하지만 유력 귀족들의 주된 목적은 유모가 아니라 젠지로 님의 측실입니다. 그쪽을 어떻게 대처할 것인지 먼저 생각할 필요가 있습니다."

비서관을 말을 들은 아우라가 작게 고개를 끄덕였다.

"그래. 그쪽이 더 큰 문제지. 하지만 프레야 전하의 존재가 어느 정도 '제어'하는 역할을 하지 않을까 하는데, 그런 경향은 안 보이는 건가?"

북대륙 웁살라 왕국의 프레야 공주는 공개적으로 젠지로에게 사실상 청혼을 한 인물이다.

여왕 아우라가 프레야 공주를 젠지로에게서 떼어 놓지 않는 것은 물론, 더 나아가 결혼식에 출석하는 젠지로의 파트너로 인정하자, 왕궁에서는 다들 프레야 공주가 곧 측실로 들어올 것이라 생각했다.

아우라는 그런 사실상의 측실이 다른 측실 희망자에 대한 견제로 작용하지 않느냐고 물은 것인데, 시녀 마르그레테는 기대와는 달리 고개를 좌우로 저었다.

"안타깝지만 프레야 전하의 존재가 오히려 상황을 더욱 악화시키고 있습니다. 확실히 말씀드리면, 지난 회임 때보다도 귀족들의 측실 공세가 더욱 강해졌습니다."

지난번에는 젠지로의 이상형이 '아우라 같은 여자'라고 다들 생각했다.

아우라의 매력을 단적으로 표현하면, 키가 크고 육감적인 성숙한 여성이다.

하지만 이쪽 세계의 결혼 적령기——열다섯에서 스무 살 사이의 여자 중에는 그런 매력을 지닌 사람을 찾기가 어려웠다.

한편, 프레야 공주는 누가 봐도 미소녀인 10대 후반이다. 여성에게 금기시되는 단발이라는 점이나, 남자 옷을 입고 야외 활동을 하는 등, 조금 엇나간 부분이 있기는 하지만, 프레야 공주도 젠지로의 허용 범위라면 이야기는 빠르다.

상식선에서 '결혼 적령기의 매력적인 소녀'를 준비하면 된다고 생각한 귀족들은 이전보다 더 폭넓은 측실 후보를 내세울 게 틀림없었다.

상황 설명을 들은 여왕은 깊게 한숨을 내쉬었다.

"그런가. 그럼 서방님의 바쁜 일상이 오히려 좋은 방향으로 작용할지도 모르겠군."

"젠지로 님이 굉장히 집중을 하고 계시다고 듣기는 했습니다만, 그 정도입니까?"

비서관의 말을 듣고 여왕은 괴로운 표정을 지었지만, 그 얼굴에 기쁜 표정이 섞이는 것까지는 막지 못했다.

"그래. 임신 가능성이 높다는 말을 들은 그날부터 거의 모든 빈 시간을 이용해 '순간이동'을 습득하기 위해 노력하고 있어. 이미 주문은 문제없이 외울 수 있게 되었고, 마력 출력 조정도 문제없더군. 이제는 주문을 외우는 데 성공한 상태를 선명하게 뇌리에 그리면 그만이니, 조금만 더 노력하면 돼. 아무래도 내가 출산하기 전까지는 꼭 성공시키겠다는 모양이야."

"이거 참, 정말 많은 사랑을 받고 계시는군요, 폐하."

늙은 마법사의 놀리는 듯한 그 말에 여왕은 얼굴을 붉히면서도, 자랑스럽게 그 풍만한 가슴을 쭉 폈다.

"그렇지. 그만큼 서방님의 부담이 크지 않을까 걱정이었는데, 오히려 바쁘기 때문에 상황이 더 나아진 면도 있어. 여왕의 남편이 여왕의 출산까지 '순간이동'을 배워 쌍왕국에서 치유술사를 데리고 올 수 있는 태세를 정비하려 한다는 이유가 있으니, 사교장에 나서는 횟수를 최소한으로 줄일 수 있다는 점이야."

평소에는 아우라가 불안해질 만큼 말을 잘 듣는 남편 젠지로가 유일하게 명확히 거부 반응을 보이는 문제가 측실을 들이는 일이다.

그런 측실 공세에서 조금이라도 피해 있을 수 있는 '정당한 이유'가 있다는 점은 매우 기쁜 일이었다.

하지만 얼굴이 갸름한 비서관은 평소처럼 무표정한 얼굴로 더욱 걱정스러운 일에 관해 언급했다.

"하지만 폐하의 회임이 사실이라면, 앞으로는 본격적으로 일손이 부족해질 가능성이 있습니다. 폐하의 몸 상태가 지난번 회임 때와 같다고 한다면, 회임 중에는 평소와 같은 양의 일을 하실 수 없겠지요. 지난번에는 젠지로 님이 그 구멍을 메워 주셨지만, 젠지로 님이 마법 습득을 우선하실 경우, 정무가 정체될 것으로 예상됩니다."

"그렇겠지. 내 입덧이 심해져 정무에 지장이 있기 전에, 서방님이 '순간이동'을 습득해 주시길 바랄 수밖에."

"젠지로 님이 '순간이동'을 습득하시면, 쌍왕국으로 떠나시는 게 아니신지요? 그러면 오히려 지금보다 더욱 일손이 부족해지는 게 아닌지……."

여왕은 비서관의 걱정을 고개를 좌우로 저으며 부정했다.

"아무래도 그렇지는 않을 거야. 지금은 '우기'에 막 들어선 참이고, 그 뒤로는 '혹서기'니까, 장거리 여행을 하기에는 좋은 계절이 아니거든. 서방님이 실제로 떠난다면, 빨라도 6개월은 지나야 가능해."

이 점은 이미 아우라와 젠지로가 이야기를 나누며 결정해 놓은 내용이었다.

젠지로는 아우라가 '순간이동'으로 보낼 수 있지만, 그 외의 사람은 육로를 이용할 수밖에 없다.

남대륙 중서부에 있는 카파 왕국에서 중중부에 있는 쌍왕국까지의 여정을 여행에 익숙하지 않은 사람이 '우기'나 '혹서기'에 견디기에는 너무나도 힘들었다.

얼굴이 갸름한 비서관은 작게 고개를 끄덕이며 여왕의 주장에 동의했다.

"역시나. 젠지로 님은 그렇게까지 무리한 말씀은 하시지 않는군요."

"역시나라니. 서방님은 아주 이해가 빠른 분이라 원래부터 무리가 있는 말은 거의 하지 않아."

자네도 그 정도는 알고 있을 텐데. 그렇게 말을 하듯 의아한 표정을 짓는 여왕을 본 비서관은 꿈찔 하고 가는 눈썹을 들어 올리며 반론했다.

"분명히 젠지로 님은 대부분의 경우 매우 이해력이 뛰어나시고 이성적인 분이시지만, 아우라 폐하의 심신에 해가 갈 수도 있을 때에는 꼭 그렇지만은 않다고 생각해서 드린 말씀입니다."

전면적으로 칭찬을 하는 말은 아니었지만, 어떤 의미론 아우라에게 있어 더할 나위 없이 기쁜 말이기도 했다.

평소에는 이성적인 남편이 자신과 관련된 일에는 이성이 사라질 정도로 감정적이 된다. 그 모습 자체로 애정이 얼마나 깊은지를 느낄 수 있는 일이었다.

여왕은 쑥스럽기도 하고 자랑스럽기도 한 표정으로 작게 웃었다.

"나머진, 이번 '명부' 사건. 지난번의 발렌티아 군룡 퇴치. 그리고 그대들에게는 아직 자세하게 말해 주지 않았지만 뒤뜰——기술자들이 작업 공간에서 만들고 있는 증류주와 유리. 서방님의 공적이 숨길 수 없이 계속해서 쌓이고 있는데, 그 점에 대해서는 어떻게 생각하지?"

여왕의 시선을 받은 금발의 시녀는 반 발짝 앞으로 나섰다.

"네, 폐하께서 염려하시는 대로입니다. 젠지로 님이 공적을 세우실 때마다 폐하가 '남편의 머리를 짓누르는 악처'라고 소문을 퍼뜨리는 자가 조금씩이지만 늘고 있습니다. 다행히 본인이신 젠지로 님이

민감하게 반응하셔서, 그런 소문을 들으실 때마다 부정적인 언동을 해 주신 덕분에 큰 문제가 되지는 않고 있지만, 그런 경향이 계속 강해지고 있는 것은 사실입니다."

남성 중심 사회인 이쪽 세계에서는 여자인 아우라가 왕위에 올라 있다는 것 자체가 부자연스러운 일이었다. 젠지로가 어느 정도 능력을 발휘하면 그런 목소리가 나오리라는 점은 이미 예상한 바였다.

물론 혈통은 물론 태생 자체가 불명확한 젠지로이기에, 왕족으로 맞아들이는 것이야 어쨌든 왕좌에 앉혀서는 안 된다는 의견이 그런 목소리보다 더 크긴 했다.

하지만 현실적으로 여왕이기 때문에, 임신·출산을 할 때마다 정무가 지체되는 것도 틀림없는 사실이었다. 지난번과 이번을 통틀어 임신으로 인해 정무 처리가 얼마나 지체되는지 실감한 귀족들 사이에서 '역시 여왕은 문제가 많다'는 분위기가 확산될 것은 불 보듯 뻔했다.

그런 현실과 그 확정적이라고 해도 과언이 아닐 미래를 내다본 여왕은 결심했다.

"역시 이대로 정무를 보게 되면 나중에 큰 문제가 생길 위험이 있어. 내 본의는 아니지만, '원수(元帥)'와 '재상(宰相)'을 둘 각오를 다질 수밖에 없는 건가."

현재 카파 왕국은 군사의 최고위인 '원수'도, 정치의 최고위인 '재상'도 공석이었다.

그 이유는 왕인 아우라가 권력이 분산되길 원치 않았기 때문이다. 그리고 아우라에게는 군사와 정치의 모든 최종 결정권을 쥐고서도 조직이 원활하게 돌아갈 수 있게 할 수 있을 만큼의 재능이 있었다. 지금까지는.

하지만 아무리 아우라라고 하더라도 임신 중에는 군사와 정치 양쪽 모두를 직접 관할하기는 어려웠다.

"그렇군요. 그러기 위해 젠지로 님께 작위를 수여하는 것입니까?"

척하면 척하고 이쪽의 의도를 바로 눈치채 주는 비서관을 보고 여왕은 눈에 힘을 주며 고개를 끄덕였다.

"그래. 서방님은 현재 일개 왕족에 불과하기 때문에, 내 대리라는 직위가 없으면 실무 수준의 회의에는 참가할 수 없어. 하지만 작위가 있으면 그런 자리에서도 내 옆에 앉아 있을 수 있지."

'원수'와 '재상'을 두면 아우라가 해야 하는 일의 양은 줄어든다. 그것은 곧 아우라의 권력도 줄어든다는 것을 의미한다. 회의를 하는 중에 여왕 아우라의 발언력이 줄어들 것이라는 사실은 쉽게 상상할 수 있었다.

그때, 젠지로가 작위가 빛을 발한다.

작위가 있으면 젠지로는 아우라의 대리라는 직위가 없어도 공작 자격으로 회의에 출석할 수 있다.

물론 젠지로가 달변으로 고위 귀족을 꼼짝 못하게 만들 것이라고는 기대할 수 없지만, 아우라로서는 무조건 자신에게 찬성해 주는 표가 한 표 늘어나기 때문에 많은 도움이 된다.

그런 여왕의 의도를 이해한 비서관은 감탄했다는 듯이 두세 번씩 고개를 끄덕이더니, 강렬하게 비꼬았다.

"과연. 진정으로 합리적인 생각이십니다. '원수'와 '재상'을 둔다고 하면 귀족들도 환영을 할 테고, 폐하의 일도 경감될 것입니다. 게다가 만약을 대비한 권력 기반까지 유지할 수 있는데도 손해를 보는 사람은 딱 한 명뿐이니, 그야말로 묘안입니다."

딱 한 사람이 누구인지는 굳이 언급할 필요도 없었다.

영지도 없는 명예 작위를 부여받아 일만 늘어나게 될 젠지로를 가리키는 것이었다.

"일단 서방님의 승낙은 받아 뒀어."

"그렇겠지요. 젠지로 님은 이해력이 좋으신 분이니, 다소 자신에게 불리하더라도 그것이 아우라 폐하의 도움이 된다면 아무런 문제 없이 받아들여 주실 겁니다. 하오나, 폐하. 사람에게는 누구에게나 '그릇의 한계'라는 것이 있습니다. 그 점을 잊지 마시길, 부탁드립니다."

"그래, 나도 알아."

비서관의 고언을 여왕은 괴로운 얼굴로 받아들였다.

실제로 파비오 비서관의 말은 정론이었다.

젠지로의 입장에서 보면 지금까지처럼 아우라의 영향력 아래에 있는 것은 '참을 필요조차도 없을 만큼 전혀 고통스럽지 않은' 상태라 할 수 있었지만, 작위를 지녀서 생기는 여러 귀찮은 일은 '필요하다는 점을 이해하기에 참을 수 있는' 상태라 할 수 있었다.

전자와 후자의 차이는 명확하다.

전자의 경우 일반인에게는 괴로운 상황이겠지만, 가치관이 다른 젠지로의 입장에서는 아무런 고통을 느끼지 않는 상태이기 때문에 고려해야 할 것이 아무것도 없었다.

반면에 후자의 경우에는 젠지로의 입장에서 틀림없이 고통스러운 일이었다. 단지, 허용 범위 내의 고통이고, 자신이 고통을 참으면 사랑하는 아내의 부담이 경감되기 때문에 기꺼이 받아들이는 것뿐이었다.

그런데 젠지로가 고통을 느낀다는 전제를 잊고, 아우라가 남편의 헌신을 '당연한 일'로 치부하면, 원만했던 부부관계에 균열이 생길 게 분명했다.

"물론, 잘 알고 있어."

그렇기 때문에 여왕은 자신에게 들려주듯이 반복해서 그렇게 중얼거렸다.

[막간1] **아만다의 조언**

카파 왕국이 본격적인 '우기'에 들어간 어느 날.

가질 변경백 미겔은 왕궁의 한 방에서 아만다 시녀장과 얼굴을 마주했다.

"오랜만이군, 아만다."

"네, 미겔 님도 여전하시군요."

서로 마주 보고 앉은 초로의 영주 귀족과 중년의 시녀장은 친근하게 인사를 나누었다.

원래 아만다 시녀장은 가질 변경백 가문의 혈족이다.

구체적으로 말하자면, 아만다 시녀장은 선대 가질 변경백 남동생의 딸이었고, 현재의 변경백인 미겔과는 사촌시간이었다.

"오늘은 참 미안하군. 후궁 시녀장인 네가 이렇게 왕궁으로 나오는 것만으로도 큰일인데, 이렇게 멋대로 불러내다니."

가볍게 사과하는 가질 변경백에게 아만다 시녀장은 평소의 엄숙한 표정을 누그러뜨리며 작게 고개를 가로저었다.

"아니요. 다행히도 저는 아우라 폐하에게 나름 신뢰를 받고 있기 때문에, 후궁 밖으로 나오는 것도 그렇게 어렵지 않답니다. 게다가 저에게는 미겔 님을 뵐 수 있는 기회도 중요하니까요. 미겔 님, 그 사람은 건강한가요?"

아만다 같은 기혼 여성이 '그 사람'이라고 하면, 당연히 남편을 말하는 것이다.

"그래, 건강하고말고. 물론 이번 '명부' 사건으로 세베로에게는 많은 심려를 끼쳤지만 말이야. 지금은 아주 건강하지. 땀을 뻘뻘 흘렸는데도 전혀 살이 빠지지 않았다며 불평을 하더군."

"후후, 그 모습이 눈에 선하네요."

시녀장이라는 책무에서 벗어난 아만다는 20년 이상 부부의 연을 맺고 있는 남편의 소식을 듣자, 즐겁게 웃었다.

이미 아이들도 성인이 되어 후궁 시녀장이라는 중책을 떠맡은 아만다였지만, 1년 이상이나 만나지 못하니 역시 가족이 그리웠다.

"그 사람이 이제 건강을 되찾았다고 하시는 걸 보면, 니르다 님의 '명부' 문제는 무사히 해결된 모양이네요."

작게 웃는 아만다 시녀장을 보고 가질 변경백이 고개를 끄덕였다.

"그래, 이야기를 들었을 때는 깜짝 놀랐지만, 다행히 아무 문제도 없이 끝났지. 이게 다 젠지로 님 덕분이야."

"정말 잘됐네요. 그럼 니르다 님도 지금 수도 저택에 머물고 계신가요?"

"그래. 눈에 보이는 모든 것이 새로운지 수도 저택 안을 바쁘게 돌아다니고 있지. 주의를 줘야 하다는 건 알지만, 나는 영 사람을 혼내는 데 서툴러서……."

군대에서 부하에게 호통을 치는 일이라면 자신 있지만……. 가질 변경백은 그렇게 말하며 머리를 긁적였다.

"루신다 님이 얼마나 대단한지 이제야 깨달으셨겠네요?"

놀리는 듯한 아만다 시녀장의 말을 들은 가질 변경백은 삐친 듯이 말했다.

"그 녀석이 얼마나 위대한지는 진작에 알고 있었지. 단, 너무 갑자기 떠나서 말이야. 여러모로 준비가 미흡한 점이 있어."

"영지의 관리에서부터 동생들을 돌보는 일과 교육까지. 루신다 님은 거의 혼자서 그 일들을 모두 해내셨으니까요."

"그래. 문제는 교육이야. 너도 알다시피 니르다는 아홉 살 때까지 마을에서 자랐거든. 그래서 아직도 모든 교육을 적절히 받았다고는 할 수 없지. 물론 이번에도 왕궁에서 무사히 폐하를 알현했던 것에서도 알 수 있듯이 최소한의 교육은 받았지만, 역시 아직 불안한 점이 남아 있어. 하지만 루신다가 결혼한 지금, 우리 영지엔 니르다의 교육을 대신해 줄 인재가 없어서 말이야."

"그렇군요. 저를 찾으신 이유가 그것 때문인가요?"

아만다 시녀장은 이해가 되었다는 듯이 크게 고개를 끄덕였다.

"그래, 네 말대로다. 갑자기 이런 부탁을 해서 미안하지만, 난 인간관계가 넓지 못하거든. 아만다, 어떠냐? 네 인맥 중에 좋은 인재는 없을까?"

일족 당주의 요청에 후궁 시녀장을 맡고 있는 재원은 천장을 올려다보며 잠시 생각했다.

"일단 확인해 두고 싶은데, 니르다 님은 가질 변경백 본가의 영애로서 키우실 생각이시죠? 그렇다면 교육이 가능한 집은 이곳 수도에서도 그렇게 많지 않아요."

"흐음……."

가질 변경백 가문은 현재 카파 왕국에서 열 손가락 안에 들어가는 대귀족이다. 그런 가문 영애의 교육을 책임지고 맡을 수 있는 사람은 당연히 적을 수밖에 없었다.

그런데도 아만다 시녀장은 그 몇 안 되는 적임자의 이름을 열거했다.

"가장 먼저 떠오르는 사람은 마르케스 백작의 부인이신 옥타비아 님이에요. 원래 사교계의 꽃으로 이름이 높으셨는데, 그 이유가 미모도 미모지만 평소의 행실과 타고난 성품 때문이셨던 분이니, 숙녀 교육에는 더 이상 없을 만큼 적임자이시죠. 폐하의 배우자이신 젠지로 님에게 교양과 예법, 그리고 초보적인 마법을 가르쳐 주실 정도의 분이니, 그 지도력은 제가 자신 있게 추천해 드릴 수 있답니다."

마르케스 백작의 부인 옥타비아.

그 이름을 들은 가질 변경백은 떨떠름한 표정을 지었다.

"확실히 옥타비아 님이라면 전혀 부족함이 없겠지만……, 될 수 있는 한 마르케스 백작에게는 빚을 지고 싶지 않아. 그 녀석과 교섭을 하면, 그쪽이 먼저 부탁한 일이라도 마지막에 가서는 꼭 이쪽이 빚을 진 것 같은 형태로 마무리되거든. 하물며 이쪽이 부탁하는 일이 되면 솔직히 말해 최종적으로 어떻게 결론이 날지 너무 무섭군."

마르케스 백작과 가질 변경백은 모두 유력 영주 귀족이지만, 그 근본은 완전히 정반대라고 해도 과언이 아니었다.

귀족답지 않다는 소리를 들을 정도로 단순한 무인 체질인 가질 변경백으로서는 전형적인 귀족으로 화술, 사전 공작 등에 능한 마르케스 백작과 교섭을 하기에는 힘에 부쳤다.

한심한 이유이기는 하지만, 그렇기에 부정할 여지가 없을 만큼 확실한 거절 사유이기도 했다.

아만다 시녀장은 쓴웃음을 지으면서도, 가질 변경백의 말을 받아들여 다음 대안을 내놓았다.

"그렇다면 아우베니스 백작 부인은 어떠신가요? 조금 엄격한 분이지만, 그만큼 아이들 지도에는 정평이 나 있는 분이세요."

"아니, 너무 엄격한 집안은 곤란해. 루신다가 열심히 교육해 주긴 했지만, 원래는 시골에서 자란 아이니까. 지금도 예상치 못한 곳에서 '출신을 뻔히 알 수 있는' 일을 저지르는 경우가 있을 정도야. 어느 정도는 너그러운 면이 있었으면 하는군."

"그럼 라라 후작 부인은 어떠신가요? 수도가 아니라 영지에 있는 분이기 때문에, 니르다 님을 라라 후작령으로 보내야 한다는 점이 작은 문제지만, 엄격함과 관대함을 겸비한 분이에요. 지도력도 흠 잡을 곳이 없는 분이죠. 아우라 폐하의 유모셨던 분이니, 걱정할 게 없는 분이랍니다."

"안 될 것 같군. 그 부부는 완벽주의자거든. 일단 맡기면 예법을 완벽하게 익히기 전까지는 돌려보내 주지 않을 우려가 있어. 무엇보다 라라 후작령에서는 니르다가 외로울 거야."

"……그러시다면, 차라리 기젠 집안에 맡기는 게 어떨까요? 루신다 님의 시중을 들도록 같이 기젠 집안에 보내, 마지막까지 루신다 님에게 돌봐 달라고 하면 좋을 듯한데요."

"역시 더 이상은 그 녀석을 힘들게 할 순 없어. 안 그래도 루신다는 늦게 결혼을 하기 직전까지 우리 집안을 이끌어 왔는데, 시댁까지 쫓아가 일을 떠맡기다니, 그랬다간 기젠 집안에서 루신다의 입장이 나빠질 거야."

"…………"

이것도 안 된다, 저것도 안 된다, 계속 안 된다는 말만 반복하는 가질 변경백의 태도에, 아만다 시녀장은 무표정한 얼굴로 잠시 입을 닫았다.

"아아, 미안하군. 부탁하는 입장인데 이렇게 요구 사항이 많다니."

하지만 아만다 시녀장은 미안한 듯 몸을 움츠린 나이차가 많은 사촌을 계속 진지하게 대해 주었다.

"상황을 정리하죠. 먼저 니르다 님의 교육 담당을 정할 때, 양보할 수 없는 조건은 어떤 게 있나요? 먼저 무엇이 있는지 모두 들어 두고 싶어요."

아만다 시녀장의 말을 들은 가질 변경백은 천천히 생각을 정리하며 대답했다.

"그래. 일단은 당연한 이야기지만 변경백 가문의 자녀에 어울리는 교육을 할 수 있을 만큼 교양이 있는 사람일 것. 그리고 가능하다면 장소는 수도가 좋겠어. 만에 하나 니르다가 큰 문제를 일으켜도 내가 달려와 고개를 숙이며 사과할 수 있으니까. 하나 더 분에 넘치는 부탁을 하자면, 니르다가 위축되지 않도록 대인 관계가 좋은 사람이라면 더할 나위 없겠어."

가질 변경백이 내건 조건은 하나하나를 따져 보면 그렇게 어려운 주문이 아니었지만, 모든 조건을 합쳐 보면 무척이나 까다로운 주문이라 할 수 있었다.

고위 귀족의 교육을 담당할 귀족은 있다. 귀족으로서 이상한 언동을 해도 너그럽게 봐줄 도량이 넓은 귀족도 있다. 수도에는 물론 많은 귀족이 산다. 개중에는 온유한 귀족도 있겠지.

하지만 그 조건을 모두 만족하는 귀족은 매우 찾기 어려웠다.

굳이 따지면, 아만다 시녀장이 처음에 열거한 마르케스 백작 부인인 옥타비아가 가장 이상에 가까웠지만, 그 선택지를 골랐을 경우, 산전수전을 다 겪은 마르케스 백작에게 어떤 빚을 지게 될지, 생각만 해도 우울해질 정도였다.

"역시 어려운가?"

사랑스러운 딸을 위해 껄끄러운 상대와 껄끄러운 교섭을 할 수밖에 없는 건가.

그렇게 가질 변경백이 결심했을 때였다.

"아니요. 일단 한 사람, 아니, 소개할 만한 곳이 한 군데 있습니다."

예상과는 달리 아만다 시녀장이 그렇게 대답했다.

"누, 누구지?"

깜짝 놀라 고개를 번쩍 드는 가질 변경백에게 아만다 시녀장은 담담한 어조로 말했다.

"바로 저랍니다. 제가 지도한다면 좀 불안하실까요?"

입매에 작은 미소를 지은 아만다 시녀장에게 가질 변경백은 완전히 허를 찔린 듯 허둥대며 물었다.

"아니, 잠깐만. 그럼 네가 후궁 시녀장을 그만둔다는 건가? 아무리 그래도 역시 너에게 그런 헌신까지 요구할 수는 없어."

하지만 그런 변경백의 말을 아만다 시녀장은 고개를 저으며 부정했다.

"아니요, 미겔 님. 저의 제안은 그 반대예요. 니르다 님을 시녀로서 후궁으로 보내는 것이 어떤가, 그렇게 제안한 것이랍니다."

"니르다를 후궁의 시녀로?! 하지만 그건."

"네. 물론 저희가 할 수 있는 일은 니르다 님을 추천하는 것 정도로, 채용하실지 어떨지는 아우라 폐하에게 달려 있지요. 하지만 다행히도 지금은 후궁 시녀를 늘리려고 하는 중이니, 채용될 가능성이 높지 않을까 해요."

"으음. 물론 교육을 네가 맡아 준다면 그보다 더 마음 든든한 일은 없겠지. 하지만 니르다가 젠지로 님이나 아우라 폐하의 면전에서 실례되는 행동을 하지 않을까 생각하니, 너무도 불안하다만."

가질 변경백의 걱정은 어떤 면으론 아주 당연했다.

원래 후궁 시녀는 최고의 인재가 채용된다. 기술·예법을 완벽하게 익힌 시녀가 가는 장소이지, 기술·예법을 배우러 가는 곳이 아니다.

사실 그것은 일반적인 이미지에 불과하고, 실제로는 기술이나 예법보다도 인격, 가문, 배후 관계 등, 신뢰성을 훨씬 더 중요시하기 때문에 젊은 시녀의 경우에는 기술이나 예법을 그렇게까지 요구하지는 않지만, 중앙 정치의 권모술수와는 거리를 두고 있던 가질 변경백은 그와 관련된 정보를 잘 모르는 편이었다.

"미켈 님이 무엇을 걱정하시는지는 잘 알지만, 필요 없는 걱정이십니다. 적어도 제가 아는 한, 악의가 없는 무례나 실수를 용서할 수 있는 도량과 사람을 부드럽게 대하는 면, 이 두 가지 점에서 젠지로 님보다 더 뛰어나신 분은 남대륙의 그 어떤 왕족·고위 귀족 안에서도 찾아보려야 절대 찾아볼 수 없다고 단언할 수 있으니까요."

"으음……, 그가."
가질 변경백은 새삼 젠지로에 대한 평가를 높였다.
가질 변경백은 기본적으로 군대 이외에서는 엄격함을 원하지 않았기 때문에, 자신보다 지위가 높은 왕족도 규율을 바로 세우기보다 사람들에게 더 관용을 베풀기를 원했다.
물론 이것은 가질 변경백 개인이 원하는 인물상일 뿐, 지위가 높은 사람이 너무 느슨해서는 안 된다며 눈썹을 찌푸릴 사람도 있을 게 분명했다.
아무튼 간에, 아만다 시녀장의 말을 믿는다면, 니르다에게 후궁은 나쁜 환경이 아닐 듯했다.
"좋아. 그럼 가까운 시일 내로 내가 직접 아우라 폐하께 니르다를 후궁 시녀로 추천하는 서간을 보내지."
이걸로 모든 것이 해결됐다는 듯이 환한 표정을 짓는 가질 변경백에게 아만다 시녀장이 잊지 않고 못을 박아 두었다.

"단, 당연한 말이지만, 니르다 님이 후궁 시녀가 될 수 있을지 없을지는 아우라 폐하의 마음에 달렸답니다. 만약 아우라 폐하가 거절하셨을 경우에는 차선책으로서 마르케스 백작 부인인 옥타비아 님께 가능 여부를 타진해 봐야 해요. 그 점을 잊지 마시길."

"그, 그래. 알고 있다마다."

초로의 영주 귀족은 식초를 삼킨 듯한 표정을 지으며 대답했다.

◆

강한 비가 내리는 수도의 길을 주룡 두 마리가 이끄는 용차가 내달렸다.

포석으로 깔끔하게 포장한 큰길은 '우기' 때에도 노면 상태에 아무런 문제가 없었지만, 사람들의 왕래는 극단적으로 적었다.

가질 변경백처럼 유복한 귀족일 경우 튼튼한 지붕이 달린 용차로 이동하기 때문에 비의 영향이 비교적 적었지만, 그렇게 이동할 수 있는 사람은 아주 소수에 불과했다.

수도에는 귀족이 많았기 때문에, 수많은 용차가 이리저리 오갔다. 그래서 주룡이 남기는 용의 분변을 수거하는 전문 업자가 있는데, '우기'의 일당(日當)은 '활동기'의 두 배였다.

일용직 노동자에게는 파격적으로 높은 보수였지만, 그래도 '우기' 때에는 좀처럼 용의 분변 처리 담당을 구하기 힘들다고 한다.

비가 쏟아지는 가운데, 넓은 수도의 길가에서 물에 녹은 용의 분변을 주우러 돌아다니는 비참함을 생각해 보면, 다소 임금이 높더라도 사람인 이상 기피하고 싶은 것이 당연할지도 모른다.

물론 대귀족인 가질 변경백으로서는 그런 하층민의 비애를 짐작할 수 있을 리가 없었다.

변경백을 태운 지붕 달린 용차는 달그닥달그닥 묵직한 소리를 내며 왕궁에서 가질 변경백 가문의 수도 저택으로 되돌아갔다.

"돌아왔네."

"어서 오십시오, 주인어른."

저택에 돌아온 가질 변경백을 현관에서 맞이한 사람은 수도 저택의 책임자인 세베로였다.

동글동글한 체형과 반듯하게 맞춰 자른 앞머리가 마치 헬멧 같은 세베로는 존재 자체만으로도 그 자리의 분위기를 누그러뜨려 줄 만큼 익살맞은 모습이었다.

"세베로, 맞이하러 나와 줘 고맙네. 아만다는 아주 건강해 보이더군. 자네를 걱정했었어."

주인에게서 사랑하는 아내의 근황을 들은 세베로는 그 둥근 얼굴에 불룩하고 환한 미소를 지었다.

"그렇습니까. 그래서 주인어른은 뭐라고 대답하셨는지요?"

"물론 '땀을 뻘뻘 흘렸는데, 전혀 마르지 않았다'고 한탄을 하더라, 라고 전해 주었지."

"주인어른……, 왜 굳이 저의 꼴사나운 모습을 아내에게 알려 주시는 겁니까?"

불만스럽다는 듯이 노려보는 신하에게 변경백은 작게 웃으며 어깨를 으쓱 들어 올렸다.

"그거야 물론 자네의 아내가 듣고 싶어 했기 때문이야. 실제로도 아만다는 아주 기뻐했네."

"참 나. 주인어른은 조금 더 신하의 마음을 헤아려 주셔야 합니다."

세베로는 그 둥근 얼굴에 전혀 박력 없는 불쾌한 표정을 지으며 주인을 비난했다.

"후하하하. 그래, 머리 한구석에 기억해 두지."

"주인어른의 기억력으로는 아무리 한구석에 저장해 두어도 금방 굴러 떨어지지 않습니까."

말투 그 자체는 주종 관계를 짐작하게 했지만, 서로 나누는 대화의 내용은 매우 허물이 없었다. 변경백과 세베로의 심리적인 거리는 아주 가까운 듯했다.

그렇게 변경백과 세베로가 예의를 지키면서도 가벼운 농담을 주고받고 있는데, 타닥타닥 하고 가벼운 발소리가 저택 안쪽에서 들려왔다.

"어서 오세요, 아버지."

얼굴 한가득 미소를 지으며 나타난 사람은 가질 변경백 가문의 차녀, 니르다 가질이었다.

몸집이 작고 동안이었기 때문에 실제 나이보다 어려 보였지만, 세는 나이로는 열다섯 살이었기 때문에 카파 왕국에서는 성인이었다.

"흐음, 그래, 다녀왔다, 니르다."

딸의 천진난만한 미소를 보자, 얼굴이 험악한 가질 변경백도 눈매를 누그러뜨렸다.

니르다 가질은 농촌에서 태어나 자라다 철이 들었을 때 귀족이 된 기구한 운명이었지만, 좋은 사람들에게 둘러싸여 있었기 때문인지 보는 사람이 조마조마할 정도로 여전히 천진난만하고 사람을 잘 따르는 성격이었다.

가질 변경백도 경계심 없는 딸의 성격 때문에 불안해하면서도, 그러한 장점 덕분에 마음의 위로를 얻었다.

"니르다, 어떠냐? 편지는 다 썼고?"

외출하기 전에 딸에게 숙제를 내줬다는 사실이 떠오른 가질 변경백은 그렇게 말을 걸었다.

편지란 다름이 아니라, 젠지로에게 보내기 위한 것이었다.

니르다는 가질 변경백령에서 젠지로의 접대 역할을 했을 때, '왕궁에 오면 안내 역할을 해 줄게' 라는 구두 약속을 받았다.

그래서 공식적으로 서면을 통해 그 말이 그냥 예의상 한 말이었는지, 정말로 부탁해도 되는 것인지 확인해 볼 생각이었다.

아버지의 말을 듣고 딸은 의기양양하게 웃더니,

"네, 다 썼습니다. 한번 확인해 주시겠어요?"

하고 말하며 크고 검은 눈동자로 아버지의 얼굴을 올려다보았다.

"그래, 가지고 오거라."

"넷!"

아버지의 말을 듣고 소녀는 타닥타닥 하고 빠르게 자신의 방으로 되돌아갔다.

다소 걸음이 빠르기는 했지만, 발걸음이나 드레스를 잡는 방법 등은, 숙녀로서 충분히 합격점을 줄만했다.

"흐음, 이 정도라면 밖에 내놔도 그다지 창피는 당하지 않을지도 모르겠군."

하지만 옆에서 가질 변경백의 중얼거리는 소리를 들은 세베로가 한숨을 쉬며 그 말을 부정했다.

"주인어른, 대체 어딜 보고 그런 말씀을 하시는 겁니까?"

"음? 어딜 보고 하는 말이냐니. 방금 그 움직임은 훌륭한 숙녀 그 자체라고 생각한다만, 자네가 보기엔 저 정도로는 모자란다, 그 말인가?"

예법을 잘 모른다는 자각을 지닌 가질 변경백은 부하의 지적에 조금 불만스러워하며 그렇게 물었다.

세베로는 '어쩔 수 없군' 이라고 말하듯이, 둥글둥글한 오른손의 중지와 엄지로 관자놀이를 주무르더니 비난하듯이 말했다.

"움직임이나 말투는 합격입니다만, 그 이전의 문제입니다. 왜 가질 변경백 가문의 따님이신 분이 편지를 가지러 굳이 '직접 발걸음을 하시는' 겁니까? 대체 뭣 때문에 이 수도 저택에 사용인들이 있다고 생각하십니까?"

"앗……?"

허를 찔린 듯 그런 소리를 내는 주인에게 세베로가 비난하는 말을 덧붙였다.

"주인어른에게 나쁜 영향을 받은 게 아닐까요?"

"으, 으음……."

짚이는 곳이 있기 때문인지 가질 변경백은 시선을 이리저리 움직였다.

세베로의 지적대로 가질 변경백은 신분이 높은데도 불구하고 몸이 진득하지 못했다.

어떤 일이든 일일이 사람에게 시키는 게 귀찮아서, 무심코 스스로 할 수 있는 일은 스스로 해 버리는 체질이었다.

원래 농촌 출신으로, 자신의 일은 당연히 스스로 해 왔던 니르다가 가질 변경백의 영향을 받았다면, 사람을 부리는 일을 깜빡깜빡 잊는 것도 이상한 일이 아니었다.

"흐음, 그런 쪽의 상식을 익혀야 한다는 점을 생각해 보면, 자칫 후궁 시녀로 보냈다가는 오히려 역효과가 날 수도 있겠군."

"주인어른?"

가질 변경백의 혼잣말은 아주 작은 목소리였기 때문에 바로 옆에 있던 세베로에게도 자세한 내용은 들리지 않은 듯했다.

"나중에 설명하지. 자네의 의견도 듣고 싶으니까."

"네, 알겠습니다."

주종이 그런 대화를 나누고 있을 때, 타닥타닥 가벼운 발소리를 내며 니르다가 돌아왔다. 그 손에는 엽서 정도 되는 크기의 용피지가 있었다.

"아버지, 이거예요."

"그럼 한번 볼까?"

니르다에게 용피지를 건네받은 가질 변경백은 작은 종이에 시선을 떨구었다.

엽서 사이즈의 지면에 적힌 문자는 그렇게 많지 않았다.

경칭을 붙여 젠지로의 이름을 쓴 다음, 계절 인사를 하고, 구두로 약속한 일을 정말 부탁해도 괜찮은가? 라는 질문을 한 뒤, 갑작스럽게 서간을 보낸 점을 사과하고, 자신의 이름으로 마무리를 지었다.

교양이 부족한 가질 변경백이지만 고위 귀족으로서 최소한의 소양은 있었다.

그 편지가 예법에 어긋나지 않는가, 글자가 지저분하지 않은가 정도는 충분히 판단이 가능했다.

짧은 서면을 확인하는 것뿐이라 그리 오랜 시간은 걸리지 않았다.

"으음, 이 정도면 문제는 없겠지."

그렇게 말하며 가질 변경백은 용피지를 딸에게 돌려주었다.

"정말인가요?"

그때까지 불안한 표정을 짓고 있던 니르다가 얼굴 가득 미소를 지었다.

"그래. 고칠 곳이 전혀 없는 것은 아니지만, 일단 이 정도라면 젠지로 님에게 보내도 불경하다는 말은 듣지 않을 게다. 아주 잘했다, 니르다."

"네!"

아버지의 칭찬에 딸은 진심으로 기쁜 목소리로 대답했다.

그 모습을 보고 가질 변경백은 얼마 전에 결혼한 딸——루신다의 말을 떠올렸다.

'아무리 작은 일이라도 니르다가 잘한 일이 있으면 직접 말로 칭찬해 주세요. 그 아이는 철이 들 때까지 평민으로 자랐기 때문에, 항상 자신이 귀족으로서 올바로 행동하고 있는지 불안하게 생각하고 있으니까요.'

니르다를 키운 사람은 루신다다. 절대 자신이 아니었다.

새삼 결혼을 해 집을 떠난 장녀의 큰 공백을 실감하면서, 가질 변경백은 또 한 명의 딸에게 말을 걸었다.

"그런데 공부를 싫어하는 네가 참 열심히 했구나. 아주 기대가 많이 되나 보지?"

"네. 왕궁의 안뜰에는 예쁜 분수나 황금색 물고기가 가득 헤엄치는 연못이 있대요. 너무 기대돼요."

"그러냐?"

니르다의 대답에 가질 변경백이 작게 쓴웃음을 지었다.

왕의 배우자인 젠지로와 친하게 지내려고 하는 모습에서, 왕족과 친교를 가지고자 하는 야망이 있는 것이 아닌가 조금 의심을 했었는데, 아무래도 딸의 가치관은 아버지가 생각하는 것보다 아직 훨씬 어린 듯했다.

"참 기대가 많이 되겠구나."

"네!"

더 이상 추궁을 해 보았자 무의미하다고 판단한 가질 변경백은 반짝이는 미소를 짓는 딸을 눈부신 듯이 바라보았다.

[제2장] 니르다 가질 2

당연한 이야기이지만, '우기'라고 해서 석 달 내내 쉬지 않고 비가 내리는 것은 아니다.

운이 좋으면 구름은 끼어 있어도 며칠간 연속으로 비가 내리지 않을 때도 있고, 더 운이 좋으면 맑은 하늘이 보이기도 한다.

그런 '우기'치고는 드물게 맑은 하늘이 보인 날의 오후.

젠지로는 소녀 두 명과 함께 왕궁의 안뜰에 있었다.

연일 내리는 비로 왕궁의 안뜰에도 흙이 흘러오거나, 나무와 풀이 엉망이 되기도 했지만, 그럴 때는 실력 좋은 왕실의 정원사들이 나선다.

덕분에 안뜰은 '우기'가 한창인데도 불구하고, 여전히 '아름답다'고 부를 수 있는 모습을 유지하는 중이었다.

그 아름나운 안뜰을 처음으로 본 검은색 머리카락을 지닌 소녀 ──니르다 가질은 환성을 질렀다.

"우와아, 굉장해! 굉장해요, 젠지로 님!"

"기뻐해 주니, 다행이야"

솟아오르는 분수를 앞에 두고 환성을 지르는 니르다를 보고 젠지로는 흐뭇한 웃음을 지었다.

분수에 눈을 빼앗긴 니르다는 발밑도 제대로 보지 않고 이리저리 걷고 있었지만, 다행히 요 며칠간은 비가 내리지 않아 잡초도 젖지 않은 상태였다.

그래도 만에 하나라도 잘못되면 큰일이다. 젠지로가 가볍게 주의를 주려고 했는데, 그보다 먼저 다른 소녀 한 명이 니르다에게 웃으며 말했다.

"니르다, 조금 진정하세요."

"앗, 죄송합니다. 보기 흉한 모습을 보여 드렸네요, 프레야 전하."

은발의 소녀——프레야 공주의 목소리를 듣고, 니르다가 정신이 번뜩 들었다는 듯이 자세를 바로 잡았다.

마구 들떴다가 순식간에 자세를 바로 잡는 모습, 마치 훈련이 잘 되어 있으면서도 힘이 넘치는 강아지 같아서, 젠지로는 그 모습을 보고 절로 뺨을 누그러뜨렸다.

'앗, 위험해. 니르다와 같이 있으면 긴장을 조금만 풀어도 거리감이 흐트러진다니까.'

젠지로는 그렇게 자신을 다독이면서, 긴장이 풀리려고 하던 정신을 다잡았다.

보나 왕녀와도 일맥상통하는 점이 있는데, 니르다라는 소녀를 상대할 때면, 평소에는 탄탄했던 긴장감이 누그러지는 경향이 있었다.

애당초 아직 어려 보인다고는 하나 성인이 된 소녀에게 '왕궁을 안내해 주겠다'고 너무 쉽게 약속한 게 잘못이었다.

고육책으로 '안내할 때 단 둘이서 가겠다고는 하지 않았다'라는 이유를 들어 프레야 공주도 같이 왔는데, 다행히 니르다는 처음부터 흑심이 없었던 듯, 프레야 공주와 함께 한다는 사실 자체를 기뻐했다.

가질 변경백령 사건 덕분에 니르다와 프레야 공주는 꽤 사이가 좋아진 모양으로, 고육책은 성공을 거둔 듯했다.

젠지로의 호위인 나탈리오, 몇 명의 병사와 왕궁 시녀, 프레야 공주의 호위인 스카디, 그에 더해 니르다의 호위인 가질 변경백 가문의 가신 기사들이 지켜보는 가운데, 젠지로는 소녀 두 사람의 접대에 힘썼다.

"이전에 말했던 '황금색 물고기'가 있는 연못은 이곳이다. 한번 보겠나?"

"네, 꼭 보고 싶어요!"

"황금색 물고기 말인가요? 참 흥미롭네요."

젠지로는 니르다와 프레야 공주를 안쪽의 연못으로 안내했다.

"저쪽이다. 수심이 얕아 위험하지는 않지만 울타리도 없으니 가까이 갈 때에는 조심하도록."

"네. 충고 감사합니다."

젠지로의 말을 들은 니르다는 연못가에 서서 연못 안을 헤엄치는 물고기 무리를 내려다보았다.

"와아아……, 예쁘다!"

실제로도 그 광경은 매우 아름다왔다.

방류한 물고기의 크기는 어른의 중지 정도에 불과했지만, 수가 매우 많았기 때문에 수면이 반짝반짝 빛나는 것처럼 보였다.

숙녀로서 받은 교육 수준의 차이 때문인지, 프레야 공주는 니르다만큼 알기 쉽게 눈을 반짝이지는 않았지만, 흥미는 있는 듯 조금 몸을 내밀어 수면을 내려다보았다.

"이쪽에는 색이 선명한 물고기가 있군요. 정말 놀라워요."

북쪽으로 갈수록 물고기나 새가 수수해지고, 남쪽으로 갈수록 화려해진다는 막연한 이미지를 품고 있었던 젠지로는 프레야 공주의 말을 듣고 그에 관한 질문을 던졌다.

"프레야 전하, 북대륙에는 이런 관상어가 없습니까?"

"그런 듯해요. 적어도 저는 이렇게 보면서 '아름답다'고 생각할 만한 물고기를 본 적이 없고, 무엇보다 수심이 얕은 담수는 겨울이 되면 바닥까지 얼어 버리니까요."

"아아, 그래서 관상어를 키우기가 어려운 거군요. 수심이 깊으면 '감상'을 하는 목적을 달성할 수 없으니까요."

"네. 그러니 제 감각으로는 물고기는 어디까지나 식용이라는 느낌이에요."

저도 참, 정취가 부족하네요. 그렇게 말한 은발의 왕녀는 목을 움츠리며 쓴웃음을 지었다.

"아니요, 오히려 부럽습니다. 이곳의 수도는 내륙에 위치하니까요. 먹을 수 있는 생선은 담수어뿐입니다."

일본인의 천성이라고 해야 할지, 젠지로는 식용 물고기라는 말을 들으면 90퍼센트 이상은 바닷물고기를 연상한다.

왕궁·후궁의 식탁에 오르는 담수어도 결코 맛없지는 않았지만, 독특한 풍미가 느껴지기 때문에 역시 젠지로로서는 바닷물고기 쪽이 입에 더 잘 맞았다. 그런 왕족 두 사람이 대화를 하고 있는데, 니르다가 빙글 뒤를 돌아보더니, 친근한 미소를 지으며 끼어들었다.

"저도 물고기를 아주 좋아해요. 마을에서 살 때에는 조금 멀리 있는 강에서 이 정도 되는 수로가 뻗어 나와 있었는데, 그곳에서 작은 물고기를 잡아먹었어요."

그렇게 말하며 니르다가 팔을 펼쳤는데, 그 폭을 그대로 믿는다면, 니르다가 태어난 마을의 수로는 폭도 깊이도 30센티미터가 채 안 되어 어린이도 쉽게 건너갈 수 있을 정도에 불과했을 것이라 추측할 수 있었다. 아무리 작은 마을이라지만, 조금 더 수량을 늘릴 생각은 하지 않았던 걸까? 그래선 혹서기에는 다 말라 버려도 이상하지 않을 텐데.

"수량이 조금 더 많아도 괜찮지 않을까 싶은데, 수로를 확장하려고는 하지 않았던가?"

젠지로의 질문에 니르다는 고개를 끄덕이며 대답했다.

"네, 더 이상 확장하면 강이 범람하는 '우기' 때 악어나 육식 수룡이 마을까지 들어오기 때문에 위험해서요."

일단 그 외에도 마을 안에 우물을 파 놓았기 때문에, '혹서기'에도 심각한 물 부족에 빠지지 않는다는 모양이었다.

"아하. 그런 점도 생각해 봐야 하는구나."

젠지로는 이런 이야기를 들을 때면, 자신이 아직 이쪽 세계에 대한 상식이 부족하다는 사실을 새삼 실감한다.

'그런데 왕궁의 수원(水源)은 어떻게 관리하고 있을까? 수량이 이렇게 많으니 수로가 좁지는 않을 텐데?'

중간에 철망이라도 세워서 위험한 생물이 침입하지 못하게 막고 있는 건가? 그런 의문이 떠올랐지만, 왕궁의 주인이라고 해도 과연

이 아닐 왕족이 다른 나라의 왕족이나 자국의 귀족에게 그런 의문을 흘려서는 안 된다는 사실 정도는 젠지로도 잘 알았다.

'나중에 아우라한테 물어보자.'

젠지로가 그런 생각을 하고 있는 사이에 니르다는 눈치 빠르게 안뜰 안쪽에 있는 건물을 발견하더니, 큰소리로 말했다.

"저어, 젠지로 님. 저쪽 건물은 뭔가요?"

니르다가 가리킨 건물은 꽤 멀리 떨어져 있는 데다 중간에 나무가 가로막고 서 있었기 때문에, 세세하게 잘 보이지는 않았지만, 그래도 안뜰에 조금 어울리지 않는다는 것 정도는 딱 봐도 알 수 있었다.

연못, 분수, 정자 등, 모두 정도의 차이는 있을지언정 겉모습에 신경을 써서 매우 아름다웠지만, 니르다가 가리킨 건물은 통나무를 엮어 만들어 매우 투박해 보였다.

질문을 받은 젠지로는 조금 난처한 듯 쓴웃음을 지으면서도, 특별히 숨길 일도 아니었기 때문에 솔직하게 대답했다.

"아아, 저건 '산양 우리'야. 미안하지만 저곳은 안내해 줄 수 없어."

"'산양 우리'요?"

니르다가 살짝 고개를 갸웃했다. 아무래도 니르다의 어휘에 '산양'이라는 단어는 존재하지 않는 모양이었다.

남대륙 서방어권에서도 그 존재를 모른다고는 할 수 없으니, '언령'이 정상적으로 작동하고 있는 이상 단어는 알아들었겠지만, 내륙 변경 출신인 니르다에게는 익숙하지 않은 존재인 모양이었다.

"산양은 북대륙 원산의 가축이야. 이곳에 계신 프레야 전하의 호의로 양도받았는데, 우리나라에서는 처음으로 키워 보는 가축이거든. 그래서 산양이 새로운 환경에 익숙해질 때까지, 될 수 있는 한 사람을 접근하지 못하게 하고 있어."

프레야 공주가 보내 준 가축 전문가──니콜라이는 정력적으로 산양을 돌봐 주고 있는 듯, 요즘에는 후궁으로 배달되는 산양젖의 비린내도 거의 사라졌다.

현재로서는 번식도 성공적인지, 이미 산양 우리에서 탄생한 아기 산양도 몇 마리 정도 있는 모양이었다.

하지만 프레야 공주가 젠지로에게 작은 불안 요소를 언급했다.

"이렇게 오랫동안 비가 내릴 것이라고는 저희도 예상을 하지 못했기 때문에 조금 걱정이네요. 산양 우리는 니콜라이의 지시대로 만들어 주셨으니, 큰 문제는 없을 거라고 생각은 하지만요."

"어? 걱정, 인가요?"

예상치 못한 말을 들은 젠지로는 순간 왕족다운 말투도 잊어버리고, 본래의 목소리를 내고 말았다.

젠지로보다 먼저 의문스러운 점을 물어본 사람은 이미 프레야 공주와 신분의 차이를 넘은 친구가 된 니르다였다.

"프레야 전하, 산양은 비를 싫어하나요?"

니르다가 크고 검은 눈동자로 자신을 똑바로 쳐다보며 그렇게 묻자, 프레야는 그에 이끌리듯이 미소를 지으면서 대답했다.

"네. 산양은 먹는 양이 적어도 잘 버티고, 환경 적응력이 매우 높은 가축이지만, 원래는 건조한 고산지대에 사는 동물이라, 비나 습기에는 조금 약한 모양이에요. 약점이라고 할 정도는 아니지만요."

니르다에게 하는 말치고는 굉장히 정중한 말투였는데, 아마 젠지로에게도 동시에 말을 한다는 사실을 의식하고 있기 때문이겠지.

실제로 그 말을 듣고 다음으로 입을 연 사람은 니르다가 아니라 젠지로였다.

"그런가요? 그럼 조금 걱정이네요."

젠지로의 입장에서는, 이 산양 우리의 산양들이야말로 자신의 식생활을 풍족하게 해 줄 미래의 희망이었다.

특히 요즘엔 산양의 젖도 비린내가 많이 빠져 나름 먹을 만해졌다.

만에 하나 산양에게 피부병이라도 유행해 전멸한다면 정말로 눈물을 흘릴지도 모른다.

"프레야 전하, 수고스러우시겠지만, 전하가 직접 니콜라이에게 현재의 상황에 대해 물어봐 주실 수는 없을까요?"

현재 니콜라이는 카파 왕국으로 파견된 상태인데, 굳이 프레야 공주를 통하려는 이유는 아직 니콜라이와 깊은 신뢰관계를 구축하지 못했기 때문이었다.

산양의 전멸은 젠지로에게 있어서는 눈물을 흘리는 정도에서 끝날 문제이지만, 전문가로서 모든 책임을 지고 있는 니콜라이에게는 문자 그대로 목이 달린 일이라고 생각한다 해도 이상할 게 없다.

물론 젠지로도 아우라도 남대륙이라는 미지의 환경에서 북대륙의 가축을 번식시키는 일이 쉽지 않다는 사실을 잘 알았기 때문에, 만에 하나 실패한다고 해도 그렇게까지 엄격한 처분을 내릴 생각은 없었다.

하지만 아직 잘 알지도 못하는 왕족이 '괜찮다. 실패해도 벌하지 않을 테니 마음껏 키워 주게'라고 말을 한들, 그 말을 곧이곧대로 믿을 거라고 생각하기는 어려웠다.

젠지로에게서 설명을 듣고 무엇을 걱정하는지 이해한 프레야 공주는 침착하게 웃으며 그 의뢰를 받아들였다.

"알겠습니다. 가까운 시일 내로 니콜라이를 만나 이야기를 해 두겠습니다."

"감사합니다, 프레야 전하."

무심코 프레야 공주와 많은 이야기를 나누었지만, 오늘의 메인 게스트는 프레야 공주가 아니라 니르다였다.

그 사실을 새삼 떠올린 젠지로는 커다란 검은 눈동자가 인상적인 작은 소녀를 마주 보았다.

"자, 슬슬 목이 마르지 않아? 괜찮으면 저쪽 정자에서 잠시 쉴까?"

"네. 신경 써 주셔서 감사합니다, 젠지로 님."

젠지로의 말을 들은 니르다는 친근한 미소를 지으며 고개를 끄덕였다.

◆

젠지로가 안뜰에서 니르다, 프레야 공주와 이야기를 하고 있을 그때, 여왕 아우라는 왕궁의 한 방에서 열심히 일하는 중이었다.

주치의 미셸이 얼마 전에 '임신이 틀림없다'는 진단을 내렸다.

지난번 임신을 생각하면 이제 곧 입덧이 심해져 일의 효율이 극단적으로 나빠질 가능성이 높았다.

배 속의 아이를 생각하면 절대 무리를 해서는 안 됐지만, 할 수 있는 일은 미리미리 해치워 두고 싶었다.

특히 지금 아우라 앞에 있는 용피지 뭉치는 아우라가 앞으로 건강하게 출산을 하기 위해서도 중요한 서류였다.

"자, 2차 모집에는 어떤 인재들이 지원을 했을까?"

그렇게 말하며 아우라는 용피지 뭉치를 들여다보았다.

서류는 지금 아우라가 중얼거린 대로, 후궁 시녀 제2차 모집 서류였다.

결혼, 나이를 이유로 몇몇 시녀가 후궁에서 떠난 것을 계기로, 몇 개월 전에 새로운 시녀를 모집하겠다고 공고를 냈다.

제1차 모집 때 후궁에 들어온 시녀들이 몇 개월간 후궁 일에 익숙해졌기 때문에, 슬슬 제2차 모집을 해도 괜찮겠다는 생각을 했다.

사전에 비서관 파비오가 훑어보고, 여왕에게 보여 줄 것도 없는 후보자는 탈락시켰기 때문에 의외로 서류가 많지는 않았다.

여왕은 옆에 심복인 비서관을 세워 둔 채, 묵묵히 용피지 뭉치를 살펴보았다.

추천장에 적힌 내용은 그렇게 많지 않았다. 후궁 시녀 후보자의 이름과 나이, 추천인의 이름, 그리고 추천인과 후궁 시녀 후보와의 관계. 반드시 적혀 있는 내용은 기껏해야 그 정도였다.

그 외에는 추천인이 시녀 후보의 훌륭한 점을 자유롭게 어필하는 내용이 적혀 있었지만, 솔직히 그런 내용은 흘려 읽는 경우가 많았다.

대체로 외모나 행실을 자랑하는 뻔한 내용이었고, 그 내용을 전부 믿는다고 한다면 카파 왕국에는 장래에 절세미인이 될 소녀가 세트 단위로 존재한다는 말이 된다.

"미레라, 열네 살. 추천인은 마르케스 백작. 관계는 조카와 숙부. 아, 마르케스 백작의 조카인가. 그러고 보니 벌써 그런 나이가 되었구나."

첫 번째 용피지를 본 아우라는 이름을 보고 후보가 누구인지를 기억해 냈다.

아우라의 전 남편 후보였던 두 명 중 한 명, 라파엘로 마르케스의 집안인 마르케스 백작 가문에 관해서라면 아우라가 친족 모두를 다 기억하고 있었기 때문에 굳이 옆에 서 있는 비서관에게 물을 것도 없었다.

"이건 이쪽이야."

아우라가 용피지를 책상의 오른쪽에 놓았다. 이어서 아우라는 잇달아 다른 용피지도 살펴보았다.

"이시도라, 열세 살. 추천인은 페르비데스 변경백, 관계는 딸과 부모. 로렌시아, 열두 살. 추천인은 마사나 남작, 관계는 딸과 부모. 추신, 전 후궁 시녀인 키샤의 여동생. 허스민, 열여섯 살. 추천인은 보니아 남작, 관계는 딸과 부모, 인가. 으~음."

탈락시킬 이유도 없지만, 결정적인 무언가도 없는 후보자는 모두 책상 왼편에 놓아 두었다.

"다음은 루이사, 열세 살. 추천인은 라라 후작. 앗, 그렇다면……, 아아, 역시나 관계는 '영지의 주민과 영주'인가. 좋아. 서방님의 바깥 활동이 늘어서 이네스와 마르그레테만으로는 일손이 부족했었으니, 이건 당연히 이쪽이군."

용피지를 책상 오른쪽에 놓으면서, 여왕은 시익 입매를 누그러뜨리며 웃었다.

그 후에도 아우라는 용피지를 살펴보았지만, 기본적으로는 한 번 훑어보았을 뿐으로, 채용을 할 만한 인재는 적었다.

명백하게 이상한 인재는 아우라가 보기도 전에 이미 탈락된 상태였기 때문에, 남은 사람들은 그다지 차별점이 크지 않았다.

계속 기계적으로 용피지를 좌우로(대부분은 왼쪽으로) 나누던 여왕의 손이 마지막 한 장에서 멈추었다.

"니르다, 열다섯 살. 추천인은 가질 변경백. 관계는 딸과 부모. ……니르다 양이 후궁 시녀라고?"

조금 허를 찔린 듯한 표정을 지은 여왕은 그대로 옆에 서 있는 심복의 얼굴을 아래에서 위로 올려다보았다.

"파비오, 이걸 어떻게 생각하지? 자네의 의견을 들려주게."

여왕의 질문을 들은 비서관은 평소처럼 무표정한 얼굴로 담담하게 대답했다.

"자신의 아이를 후궁으로 보내는 이유는 크게 나눠 두 가지입니다. 하나는 왕가와 친분을 다져 두기 위해서. 또 한 가지는 딸이 경력을 쌓길 원하기 때문입니다. 가질 변경백 가문 정도의 대귀족이라면 보통 전자의 이유일 때가 많지만, 니르다 님의 경우에는 오히려 후자의 가능성이 높지 않을까 생각합니다."

"그래, 맞아. 니르다 양의 입장을 생각했을 때, 제대로 된 부모라면 한 가지라도 경력을 쌓길 원하겠지."

아우라는 천장을 바라보면서 오른손으로 머리를 감쌌다.

첩의 소생으로 마을 태생. 그리고 불과 얼마 전까지 '명부'에 이름이 등록되어 있지 않다는 사실을 알현의 방에서 대대적으로 공개했던 소녀. 이렇게까지 사정이 복잡한 사람을 찾기도 참 힘들겠지.

게다가 가질 변경백에게는 안 그래도 장녀 루신다가 나이가 많이 들 때까지 결혼을 시키지 못했다는 큰 트라우마가 있다. 차녀를 조금 과보호한다고 해서 이상할 것은 없다.

젠지로는 가질 변경백과 니르다의 사이가 출생의 복잡함을 느낄 수 없을 만큼 양호하다고 보고했다.

잠시 생각을 한 뒤, 아우라는 결심했다.

"출생이나 성장한 곳이야 어쨌든 '명부' 사건으로 일종의 구경거리가 되게 한 사람은 다름 아닌 나이니, 배려를 해 줘야 할 필요가 있겠지?"

마지막 한 장은 책상의 오른편에 놓였다.

그날 밤.

일을 끝낸 여왕과 배우자는 후궁의 거실에서 평소대로 서로의 근황에 대해 이야기를 주고받았다.

저녁을 먹고 목욕을 마친 두 사람 모두 얇은 잠옷 차림으로 소파에 마주앉아 편안한 모습으로 냉수를 마셨다.

평소와 다른 점이 있다면 아우라 옆에 시녀 세 사람이 대기하고 있다는 것 정도일까.

둘째 임신이 거의 확정적인 상황이기 때문에 아우라의 안전에는 특히 신경을 쓰는 중이다.

평소에는 젠지로의 가치관에 맞춰 시녀들을 물러가게 했지만, 아우라는 태생이 왕족이다.

사실은 이렇게 명령할 수 있는 시녀가 여러 명 곁에 있어야 마음이 놓였다.

보통은 젠지로에게 맞춰 아우라가 참지만, 임신했을 때는 아우라에 맞춰 젠지로가 참는다. 특별히 누가 말을 꺼낸 것은 아닌데, 아주 당연한 듯이 그렇게 결정되었다.

그렇게 마음이 편한 상태이기 때문인지, 여왕 아우라가 먼저 입을 열었다.

"먼저 처음에 보고해 둘 게 있어. 제2차 후궁 시녀 모집을 했는데, 내가 이미 최종 후보를 좁혀 놓은 상태야. 아마 가까운 시일 내에 새로운 신입이 들어오겠지."

"알았어. 제1차 신입도 이제는 일에 많이 적응된 것 같으니, 괜찮지 않을까?"

제1차 신입 시녀는 젠지로가 가질 변경백령에 간 사이에 후궁에 들어왔기 때문에, 와 보니 어느새 바뀌어 있었다는 인상이 강했지만, 그 존재 자체가 방해가 된 적은 없었다.

게다가 시녀가 퇴직할 때, 검사겸사 인원을 보충하겠다는 이야기는 꽤 오래 전에 듣고 동의를 했기 때문에 이제 와서 거절할 이유는 없었다.

하지만 아우라의 다음 말은 역시나 예상 밖이었다.

"그때 주의를 해 줬으면 하는 게 하나 있어. 사실은 새 후궁 시녀 중에 니르다가 있거든."

"니르다가?!"

젠지로는 깜짝 놀라 무심코 그렇게 외쳤다. 어쩌면 당연한 일이다.

젠지로가 밖에서 알게 된 사람이 후궁에 들어오는 일은 처음이었으니까.

당혹감과 작은 경계심을 표정에 내비치는 젠지로에게 아우라가 안심시켜 주려는 듯 말을 덧붙였다.

"그래. 하지만 특별하게 대할 필요는 없어. 당신의 경우에는 니르다와 조금 사이가 좋으니, 오히려 차별 없이 다른 시녀들과 똑같이 대할 수 있도록 노력해 줘야 해."

그 말을 듣고 젠지로는 누가 봐도 다행이라는 표정을 지었다.

"그런 거라면 좋아. 아, 깜짝 놀랐어. 측실 압박 공격이 바로 눈앞에 다가온 줄 알았거든."

"그랬으면 서류 심사 때 탈락시켰지. 아무래도 변경백은 단순히 딸을 후궁에서 일하게 하고 싶은 모양이야. 여러모로 사정이 복잡하니까. 좋은 혼처를 발견하기 위해 '전 후궁 시녀'라는 경력을 쌓게 해 주고 싶은 거겠지."

"아, 그래서였구나."

니르다의 태생과 성장 과정에 관해서는 젠지로도 이미 들어서 알고 있었다.

경력을 위해서라고 하니, 아주 자연스럽게 후궁 시녀에 지원한 일이 이해되었다.

실제로는 겸사겸사 '다정한 주인이 있는 후궁에서 딸이 완벽하게 교육받았으면 좋겠다'는 노골적인 이유도 있었지만, 그 점에 관해서는 아직 여왕 아우라도 파악하지 못한 상태였다.

물론 나중에 아만다 시녀장과 이야기를 하다 보면 밝혀질 일이다.

"좋아. 그런 일이라면 조심할게."

젠지로도 니르다에게는 호감이 있다. 후궁 시녀로 옆에 있어 주는 것 정도야 당연히 환영이다.

오늘 낮에도 니르다와 같이 있었던 젠지로는 그 사실을 보고했다.

"나도 일단 큰 문제는 없었어. 니르다도 프레야 전하도 즐겁게 지내셨거든. 솔직히 말해 나는 여자의 감정을 꿰뚫어 볼 수 있을 만한 눈이 전혀 없지만, 어쨌든 내가 보기엔 니르다는 순수하게 왕궁을 구경하고 싶었을 뿐이었던 것 같아. 다른 흑심은 전혀 없어 보였어."

"그렇군."

젠지로의 보고를 들은 아우라는 진지한 표정으로 고개를 끄덕였다. 젠지로에게는 비밀이지만, 안뜰에서 젠지로와 일행을 시중든 왕궁 시녀 중에는 마르그레테의 부하──밀정 역할을 겸임하는 사람도 섞여 있었다.

그쪽에서 나중에 젠지로의 주관을 뺀 의견을 들을 필요는 있었지만, 아우라의 느낌으로도 니르다와 그 배경에 있는 가질 변경백 가문은 남녀 관계를 권력에 이용하려는 음모와는 거리가 먼 사람들이란 인상이 강했다.

하지만 그렇기에 아우라로서는 젠지로에게 충고를 해 두어야만 했다.

"알았어. 하지만 그렇기에 니르다 양과 만날 때에는 주의해 줬으면 해. 연애 감정이 없긴 하지만, 당신에게 호의를 품고 있는 건 사실이니까. 내가 너무 예민한지도 모르지만, 니르다 양과 당신의 거리감이 보나 전하와 거의 비슷한 정도인 것 같아."

"윽……, 응. 조심할게."

스스로도 내심 걱정했던 점을 아내에게 지적당한 남편은 조금 시선을 이리저리 움직이면서도, 아내의 충고를 순순히 받아들였다.

아우라도 애당초 강하게 몰아붙일 생각은 없었는지, 바로 다음 이야기로 넘어갔다.

"다음으로 보고해 둘 거라고 한다면, 그래. 여봐라, 그걸 가져와라."

여왕이 바라보자 시녀는 그 애매한 명령에도 되묻는 일 없이 고개를 숙였다.

"네, 알겠습니다."

미끄러지는 듯한 발걸음으로 구석 쪽으로 걸어간 시녀는 붉은 천으로 감싸인 물건을 가지고 왔다.

시녀가 혼자서 들 수 있을 정도니 별로 무거운 물건은 아닌 듯했다.

물건을 들고 온 시녀에게 아우라가 짧게 명령했다.

"그곳에 놓고 펼쳐라. 놓을 때는 깨지지 않게 조심하고."

"네."

그 말대로 시녀는 붉은 꾸러미를 젠지로와 아우라 사이의 테이블에 살짝 놓고 익숙한 손놀림으로 천의 매듭을 풀었다.

"오오?!"

안에서 나온 물건을 본 젠지로는 무심코 환성을 지르며 몸을 앞으로 내밀었다.

남편의 반응에 기분이 좋아진 여왕은 시익 웃으며 얇은 잠옷 한 장에 감싸인 풍만한 가슴을 앞으로 쭉 폈다.

"어때? 이게 우리나라의 기술자들이 만든 최신 성과야."

앞에 놓인 물건은 한마디로 말해 '유리 꽃병'이었다.

사방에 세워진 LED 거실 스탠드 라이트의 하얀 빛을 받아 연녹색으로 빛나는 그것은 현대인에게 보여 줘도 백이면 백 '유리 꽃병'이라고 대답할 만한 물건이었다. 그만큼 완성도가 뛰어났다.

　이렇게 평평한 테이블 위에 세워 둬도 넘어지지 않았고, 위에는 꽃을 꽂는 구멍이 뚫려 있었다. 그 이외에는 눈에 보이는 구멍이 없으니, 물을 넣어도 아마도 새지 않겠지.

　이것은 틀림없는 '유리 꽃병'이었다.

　단, 사람들에게 당연하다는 듯이 '직접 만드셨나 봐요?'라는 질문을 받을 정도의 완성도이긴 했다.

　세워 둬도 넘어지지 않기는 했지만 바닥이 완벽하게 평평하지는 않은지 어딘가 모르게 불안정한 분위기가 감돌았고, 전체적으로도 한눈에 알 수 있을 만큼 비틀려 있었다.

　현대 일본에서라면 설사 100엔 균일가로 판다고 해도 아마 사는 사람이 아무도 없지 않을까.

　유리 체험 코너에서 관광객이 만든 것 가운데 비교적 괜찮게 완성된 물건. 최대한의 칭찬을 한다면 그 정도였다.

　하지만 젠지로가 기뻐하는 이유는 그런 유리 용기로서의 완성도와는 전혀 관계가 없었다.

　중요한 것은, 드디어 이쪽 세계에서 누가 봐도 '유리'라고 할 만한 물건이 완성되었다는 점이었다. LED 불빛을 받은 유리 꽃병은 테이블 위에 옅은 녹색 그림자를 드리웠다.

　꽃병의 색조는 적어도 라무네 병보다는 훨씬 투명에 가까웠다.

　"굉장해. 짧은 기간에 이런 걸 완성하다니, 기술자들이 굉장히 노력을 많이 했구나."

그렇게 감탄을 하는 젠지로를 보고 여왕은 기쁘게 미소를 지었다.

"그래. 그 사람들에게도 장래가 걸린 문제니까."

은퇴한 전 대장장이들이야 어쨌든 간에, 젊은 대장장이 수습생 가운데 선발한 기술자들은 유리 기술자라고 자부할 만한 물건을 만들지 못으면 밝은 장래를 꿈꿀 수 없었다.

왕가가 최소한의 임금은 주기 때문에 생활이 힘들지는 않았지만, 장래성이 없는 일을 하는 남자에게 시집을 올 여자는 거의 없다.

그 사람들이 아내를 맞이하고 안정적인 가정을 꾸리기 위해서는 '유리 기술자'라는 직업이 이 세계에 뿌리내리도록 할 필요가 있었다. 남자의 결혼 적령기는 여자에 비해 훨씬 긴 편이지만, 그래도 한계는 명확하게 존재했다.

감동스러워하는 젠지로에게 아우라가 제안했다.

"그래서 말인데, 다음엔 드디어 유리구슬을 만들어 볼까 해. 구형으로 만드는 방법에 대해선 당신에게 복안이 있었지?"

"응, 내 복안이라기보다는 예전에 유리 체험관에서 알게 된 지식이지만. 잠깐만. 전에도 말했지만, 말로 설명하기 어려우니까 종이에 그려 줄게."

그렇게 말한 젠지로는 소파에서 일어나 복사 용지와 필기구를 놓아둔 책상으로 갔다.

"아, 당신······."

하고, 아우라가 미처 말을 걸 새도 없는 행동이었다. 들어 올리다 갈 곳이 없어진 자신의 손을 보고 아우라는 혼자 쓴웃음을 지었다.

'주변에 이렇게 시녀가 많은데 왜 왕족이 굳이 자리에서 일어나 물건을 스스로 가지러 가야 하지?'가 아우라의 감각이라면, '왜 같은 방에 있는 물건을 가지러 가는데 굳이 다른 사람에게 부탁해야 하지?'가 젠지로의 감각이었다.

이렇게 세세한 부분에서 가치관의 차이가 여실히 드러난다.

그런데도 이 부부가 아직까지 원만하게 지내는 이유는 '상대에게 는 그게 평범한 것이다'라고 이해를 하며, 서로의 가치관을 존중하고 있기 때문이었다.

아무튼 간에, 등을 돌리고 있어 아내의 쓴웃음을 전혀 눈치채지 못한 젠지로는 복사 용지와 필기구를 가지고 소파로 되돌아왔다.

"으으음, 두 가지 안이 있어. 초기 모델과 현대 모델. 일단 두 가지 모두 그리긴 할 테지만, 현대 모델을 적용하기는 아마 불가능할 거야. 동력이 필요하거든."

그렇게 말하면서 젠지로는 유리구슬을 구형으로 만들기 위한 도구를 종이에 그렸다.

잠시 악전고투를 겪은 뒤, 그림을 잘 못 그리는 젠지로에게는 생각보다 어려운 일이었지만 그래도 간신히 다른 사람에게 보여 주면서 설명을 할 수 있을 만한 그림을 두 장 완성했다.

"대체로 이런 느낌이야. 첫 번째가 실제로 적용했으면 하는 거고, 두 번째는 노력을 해 줬으면 하는 거라고 해야 하나? 실제로 가능했으면 좋겠다고 생각하는 정도의 느낌인 녀석."

"어디 보자……. 아, 그래, 첫 번째는 알기 쉽네. 이 나선이 몇 겹이나 반복된 곳에 녹은 유리를 적당량 흘리는 거구나?"

"응, 맞아. 그런 느낌이야. 녹은 유리가 이 나선으로 된 경사를 빙글빙글 굴러가는 사이에 자연히 구형이 되고, 제일 아래쪽에 떨어졌을 때는 어느 정도 식어서 형태가 결정되는 거지. 단, 이것도 단순해 보이지만 엄청난 시행착오를 겪어야 할 테니, 기술자들에게는 처음부터 단단히 각오를 하라고 말해 두는 편이 좋을 거야."

녹은 유리를 금속으로 만든 나선 경사에 흘리기만 하면 되기 때문에 원리는 아주 간단하지만, 조금만 생각해 봐도 뜻대로 안 될 수밖에 없는 이유가 잇달아 머릿속에 떠올랐다.

흘려보내는 용해 유리의 점도가 너무 낮으면 끈적하게 들러붙어 땡.

유리를 흘려보낼 나선 경사의 각도가 너무 급격하면 밖으로 넘어가 땅에 떨어지기 때문에 땡.

그렇다고 너무 각도를 완만하게 하면 굴러가다가 힘을 잃고 일그러진 채로 멈출 테니 땡.

나선 경사에 비틀림이나 울퉁불퉁한 곳이 한 곳이라도 있으면 당연히 땡.

모양은 단순하지만, 만들려면 높은 기술이 필요한 물건이다.

"그리고 또 하나가 이것인가. 이건 그림을 봐도 잘 모르겠어. 이 옆에 빙글빙글 말려 있는 선은 이 롤러가 회전한다는 의미야?"

"응, 맞아. 동그랗고 균일한 홈이 파인 롤러 두 개가 똑같은 속도,

똑같은 방향으로 회전하는데, 그 롤러의 홈에 유리를 떨어뜨리는 거야. 롤러와 롤러 사이의 틈은 유리구슬보다도 훨씬 좁아서, 녹은 유리는 아래로 떨어지지 않은 채 계속 틈새에서 빙글빙글 돌아가. 그렇게 롤러의 홈에서 회전을 시키면, 떨어뜨린 유리가 자연스럽게 구형이 되면서 식어 단단해지는 거지."

또 하나의 그림은 현대 유리구슬 제조기에서 가장 핵심이 되는 부분만을 그려 놓은 것이었다.

현대의 유리구슬 제조 공정은 유리 파편을 떨어뜨려 적당한 크기로 자르고 구형으로 만든 뒤, 불량품을 튕겨 내고 자연 냉각시키는 데까지 자동화되어 있다.

하지만 그런 공정을 모두 이쪽 세계에서 재현하기란 불가능하고, 재현할 필요도 없다.

중요한 점은 녹은 유리가 식어 단단해질 때까지 어떻게 구형으로 만들 것인가이다.

녹은 유리 덩어리에서 조금씩 떼어내는 일이나 불량품 제거 등은 기술자들이 눈과 손으로도 할 수 있는 작업이다.

현대에는 유리구슬 한 봉지가 100엔 정도하기 때문에, 한꺼번에 몇 천, 몇 만 개를 만들지 않는 한 채산이 맞지 않지만, 이쪽 세계에서는 다르다.

마법 도구의 매체가 되는 유리구슬은 극단적으로 말해 하루에 하나만 생산해도 충분하다.

"롤러는 어떻게 돌려? 손으로?"

"음~, 될 수 있으면 수차로 돌렸으면 하는데. 아무튼, 이쪽은 정말로 가능하다면 시도해 봐도 좋지 않을까 하는 것뿐이니, 일단은 첫 번째 그림을 토대로 작업을 해 보는 게 좋을 것 같아. 첫 번째 방법으로는 아무리 해도 안 됐을 때, 이런 방법도 있다는 사실을 알려 주려고 다음 안을 내놓아 본 것뿐이니까."

당연하지만 젠지로는 유리나 유리구슬 전문가가 아니었다. 수학여행 때 유리 체험관에 갔던 게 가까이에서 유리를 제조하는 모습을 본 유일한 경험이었다.

그 외의 지식은 인터넷이나 책을 통해 얻은 것으로, 그것마저도 어렴풋이 기억날 뿐이었다.

"흐음."

여왕은 그림 두 장을 비교해 보았다. 비교해 보니, 첫 번째에 비해 두 번째 그림이 훨씬 구조가 복잡하다는 사실을 초보자인 아우라도 바로 알 수 있었다.

물론 구조가 단순한 첫 번째 방법이라고 해서 쉽게 재현할 수 있는 것은 아니었지만, 가능성은 확실히 커 보였다.

"좋아. 그럼 기술자들에겐 일단 첫 번째 나선형 그림만 건네줄게. 그 사람들도 전직은 대장장이니까 일단 이 외형대로 만드는 일 자체는 그다지 어렵지 않을 거야."

오히려 오랜만에 철을 다룰 수 있어서 좋아하지 않을까. 그렇게 말하는 아우라도 실제로 말처럼 쉬우리라고는 생각하지 않았다.

전직이 대장장이라고는 해도, 대부분은 숙련된 대장장이가 아니어서 장래에 공방을 확실히 이을 수 있으리라는 보증이 없던 젊은이들뿐이었다.

책임자가 높은 기술을 지닌 은퇴한 대장장이라 하더라도, 아마 유리 기술자들의 단조 기술은 일반적인 대장장이 집단에 비해 떨어질 확률이 높았다.

하지만 그렇다고 해서 그 작업을 다른 전문 대장장이에게 맡기면 그만인가 하면, 또 그렇지도 않았다.

실제로 그곳에 유리를 떨어뜨려 유리구슬을 만드는 사람들은 유리 기술자들이었기 때문이다.

비유가 아니라, '유리란 무엇인가?', '그 도구를 무엇에 쓰려고 하는가?'를 전혀 이해하지 못한 대장장이들에게 아직 만들어 보지도 못한 물건을 만들어 달라고 발주해 봐야, 의사소통 과정에서 문제가 생길 게 틀림없었다.

"좋아. 그쪽은 아우라에게 맡길게."

"그래, 맡겨 둬."

이걸로 유리에 관한 보고를 끝낸 아우라가 다시 시선을 옆에 대기하고 있던 시녀에게로 돌렸다.

"여봐라. 다음은 그걸 가져오도록."

이번에도 지시어만으로 명령을 했는데도 시녀 두 사람은 당황하지 않고 냉정한 표정을 유지하며 대답했다.

"네, 알겠습니다."

"잠시 기다려 주십시오."

조금 전의 그 시녀와 마찬가지로, 두 시녀도 방의 구석 쪽으로 가더니, 한 손으로는 들 수 없을 정도 크기의 작은 나무통과 손바닥 위에 올라갈 정도로 작고 둥근 나무 조각을 들고 왔다.

"앞쪽에 놓겠습니다."

되돌아온 시녀 두 사람은 그렇게 말을 한 뒤, 작은 나무통과 둥근 나무 조각을 테이블 위에 놓았다.

젠지로도 곧장 그게 무엇인지 바로 알 수 있었다.

"이건 '증류주'와 '나침반'?"

몸을 앞으로 내미는 남편에게 여왕은 빙긋 웃으며 대답했다.

"그래. '증류주'는 판매할 목적으로 만든 초기 양산품이고, '나침반'은 이전에 당신이 그린 그림을 기술자에게 건네주어 만들게 한 물건이야. 특히 '증류주'는 시제품이 이미 연회에서 호평을 받았어. 그래서 올해부터 조금씩이나마 양산해서 판매를 시작하려고 해."

"오오오."

자신이 가져온 문화가 명백하게 이쪽 세계에 뿌리를 내리려는 모습을 보게 된 젠지로는 커다란 감동과 작은 불안을 느꼈다.

물론 '증류주'는 북대륙에도 일반적으로 존재하는 듯하니, 어차피 남대륙까지 퍼지는 것도 시간문제였겠지만.

"여봐라."

"네."

여왕이 명령을 하자, 옆에서 대기하고 있던 시녀가 조금 전에 냉수를 다 마셔 텅 빈 유리잔에 작은 나무통의 증류주를 따랐다.

색은 무색투명해 겉보기에는 물과 똑같았다.

젠지로는 바로 유리잔을 들어 신중하게 조금만 입에 머금은 뒤,

잠시 혀 위에서 이리저리 굴리다가 삼켰다.

"응, 괜찮은걸? 이 정도면 문제없지 않을까?"

젠지로는 그렇게 자기 나름대로 합격 판정을 내려 주었다.

처음에는 젠지로가 가져온 전기 핫플레이트식 증류 장치로 만들 수밖에 없던 '증류주'를 이쪽 세계의 사람이 이쪽 세계의 도구로 만들기 위해 노력한 지 반년 이상이 지났다.

덕분에, 별 맛이 없는 순수한 '증류주'라면 이쪽 세계의 기술자들도 문제없이 재현할 수 있게 되었다.

"판매를 시작할 예정이라고 했는데, 그럼 채산을 맞출 수 있다는 얘기네?"

궁금해서 그렇게 질문한 젠지로에게 아우라는 떨떠름한 표정으로 고개를 저었다.

"아니, 현재로선 거의 채산이 맞지 않아. 설비 투자를 했으니, 오히려 적자지."

어느 정도는 예상했던 대답에, 유리잔을 잔받침에 되돌려 놓은 젠지로도 떨떠름한 목소리로 말했다.

"아, 역시 그렇구나. 아마 증류 효율도 낮을 테니, 어쩔 수 없다면 어쩔 수 없는 일이지만."

"증류 효율보다도 문제는 재료비와 연료비야. 게다가 수요와 공급을 생각했을 때, 어떤 계절에 제조를 할지가 애매해. 일단 이번에는 '우기' 때 실내에서 일할 수 있는 사람들을 모아서 만들었지만, 내년에는 '혹서기' 때에 만들어 볼까 생각 중이야."

"응? 그게 무슨 말이야?"

제대로 이해가 안 됐는지 고개를 갸웃하는 남편에게 아우라는 조금 더 자세하게 설명을 해 주었다.

　"'증류주'의 원재료로 내가 눈여겨본 것이 폐기 직전의 과실주나 곡물주야. 그런 술을 싼값에 대량으로 구입할 수 있는 시기는 '우기'인데, 증류 작업에 연료가 가장 많이 필요할 때도 '우기'거든. 연료를 생각하면 '혹서기'가 증류를 하기엔 가장 적합하지만, 그때는 원재료인 폐기된 과실주나 곡물주를 구하기가 힘들어."

　"아아, 그건 확실히 어려운 문제네……."

　아우라가 하고 싶은 말을 이해한 젠지로는 난처한 듯 한숨을 내쉬었다.

　고온다습한 기후인 데다, 보존 기술도 발달하지 않은 카파 왕국에서는 알코올 도수가 낮은 과실주나 곡물주를 보관할 수 있는 기간이 매우 짧다.

　현대 일본인과는 달리 카파 왕국의 일반 서민은 조금 시큼하더라도 술에 향신료나 설탕을 넣어 마시지만, 그렇게 해서 맛을 얼버무리는 데에도 한계가 있다.

　특히 비가 계속 내리는 '우기'와 이상할 정도로 고온이 계속되는 '혹서기'에는 술이 금방 상한다.

　완전히 상한 술은 아무래도 증류주의 재료로 사용하기 어렵기 때문에, '완전히 상하기 직전'의 술을 노려야 하는데, 그런 술이 가장 많이 나오는 때가 '우기'이다.

　때문에 '술'이라는 원재료를 가장 싼값에 대량으로 사들일 수 있는 시기가 '우기'.

하지만 당연하게도 '우기'가 장기간 계속되면 증류를 위해 필요한 장작이나 숯을 확보하는 데 지장이 생긴다.

'우기'에 사용이 가능한 장작은 비에 맞지 않게 실내에 둔 것뿐인데, 그런 수고가 들어간 장작은 '혹서기'와 '활동기'에 사용하려고 그냥 잘라서 밖에 내놓은 것에 비해 노동력이 들어간 만큼 값이 많이 나갔다.

결론을 말하자면, '우기'는 원재료를 값싸게 살 수 있지만, 연료비가 급등하는 시기다.

한편, '혹서'는 그 반대다.

습도가 내려가고 온도가 올라가기 때문에, 연료인 장작은 값이 내려가지만, 원재료인 술을 대량으로 매입하기가 힘들다.

당연한 일이다. 버티기 힘든 '우기'를 통째로 견디고 남은 술은 얼마 없으니까.

'우기'에는 '폐기 직전의 값싼 술' 대부분이 '혹서기'가 시작될 즈음에는 '예전에는 술이었지만 폐기할 수밖에 없는 액체'로 변한다.

그렇기 때문에 남았던 값싼 술도 수요와 공급 법칙 때문에 값이 올라갈 수밖에 없다.

결과적으로 '혹서기'는 연료는 값이 싸지만, 원재료는 구하기 힘들어 값이 급등하는 시기이다.

"음~, 그러면 차라리 '활동기'에 만드는 게 어떨까? 과실주나 곡물주의 '신주'가 나올 즈음에는 분명히 '일단 술은 술인데, 팔기에는 애매한 술'이 나오잖아? 그걸 사서 모으면 원재료도 싸게 대량으로 확보할 수 있지 않을까?"

문득 떠오른 생각이긴 하지만, 말을 해 놓고 보니 꽤 좋은 아이디어라고 생각했는데, 아우라는 곧장 고개를 가로저었다.

　"그것도 안 돼. 노동력을 많이 확보해야 하는데, '활동기', 그것도 '신주'가 나올 때는 농민도 기술자도 바쁜 시기라 '인건비'가 가장 비싸거든."

　"아, 그럼 역시 안 되겠네……."

　아우라의 설명을 듣고 젠지로는 천장을 올려다보며 한숨을 내쉬었다.

　재료비와 연료비를 억제해도 인건비가 급등해서는 아무런 의미가 없다.

　무엇보다 현재의 카파 왕국은 아직 지난 대전의 영향에서 벗어나지 못한 상태였다. 여기저기 모든 분야에서 일손이 부족하기 때문에, 새로운 사업을 한다고 가장 바쁜 시기에 사람들을 모으면 왕가에 대한 반감이 커질 수 있었다.

　지금 현재로선 아무리 고민해도 해결책이 없다고 생각한 젠지로는 화제를 '증류주'에서 다른 물건으로 바꾸었다.

　"그런데 이게 '나침반'?"

　"그래. 만드는 게 그렇게 어렵진 않았거든. 중심의 바늘은 대장장이에게, 그 외의 부분은 목수에게 맡겼어. 당신의 주문대로 잘 만들어졌다고 보는데, 어때?"

　젠지로는 그 '나침반'을 손에 들고 확인해 보았다.

중심의 바늘은 아직 자기화하지 않았기 때문에 정확하게는 나침반이라고 부를 수 없는 물건이었지만, 그 이외에는 충분히 이상 유무를 확인해 볼 수 있는 상태였다.

"어디 보자, 음……."

젠지로는 손에 든 '나침반'을 세워 보기도 하고, 뒤집어 보기도 하고, 작게 흔들어 보기도 하면서 확인했다.

바늘 이외의 부분은 모두 나무. 유리도 플라스틱도 없는 세계였기 때문에 뚜껑은 없었다. 대신에 가는 나무로 격자 모양 틀을 만들어 중앙의 바늘이 빠지지 않도록 눌러 놓았다.

바늘은 정확하게 중심이 잡힌 듯, 안에 손가락을 넣어 건드려 보니 막힘없이 빙글빙글 돌았다.

구조상으로는 문제없는 듯했다.

"응, 괜찮은 것 같아. 그럼 나중에 바늘을 자기화해 놓을게. 어, 응? 이거 바늘을 어떻게 빼지?"

"위의 격자는 그냥 끼워 놓기만 한 거라. 세게 당기면 쉽게 빠진대. 만에 하나 부러진다고 해도, 격자는 쉽게 다시 만들 수 있다니, 부담 갖지 말고 빼내면 돼."

"알았어……, 어? 진짜로 쉽게 빠지네. 이거, 자기화를 끝내고 마지막에 끼울 때는 어떻게 하지? 이대로는 금방 빠질 것 같은데."

분리한 나침반 모양의 물건을 들고 젠지로가 그렇게 묻자, 아우라는 아주 당연하다는 듯한 말투로 대답했다.

"작은 못을 두드려서 끼우면 되는 거 아닌가? 아니면 아교로 붙여서 고정하는 건가? 어느 쪽이든 간에 기술자에게 건네주면 깨끗하게 마무리해서 줄 거야."

"흐음~. 그리고 보니 이곳엔 나사못이 없었구나? 이곳에 드나드는 상인한테 남은 나사못을 하나 건네줬었는데, 역시 재현하기는 어려운 건가?"

"못 할 것은 없지만, 이익이 되지 않는다고 봤을지도 몰라. 상인은 이익이 없으면 행동하지 않거든."

"아하, 그럴 가능성도 있겠구나."

이해가 됐다는 듯이 고개를 끄덕인 젠지로는 일단 분리한 자기화되기 전의 '나침반'을 테이블에 돌려놓았다.

처음엔 유리, 다음엔 증류주, 그리고 나침반.

세 가지 물건을 두고 이야기를 하는 사이에 꽤 시간이 많이 흘렀다.

탁상시계를 본 젠지로가 사랑하는 아내를 다시 돌아보며 말했다.

"아우라는 이제 잘 시간이네. 그럼 젠키치에게 잘 자라고 인사하고, 어서 자자."

여왕은 그렇게 말을 한 뒤 자리에서 일어서 오른손을 내미는 남편에게 순순히 따르며 말했다.

"벌써 그런 시간이 됐어? 그래. 밤에 늦게 자면 미셸이 또 시끄러우니까. 그런데 당신은 뭘 하려고?"

자리에서 일어선 아내에게 손을 빌려 준 남편은 계속 손을 잡은 채 솔직하게 말했다.

"나는 젠키치의 얼굴을 본 다음, 거실에서 조금 더 '순간이동' 연습을 하고 잘게. 요즘 들어 느낌이 꽤 괜찮거든."

"열심히 하는 건 좋지만, 너무 무리는 하면 안 돼."

살짝 미간을 찌푸리며 자신을 걱정해 주는 아내를 보고, 젠지로는 무심코 미소를 지으며 대답했다.

"응, 알아. 무리는 하지 않을게."

"그럼, 됐고."

그렇게 여왕 부부는 아주 자연스럽게 팔짱을 끼고 별실에서 자는 사랑하는 아이——카를로스 젠키치에게 잘 자라는 인사를 하기 위해 거실을 뒤로했다.

[제3장] **프레야 웁살라 1**

마법을 발동하기 위해서는 '정확한 발음'과 '정확한 마력량', 그리고 마지막으로 '정확한 인식'이 필요하다.

'순간이동' 연습을 거듭하길 몇 개월.

'순간이동'에 필요한 '정확한 마력량'을 재면서 '정확한 발음'으로 주문을 외우는 데 높은 확률로 성공하게 된 젠키치는 드디어 마지막 난관인 '정확한 인식'에 도전했다.

'순간이동'의 '정확한 발음'과 '정확한 마력량'에 합격점을 준 아우라는 젠키로를 왕궁의 한 방으로 데리고 갔다. 그곳은 창문이 없고, 벽과 바닥을 모두 돌로 만든 방이었다.

"아우라, 이곳은······?"

넉넉하고 부드러운 드레스를 몸에 두른 여왕은 조금 놀란 표정으로 주변을 두리번거리는 남편을 보고 의미심장하게 웃었다.

달거리는 이미 3개월 이상 오지 않았지만, 현재로서는 아직 배도 눈에 띄게 나오지 않았고, 지난번처럼 입덧도 심하지 않았다.

그런 증상은 같은 사람이라도 임신할 때마다 계속 달라지기 때문에, 지난번의 경험이 이번에도 그대로 이어진다고는 할 수 없다고 한다.

미셸은 '임신이 틀림없다'고 확증을 해 주면서도, '항상 시녀를 거느릴 것'을 조건으로 왕궁 내에서는 정무를 봐도 좋다고 허가해 주었다.

"역시 기억하고 있구나. 그래, 젠지로. 당신을 이쪽 세계로 소환했던 방이야."

아우라가 '이세계 소환'을 사용해 젠지로를 이쪽 세계로 데리고 온 방.

말하자면, 젠지로가 이쪽 세계에서 처음으로 발을 내디딘 곳이다.

이쪽 세계에 온 지 벌써 3년째. 그럼에도 젠지로는 처음 이쪽 세계로 소환되었을 때의 충격을 여전히 선명하게 기억하고 있었다.

"우와아, 그리운걸. 여기는 하나도 안 변한 것 같아."

"그야 그렇겠지. 이곳은 '그러기 위한 방'이니까."

"응? 무슨 소리야?"

고개를 갸웃하는 남편에게 여왕은 자세히 설명을 해 주었다.

"이곳은 우리 카파 왕가의 사람, 즉, '시공마법'을 사용하는 사람이 '순간이동'을 될 수 있는 한 쉽게 발동하기 위해 만든 방이야. 익숙해지기 전까지는 '순간이동' 마법이 발동되는 이미지를 명확하게 뇌리에 그리기가 매우 어렵거든. 그래서 처음에는 이 방에서 '순간이동'하는 법을 배워."

젠지로는 아우라가 무슨 말을 하고 싶은지는 이해가 되었지만,

'왜 그렇게 하는가?'를 이해하지 못해 거듭 물었다.

"맨 처음에 '순간이동'을 하는 장소라면, 더 친근한 장소가 이미지를 떠올리기 쉽지 않을까? 나의 경우엔 후궁의 거실이라든가 말이야."

그런 젠지로의 질문을 미리 예상하고 있었는지, 여왕은 망설임 없이 곧장 대답했다.

"친근한 생활공간은 의외로 떠올리기가 어려워. 이미지와 현실의 작은 오차는 정령이 수정해 주지만, 거기에는 한도가 있으니까. 1년 중, 그리고 하루 종일 겉모양이 바뀌지 않는 공간은 좀처럼 존재하지 않아. 그리고 우리 시공마법을 사용하는 사람 이외에는 거의 아는 사람이 없지만, 거리가 동서로 떨어질 경우에는 낮과 밤이 역전되는 경우도 있으니, 그런 점에서도 이미지를 떠올리기가 어려울 수가 있어."

"아, 시차 때문이구나."

아우라의 설명을 들은 젠지로가 짝, 하고 손을 치며 말했다.

'순간이동'은 어디까지나 순간적으로 거리를 이동하는 주문에 지나지 않기 때문에, 시간을 넘나들 수는 없다.

예를 들어 일본이 지금 낮이라고 해서, 뇌리에 대낮의 뉴욕을 떠올린다면 '순간이동' 주문을 외워도 마법은 발동되지 않는다.

그 경우에는 시차를 고려해 밤중의 뉴욕을 상상하지 않으면, '순간이동'은 발동되지 않는 모양이었다.

계절이 크게 다를 때도 마찬가지다. 홋카이도에는 한겨울에밖에 가 본 적이 없는 사람이 한여름의 홋카이도로 '순간이동'하려고 해도 역시 마법은 발동되지 않는다는 듯했다.

그런 설명을 듣고 대략적으로 이해를 한 젠지로였지만, 역시 아직 의문이 남았다.

"음~? 그러니까 뇌리에 그린 이미지와 현실의 차이가 크면 '순간 이동'은 발동되지 않는다는 말이지? 그럼 방의 가구 배치를 크게 바꾸었다든가, 평소에는 방에 없던 사람이 들어와 있다든가, 그런 일이 있으면 마법이 발동되지 않는다는 거야?"

만약에 그렇다면, 야외로 '순간이동'을 하는 것은 사실상 불가능하다. 생각 이상으로 사용에 제한이 많은 마법인 것이다.

하지만 젠지로의 의문에 여왕은 고개를 저었다.

"아니, 그 정도라면 대부분 문제없이 발동돼. 실제로 내가 대전 중에 아군의 야영지로 '순간이동'을 해 보았는데, 연락이 제대로 가지 않아서 모두 철수한 뒤였다, 라는 사례도 있었으니까."

여왕은 정말 간담이 서늘했었다고 말하며 웃었다.

"철수하기 전의 야영지와 철수한 후의 야영지보다, '우기' 때의 왕궁과 '혹서기'의 왕궁이 더 겉보기에 공통점이 많을 것 같은데."

이해가 안 간다는 젠지로에게 여왕은 웃으며 동의했다.

"솔직히 말하면 나도 그렇게 생각해. 하지만 현실이 그러니 어쩔 수 없지. 이해되지 않아도 납득할 수밖에 없어. 위대한 정령의 생각을 우리가 완전히 이해한다는 건 불가능한 일이니까."

"응, 마법이니까 조금 불합리하고 이해하기 어려운 면이 있는 것도 당연한 건가?"

이전에 '시간역행' 마법의 사용법을 들었을 때에도 이해가 안 가

는 부분이 많았다는 사실을 떠올린 젠지로는, 일단 '원래 그런 것이
다'라고 생각하기로 했다.

"그래서 맨 처음에 '시간이동'을 할 때에는 이 장소에서 시작하길
추천해. 혹시라도 만약의 일이 생겼을 때, 왕궁으로 다시 돌아올 수
있다는 것만으로도 굉장히 큰 힘이 되니까."

"좋아. 아, 근데 잠깐만. 왕궁 밖에는 여기랑 똑같은 방 없어? 발
렌티아나 포트시 같은 곳에도 왕의 영지가 있잖아? 그런 지방에 있
는 왕의 영지에도 똑같은 방이 있다면 편리하지 않을까?"

젠지로의 제안에 여왕 아우라는 의아하다는 듯이 고개를 갸웃
했다.

"똑같은 방이 여러 개면 이미지가 마구 뒤섞여 오히려 소용없어지
잖아?"

"아니, 완전히 똑같을 필요는 없어. 빛을 내는 등잔의 위치를 바
꾸거나, 벽에 각각 '수도'라든가 '발렌티아'라고 크게 써 놓는다든가
하면 좋을 것 같은데."

"흐음……, 생각해 볼 가치는 있지만 역시 혼란을 초래할 위험이
더 클 것 같아. 어느 정도 '순간이동'에 익숙해져 이미지를 쉽게 그릴
수 있게 되면 각지의 방을 적절히 나눠 사용할 수 있을지도 모르지
만, 원래 국내 이동은 그렇게까지 어렵지 않아. 국내라면 시간이나
계절에 따른 오차가 그다지 크지 않으니까."

특히 수도를 기준으로 보면 그 차이는 더욱 작아진다.

카파 왕국은 국토 면적도 대국이라고 부를 수 있을 만큼 넓기 때
문에, 서해안과 동쪽 국경 사이에는 시차도 존재한다. 하지만 그 중

간에 있는 수도에서 보면 서해안도 동쪽 국경도 신경을 써야 할 만큼 시차의 차이가 나거나 하지는 않는다.

서해안과 동쪽 국경까지 해 뜨는 시간이 한 시간 정도 차이가 난다고 하더라도, 수도에서 보면 양쪽 모두 30분 차이.

수도가 낮이면 서해안도 동쪽 국경도 낮이고, 수도가 밤이면 서해안도 동쪽 국경도 밤이다.

아침 일찍 해가 뜬 직후나, 저녁에 해가 진 직후 정도를 제외하면 이미지에 큰 차이가 생기지 않는다.

"그럼 외국은? 분명히 아우라는 이전에 지르벨 법왕 가문의 이자벨라 여왕을 '순간이동'으로 쌍왕국에 보낸 적이 있었지?"

"쌍왕국은 몇 번인가 방문한 적이 있었거든. 우연히 내 담당 지역에 쌍왕국이 포함되어 있어서 다행이었어."

그렇게 말하며 웃는 여왕의 웃음은 조금 쓸쓸해 보였다.

카파 왕국에 왕족이 많이 존재했을 때는, 친교가 있는 이웃 국가에 일정 기간 동안 왕족을 체재시켜 '순간이동'으로 이동할 수 있게 만들어 놓았다고 한다.

그때의 왕족 중에서 살아남은 사람은 아우라 한 명뿐. 그래서 현재 '순간이동'으로 이동이 가능한 외국은 아우라가 과거에 체재한 경험이 있는 나라뿐이다. 그런 나라 중에 절대 빼 놓아서는 안 되는 나라인 쌍왕국이 포함되어 있었다는 점은 분명히 행운이라고 할 수 있었다.

하지만 갈 수 있는 나라가 극단적으로 줄었다는 사실 자체는 아우라 자신 이외의 모든 왕족이 지난 대전에서 전멸했다는 과거를 떠올리게 하는 일이기도 했다.

아내의 쓸쓸한 표정을 깨달은 젠지로는 머뭇거리며 오른팔을 아우라의 허리에 두르고 어색하게 껴안았다.

"응, 덕분에 나도 쌍왕국에 갈 수 있는 거구나."

"그래."

순순히 몸을 남편에게 내맡긴 여왕은 부드러운 미소를 지으며 고개를 끄덕였다.

"하지만 당신이 '순간이동'을 습득해야만 내가 당신을 '순간이동'으로 쌍왕국에 보내 줄 수 있어. 그건 알고 있지?"

"응, 당연하지."

아우라가 젠지로에게 '순간이동'을 사용하면, 쌍왕국으로 가는 것은 순간이지만 젠지로가 '순간이동'을 사용할 수 없을 경우, 돌아올 수 있는 수단은 육로밖에 없다.

이전에 젠지로가 발렌티아에 갔을 때는 '긴급 사태'라서 아우라가 '순간이동'으로 맞이하러 가서 젠지로를 '순간이동'으로 수도로 보내고 자신도 '순간이동'으로 돌아가는 강경 수단을 사용했지만, 어디까지나 국내였기 때문에 아슬아슬하게 허용되었던 행동이었다.

게다가 이번에 젠지로가 쌍왕국에 가는 이유는 아우라의 둘째 출산 전에 지르벨 법왕 가문의 치유술사를 초빙할 수 있는 체제를 정비하기 위한 것이었다.

젠지로가 '순간이동'을 습득하지 않은 상황이라면 쌍왕국을 찾아갈 이유 자체가 없다.

빙 돌아 이야기가 다시 처음으로 돌아오자, 젠지로는 새롭게 결의를 다지며 어두운 실내를 돌아보았다.

"좋아. 그럼 한시라도 빨리 '순간이동'을 습득해야겠어. 이제는 이미지만 떠올리면 되니까, 조금 더 힘을 내 볼게."

그렇게 말을 한 젠지로는 눈을 깜빡이는 시간도 아깝다는 듯이 이 어둑어둑한 실내의 광경을 뇌리에 새기듯이 가만히 돌아보았다.

"힘을 내는 건 좋지만, 너무 오래 있으면 안 돼. 일단 통풍구가 있으니 큰 문제는 없을 테지만, 창문도 없는 방에 등잔을 여러 개 태우고 있으니까."

여왕 아우라의 경고를 들은 젠지로는 순순히 고개를 끄덕였다.

"응, 맞아. 그럼 일단 거실로 돌아가 디지털 카메라를 가지고 올게. 디카로 이곳을 찍으면 이곳에 오지 않아도 이미지를……."

거기까지 말을 하고서야 자신이 얼마나 멍청한지를 깨달았다. 푹 고개를 숙인 젠지로는 신음소리를 뱉어 냈다.

"맞아. 문제는 이미지야. 다른 마법은 몰라도 '순간이동'을 할 때 이미지를 그리기 위해서라면, 이동하고 싶은 장소를 사전에 사진으로 찍어 두고, 그걸 보면서 마법을 사용하면 되잖아. 왜 난 그렇게 당연한 생각을 하지 못한 거지……?"

여왕은 쓴웃음을 지은 뒤, 진심으로 풀이 죽은 젠지로의 등을 툭툭 두드리며 위로해 주었다.

"무언가에 집중하고 있을 때는 대체로 그렇게 되는 경우가 많아. 오히려 지금이라도 깨달았으니 다행 아니겠어?"

"그건 그러네. 생각해 보니, '정확한 발음'이야 어쨌든, '정확한 마력량'은 최근에야 달성했으니, 시간 손실은 거의 없기도 하고."

"맞아. 굳이 나쁘게 생각할 필요는 없어. 당신은 아주 잘하고 있으니까. 하나부터 열까지 아무런 낭비 없이, 최단 시간에 목표를 달성하는 일은 사실상 불가능하잖아?"

"그래. 바보처럼 미처 생각하지 못한 게 있어서 반성을 하긴 했지만, 특별히 되돌릴 수 없는 실수를 한 것은 아니니, 너무 신경 쓸 필요는 없는 것 같아."

정신을 가다듬은 젠지로는 몸을 쭉 펴고 크게 심호흡을 했다.

"그럼 거실에 돌아가 디카 좀 가지고 올게. 그리고 촬영을 끝내면 오늘은 이만 마무리하자."

"응."

젠지로는 빠른 걸음으로 일단 방 밖으로 나갔다.

이윽고 돌아온 젠지로는 약속대로 디카로 실내의 사진과 동영상만 촬영하고 잠자리에 들었다.

━━━━◆━━━━

그리고 5일 후.

점심을 먹은 젠지로는 후궁 거실에서 '순간이동' 습득의 최종 단계에 들어갔다.

마법 발동에 필요한 세 가지 요소 중, '정확한 발음'과 '정확한 마법량'은 이미 달성했다. 나머지는 마지막 하나, '정확한 인식'뿐이었다.

이미 스프레드시트의 '주문 성과표'에 O×를 표시할 단계도 지났기 때문에, 컴퓨터도 켜지 않았다.

젠지로는 거실 한쪽 구석에 서서 디지털 카메라를 손에 든 채, 주문을 외웠다.

'내가 뇌리에 그린 공간에, 내가 의도한 것을 보내라……'

닷새 동안 대체 몇 번일지 모를 주문을 외웠지만, 젠지로가 눈을 떠 보니 그곳은 익숙한 후궁의 거실이었다.

"실패인가……."

그렇게 말하면서도 젠지로의 표정에는 초조함이나 비장함이 엿보이지 않았다.

감각적인 것이라 확실하게 말하기는 어려웠지만, '디지털 카메라로 순간이동할 장소를 보면서 이미지를 떠올리는' 방법을 선택한 덕분에, 성공 확률이 단숨에 올라간 듯한 기분이 들었기 때문이다.

"음~, 역시 이건 동영상보다는 사진 쪽이 이미지를 더 정확하게 기억할 수 있을 것 같아. 어설프게 동영상을 보니 이미지가 오히려 약간 흔들리는 느낌이야. 좋아, 한 번 더."

다행히도 이쪽 세계의 마법은 발동에 실패하면 마력을 전혀 소모하지 않고, 그 외에도 전혀 페널티가 없다.

단지, '아무것도 일어나지 않았다'는 결과만이 남을 뿐이었다.

덕분에 본인의 시간과 집중력만 있다면, 마법 연습은 얼마든지 할 수 있었다.

"…………."

젠지로는 모든 신경을 집중해 디지털 카메라의 사진을 보았다.

왕궁의 일각. 밖의 불빛은 일체 들어오지 않고, 항상 화톳불이 불탈 뿐인 어둑어둑한 석실(石室).

그 중심에 서서 화톳불이 불타는 정면의 벽을 가만히 바라보는 이미지.

그런 이미지를 뇌리에 선명하게 그렸을 때, 조용히 눈을 감았다.

그리고 이번엔 뇌리에 그린 석실을 밖으로 투영하는 이미지를 떠올리며, 자신이 서 있는 위치를 '변경'했다.

'내가 뇌리에 그린 공간에, 내가 의도한 것을 보내라. 그 대가로서 나는……'

주문을 모두 외운 젠지로가 조용히 눈을 떠 보니, 그곳은 익숙한 거실이 아니라, 여러 화톳불이 번쩍이며 불타는 석실이었다.

방 안에 넣어둔 창을 든 병사가 어둠 속에서도 확실히 알 수 있을 만큼 깜짝 놀란 표정으로 이쪽을 보고 있었다.

다른 사람의 시선. 왕족으로서의 입장. 이성적인 판단은 아직도 간신히 뇌리 구석에 남아 있었지만, 너무 작아서 젠지로의 폭발하는 감정을 억누를 수 없었다.

"이얏호오!! 해냈어~!!"

젠지로는 병사 두 명이 반사적으로 한 발 뒤로 물러설 정도의 기세로 그 자리에서 펄쩍 뛰며 환희의 감정을 폭발시켰다.

직접 두 다리로 곧장 후궁 거실까지 돌아와서도 젠지로의 흥분은 전혀 가라앉을 생각을 하지 않았다.

"이야호, 좋아, 성공이야! 성공, 성공이라고! 난, 정말 대단해! 마법사야!"

일단 이래 봬도 '공간 차단 결계'와 '끌어당기기'라는 두 가지 마법을 사용할 수 있었기 때문에 이미 마법사라고 할 수 있었지만, '순간이동'은 그 두 가지와는 완전히 의미가 다른 마법이었다.

실용성이라는 측면에서 전의 두 가지 마법은 아무런 의미도 없었지만, '순간이동'은 활동 범위를 폭발적으로 확장시켜 주는 꿈의 마법이었다.

젠지로의 변변찮은 이미지 구상 능력으로는 아직 아우라처럼 '한 번 찾아간 장소라면 거의 문제없이 이동할 수 있다'고는 할 수 없겠지만, 이번처럼 디지털 카메라의 도움을 받으면 '순간이동'이 가능한 범위를 늘려 갈 수 있을 가능성이 높았다.

그리고 무엇보다도 중요한 것은, 젠지로가 샤로와·지르벨 쌍왕국으로 건너갈 준비가 완료되었다는 점이었다.

"늦지 않았어! 이번엔 늦지 않았다고, 아우라!"

검은 가죽 소파에 등을 내던지며 쓰러진 젠지로는 엎드린 채 오른손 주먹을 천장을 향해 치켜들었다.

머릿속에는 지난번 아우라의 출산, 사랑하는 장남──카를로스 젠키치의 탄생 순간이 떠올랐다.

주치의 미셸은 '매우 안정적으로 비교적 짧게 끝난 출산이었다'고 말했지만, 젠지로는 그 말을 도저히 믿을 수 없었다.

영원히 계속되는 게 아닌가 싶었던 사랑하는 아내의 고통을 참는 목소리.

옆방에서 그 목소리를 들으면서도 아무것도 하지 못했던 무력감.

정말로 아무것도 할 수 없다면 그냥 포기하고 있었겠지.

하지만 이쪽 세계에는 현대 의학조차도 훨씬 초월한 기술을 조종하는 지르벨 법왕 가문의 치유술사가 존재한다.

그 사람들이 살고 있는 샤로와·지르벨 쌍왕국은 대륙을 반쯤 횡단해야 할 만큼 멀리 있었지만, 젠지로에게는 그 거리를 쉽게 오갈 수 있는 능력이 잠재되어 있었다.

카파 왕국의 혈통마법인 '시공마법'. 그 대표격이라 할 수 있는 마법인 '순간이동'을 자신이 사용할 수 있었더라면 그때, 그 장소에 치유술사가 있었을 텐데.

그렇게 했으면 사랑하는 아내와 사랑하는 나의 아이에게 현대 지구의 선진국보다 안전한 출산 환경을 준비해 줄 수 있었을 텐데.

그 가능성을 다른 누구도 아닌 남편이자 아버지인 자신만이 지니고 있는데도 그 당시의 젠지로는 빈둥거리며 시간을 보냈을 뿐, 마법 습득에 전혀 진심으로 임하지 않았다.

그래서 가질 변경백령에서 돌아왔을 때, 아우라에게서 '둘째가 생겼을지도 모른다'는 말을 들은 젠지로는 누가 등 뒤에 얼음을 집어넣은 듯한 감각에 휩싸였다.

화장실에 들어갈 때와·나올 때는 마음이 다르다.

어느새인가 자신은 또 그때의 무력감과 공포를 잊고 한심한 나날을 보냈던 게 아닐까. 이번에야말로 자신은 벌을 받는 게 아닐까.

하지만 다행히도 그런 불길한 예감을 날려 버리며 운명은 젠지로의 편에 섰다.

"이제 쌍왕국에 갈 수 있어……! 이번엔 괜찮아, 아우라. 이번엔 내가 지켜줄 테니, 안심하고 둘째를 낳아 줘."

그렇게 중얼거리는 젠지로의 두 눈에는 미래에 대한 밝은 희망과 그 희망을 어떻게 해서든 실현시키겠다는 강한 의지가 담겨 있었다.

그날 저녁. 일을 끝내고 후궁에 돌아온 여왕 아우라의 얼굴에는 밝은 웃음이 떠올랐다.

그 표정만으로도 젠지로는 자신의 '위업'이 전해졌다고 확신했다.

"성공했구나."

짧은 말과 얼굴 가득한 웃음으로 축복을 해 주는 아내에게 젠지로는 그에 지지 않을 만큼 환한 미소를 지으며 꽉 쥔 주먹을 내밀었다.

"응, 덕분에. 솔직히 말하면 아직도 믿을 수가 없어."

웃고 있는 젠지로에게 여왕은 좌우의 시녀들을 거느리고 가까이 다가갔다.

"'순간이동'은 다들 처음에 그런 느낌이야. 정말로 성공했는지 몇 번이고 시험해 볼 수 없으니까."

'순간이동'은 아우라의 마력량으로는 아슬아슬하게 세 번, 젠지로의 마력량으로는 하루에 두 번밖에 사용하지 못하는 대마법이다.

정면으로 다가온 여왕은 살짝 양손으로 남편의 오른손을 감싸 쥐었다.

"이렇게 빨리 '순간이동'을 습득할 거라고는 예상하지 못했어. 이 모든 것은 당신의 끝없는 노력 덕분이야. 나를 위해 이렇게 힘을 내 준 거구나. 고마워."

"그건, 으음……."

아내의 그 말을 들은 젠지로는 아내의 손길을 계속 느끼며, 난처한 듯 시선을 이리저리 움직였다.

평소라면 이렇게 달콤한 대화를 나눌 때 단 둘뿐이었겠지만, 지금은 임신을 한 아우라를 돕기 위해 바로 옆에 시녀들이 붙어 있었다.

젊은 시녀들은 '저희들은 아무 말도 듣지 못했습니다' 라고 말하듯 새침한 표정을 유지했지만, 나름 오랫동안 같이 지내 왔던 젠지로는 알았다.

저건 귀를 종긋 세우고, 나중에 시녀들끼리 꺄꺄 하며 잡담의 소재로 삼으려고 결심한 눈이다.

'물론 뒤에서 하는 그런 잡담까지 규제할 수는 없지만.'

그렇기 때문에 시녀들 앞에서 부끄러운 모습은 보이고 싶지 않았지만, 사랑하는 아내가 이렇게까지 말하는데 웃으며 그냥 넘어가는 것도 좋지 않았다.

"그렇지 뭐. 응, 나, 열심히 했어. 아우라를 위해 노력한 거야."

실제로, 이렇게 빨리 젠지로가 '순간이동'을 습득한 이유는 아우라가 임신을 했기 때문이었다.

"이제 쌍왕국에 갈 수 있어. 그러니까 아우라는 안심하고 아기를 낳아 줘."

반쯤 될 대로 되라는 식으로 젠지로가 그렇게 말한 뒤, 양팔을 사랑하는 아내의 등에 둘렀다.

"고마워, 젠지로."

"별 말씀을."

이쪽에게 몸을 내맡기는 아내의 부드러운 두 가슴을 순수하게 천 두 장 너머의 가슴으로 맛보았다.

평소라면 이대로 입맞춤을 했을 흐름이지만, 시녀들의 시선이 따가워 단호한 행동을 하기가 힘들었다.

게다가 아직 배가 눈에 띄게 나오지는 않았지만, 아내의 배 속에는 새로운 생명이 깃들어 있다.

그래서 아내를 껴안은 팔에도 평소처럼 힘을 줄 수는 없었다.

"…………."

"…………."

결국 여왕과 남편은 더 이상은 아무 말도 하지 않은 채, 그저 서로의 체온을 1초라도 더 오래 느끼려는 듯, 서로 몸을 계속 맞대었다.

———————◆———————

　젠지로가 처음으로 '순간이동' 발동에 성공한 다음 날, 북대륙 웁
살라 왕국의 공주가 젠지로에게 긴급 면담을 신청했다.

　'공간 차단 결계', '끌어당기기'에 이어서 배운 세 번째 마법이자,
실용성이 있는 첫 번째 마법 습득에 나이도 잊고 잔뜩 들떠 있던 젠
지로였지만, 타국의 왕족이 '긴급' 면담을 신청하자 사고 스위치가
곧장 바뀌었다.

　그리고 왕궁의 한 방에서 프레야 공주와 면담을 할 즈음에는 거
의 침착함을 되찾았다.

　"오래 기다리셨습니다, 프레야 전하."

　"아니요. 저야말로 긴급한 방문인데 이렇게 나와 주셔서 정말 감
사합니다, 젠지로 전하."

　평소대로 맞은편 소파에 앉은 프레야 공주와 인사를 나눈 젠지로
는 내심 작은 의문이 들었다.

　'응? 긴급히 면회를 요청한 것치고는 침착해 보이네?'

　태생이 왕족인 사람을 표면적인 표정이나 태도로 판단하는 것은
위험하지만, 반대로 말해 정말로 긴급하다면 프레야 공주는 한눈에
봐도 알 수 있도록 '초조함이 번진 표정'을 일부러 지을 게 분명했다.

　어쩌면 생각했던 것만큼 심각한 이야기가 아닐지도 모른다.

　젠지로는 조금 어깨에 힘을 뺐지만, 그렇다고 하더라도 '긴급'하다

고 면담을 신청한 것은 사실이니, 인사를 길게 하거나 잡담을 하면서 시간을 보내서는 매너 위반이다.

"그런데 프레야 전하, 무슨 일이신가요?"

젠지로가 그렇게 단도직입적으로 말을 꺼내자, 프레야 공주는 기쁘다는 듯이 미소를 지었다.

"네. 사실은 긴급하게 예정을 변경하게 되어 죄송하지만, '발렌티아'로 돌아가고 싶어서요. 허가를 해 주실 수 있을까요?"

"무, 무슨 일 있었나요?"

의표를 찔린 젠지로가 조금 안색이 바뀐 얼굴로 그렇게 되묻자, 은발의 왕녀는 작게 고개를 끄덕였다.

"네. 사실은 발렌티아에 남겨 둔 부하에게서 연락이 왔어요. 아무래도 '황금나뭇잎호'에 조금 문제가 생겼나 봐요."

"문제, 말인가요?"

그럼 상당히 큰일 아닌가? 조금 수상쩍은 듯 고개를 갸웃하는 젠지로에게 프레야 공주는 여유 있는 미소를 지으며 덧붙였다.

"문제라고는 하지만, 배가 가라앉는다든가, 수리가 불가능하다든가 하는 이야기는 아니에요. 부끄러운 이야기이지만, 남대륙의 '우기'를 처음 경험했는데 너무 예상을 낙관적으로 했는지, 작업의 진척이 크게 늦어졌다고 해요."

한 번도 '우기'를 경험해 본 적이 없는 북대륙 사람이 '3개월간 이틀에서 사흘에 한 번의 확률로 비가 내린다'라는 말을 들어 봐야, 어떤 상태인지 상상하기는 어렵다.

그래서 당초 예정했던 '배의 수리' 작업 진척이 크게 늦어진 모양이었다.

작업을 위한 장소와 재료, 그리고 일손이 부족한 만큼의 기술자 등, 프레야 공주는 카파 왕국에게 많은 것을 양도받아, 또는 빌려서 '황금나뭇잎호'의 수리 작업을 진행 중이다.

작업의 진척이 늦으면 프레야 공주가 여왕 아우라에게 물건을 조금 더 제공해 달라고 신청을 해야 하는데, 그럴 경우 전령이 전해 준 정보를 듣기만 해서는 교섭을 통해 상대를 설득하기가 쉽지 않다.

그러니, 여왕 아우라와의 교섭을 위해 자신의 눈으로 현장을 직접 보고 현장의 목소리를 직접 들어야 한다. 그게 프레야 공주의 주장이었다.

"그렇군요……."

프레야 공주의 말은 아주 지당했고, 이쪽이 특히 손해를 보는 제안도 아니었다.

하지만 프레야 공주는 어디까지나 '왕가의 손님'이기 때문에, 수도에서 나갈 때에는 왕인 아우라의 허가가 반드시 필요했다.

"사정은 알겠습니다. 그런 일이라면 틀림없이 허가를 받으실 수 있으리라 생각합니다. 제가 오늘 중에 아우라 폐하에게 전달해 둘 테니, 금방 프레야 전하에게 연락이 갈 겁니다."

"감사합니다, 젠지로 폐하."

웃으며 정중하게 고개를 숙이는 프레야 공주를 보고 젠지로는 문득 생각이 났다는 듯이 거듭 물었다.

"일단 확인을 해 두고자 하는데, 발렌티아에는 프레야 전하 혼자서 가시는 건가요?"

젠지로의 질문을 들은 은발의 공주는 조금 생각을 한 뒤, 차분한 어조로 대답했다.

"글쎄요…… 꼭 가야 할 사람은 저와 스카디, 이렇게 두 사람 정도일까요? 물론 여행길의 위험을 고려해 호위로 데리고 온 병사의 절반 정도를 동행할 수 있도록 허가해 주신다면 더 좋고요."

"그렇군요."

프레야 공주의 말을 머릿속으로 반복한 뒤, 젠지로는 생각했다.

여행길의 위험을 생각하면 호위를 데리고 갔으면 좋겠다. 그 말은 즉, 반대로 말해 여행길의 안전이 보장되거나, 애초에 '여행길이 존재하지 않는다면', 인원은 두 명까지 줄일 수 있다는 말이다.

"알겠습니다. 확약은 하기 어렵지만, 아마 모레까지는 좋은 대답을 드릴 수 있을 듯합니다."

"잘 부탁드립니다, 젠지로 폐하."

프레야 공주는 미소를 지으며 한 번 더 고개를 숙였다.

━━━━━◆━━━━━

그날 저녁.

후궁으로 돌아온 젠지로는 공문서에 사용되는 용피지에 익숙지 않은 용골필로 이쪽 세계의 문자를 적었다.

"좋아, 이거면 되겠, 지? 아만다, 잠깐 확인해 줄 수 있을까?"

"네, 한번 확인해 보겠습니다."

시녀장 아만다에게 방금 글을 적은 용피지를 건네준 젠지로는 의자에 앉아 크게 기지개를 켰다.

"크으, 역시 이쪽 세계의 문자는 어려워. 특히 내가 글을 잘 쓰고 있는지 자신이 없다는 게 치명적이야."

그렇게 투덜대는 젠지로의 남대륙 서방어를 읽고 쓰는 능력은 빈말이라도 뛰어나다고는 하기 힘들었다.

틈이 있을 때마다 연습을 하고 있기 때문에 나름 많이 실력이 늘긴 했지만, 그래도 기껏해야 일본의 중학교 3학년 영어 실력 정도였다.

솔직히 말해, 젠지로의 읽고 쓰는 능력은 '편지가 제일 싫다'고 웃으며 말했던 니르다 가질 이하였다.

물론 전혀 다른 언어권에서 온 지 겨우 3년 정도밖에 안 된 젠지로이니, 읽고 쓰는 능력이 변변치 못한 것은 당연하다면 당연한 일이었지만.

평소에는 문관들에게 대필을 하게 한 뒤, 읽어 보라고 한 다음, 젠지로는 사인만 했었는데, 그래서는 아무리 시간이 지나도 실력이 늘지 않는다.

젠지로는 그런 상황을 개선하기 위해, 비교적 간단한 서면이나 틀려도 문제가 적은 서면은 어느 정도 자신이 직접 쓰려고 노력했다.

이번엔 공문서이긴 했지만, 젠지로가 아우라에게 직접 건네주는 서류이기 때문에 직접 보는 사람은 젠지로와 아우라, 그리고 아우라의 제1 비서인 파비오 비서관뿐이었다.

그래서 다소 잘못 쓴 곳이 있어도 큰 문제가 되지 않는다.

"잘 보았습니다. 아무 문제 없습니다."

"그래? 고마워."

아만다 시녀장에게서 용피지를 돌려받은 젠지로가 한 번 더 서면을 확인하고 있는데, 입구의 문이 열렸다.

"지금 돌아왔어."

들어온 사람은 후궁의 또 한 명의 주인——여왕 아우라였다.

여러 후궁 시녀를 아주 자연스럽게 대동한 여왕은 느릿하게 걸어 거실 안으로 들어왔다.

"아아, 어서 와, 아우라. 그쪽 일도 다 끝났구나."

아내가 돌아오자 젠지로는 방금 기록이 완료된 용피지를 한손에 들고 자리에서 일어섰다.

"응. 다행히 카를로스 때와는 달리 현재로선 입덧이 심하지 않지만, 미셸이 절대로 무리를 해서는 안 된다며 다짐을 받아 두어서 말이지. 응? 손에 들고 있는 건 공문서야? 웬일일까? 당신이 후궁에 일거리를 가지고 들어오다니."

날카로운 여왕의 눈썹미에, 왕의 배우자는 작게 고개를 한 번 끄덕인 후, 손에 들고 있던 서류를 앞으로 내밀었다.

"응, 조금 서두르는 게 좋을 것 같기도 하고, 어차피 후궁에서 나눠도 되는 이야기라서. 자세한 설명은 나중에 하겠지만, 이 서류에 아우라가 사인을 해 줬으면 좋겠어."

젠지로가 아우라에게 내민 서류에는 여왕 아우라에게 '순간이동'의 사용을 허가해 달라는 내용이 적혀 있었다. 요청자는 젠지로. '순간이동'의 사용 대상자는 프레야 공주와 여전사 스카디, 두 명이었다.

서류를 살펴본 여왕은 순간 굳은 표정을 지었다.

"자세한 설명을 좀 해 주겠어?"

그 후, 소파에 앉은 여왕 아우라는 맞은편에 앉은 젠지로에게서 일의 자초지종에 관한 설명을 들었다.

"그렇구나. 사정은 잘 알겠어. 북대륙에 우기가 존재하지 않는다고 한다면, 당초 제출했던 작업 진척 예정 계획이 지나치게 낙관적이었다고 해도 어쩔 수 없겠지. 그런 사정이라면 분명히 시간을 단축하기 위해서도, 프레야 전하의 안전을 위해서도, 내가 '순간이동'으로 보내 주는 데에는 나름 의의가 있을 거야."

'우기' 때에는 이동하기가 어렵다. 특히 귀인은 커다란 지붕이 달린 용차로 이동을 해야 하는 법인데, 그런 용차로 이동 가능한 도로는 매우 한정되어 있다.

또한 길을 가던 도중에 진창이나 산사태로 인해 더 이상 나가지 못해 다시 가던 길을 되돌아갔더니 비가 많이 와 돌아가는 길도 산사태로 막혀 있어 길 한가운데에 갇힌 채 옴짝 달싹 못하는 최악의 예도 적지만 존재했다.

안전이라는 의미에서도, 시간 단축이라는 의미에서도 '순간이동'보다 나은 수단은 없었다. '황금나뭇잎호'의 수리 진척 상황은 카파 왕국 측에게도 중요한 이야기였다.

수리가 끝나지 않으면 프레야 공주와 일행은 웁살라 왕국으로 돌아갈 수 없고, 계속 돌아가지 않으면 카파 왕국과 웁살라 왕국의 정식 국교 수립도 늦어진다.

원래 '순간이동'을 사용할 때는 그에 상응하는 대가를 받지만, 이번처럼 '순간이동'을 사용하여 왕가에게도 이득이 될 때에는 대가 없이 사용하는 경우도 있다.

물론 상대가 '순간이동'으로 이동하는 일을 받아들여야 성립하는 이야기이지만.

아우라의 대답에 젠지로는 누가 봐도 마음이 놓인다는 표정을 지었다.

"다행이야. 프레야 공주는 별로 서두르지 않는 것 같지만, 내가 보기엔 서두르는 편이 좋아. 현장이랑 결정권자, 거래처 중 현장만 떨어진 상태에서 작업이 예정보다 늦어지면 현장이 초조해하며 폭주할 수도 있어 무섭거든."

젠지로가 우려하는 점은 현장의 기술자들이 '무슨 일이 있어도 당초의 작업 진척 예정을 지키기 위해 무리를 할' 가능성이었다.

프레야 공주도 여왕 아우라도 모두 천생 왕족이다. 그래서 아랫사람들이 위의 명령을 얼마나 무겁게 받아들이는지 정확하게 이해를 못하는 면이 있다.

현장 사람들은 상사나 거래처와의 약속을 지키기 위해서라면 다소 힘에 부치는 일도 서슴지 않고 하는 경향이 있다.

성가시게도 우천으로 인한 배의 수리 작업은 '위험'하지만, '불가능'하지는 않다.

젠지로가 그런 걱정을 하고 있다고 말하자, 여왕은 조금 진지한 표정으로 생각했다.

"그렇구나. 당신 말을 듣고 보니, 대전 때에도 부하들의 행동에 비슷한 사례가 있었던 것 같아. 만에 하나 이쪽의 의향이 전달되지 않은 상태에서 현장이 무리를 하다 부상자나 최악의 경우 사망자가 나오면, 앞으로의 교섭에도 응어리가 남게 될 거야."

국가 간의 교섭은 권력 관계나 이해관계의 거래로 성립되는 것이기야 하지만, 실제 교섭은 감정을 지닌 사람이 한다.

친한 사람이 상대의 명령 때문에 죽거나 다쳤는데 교섭에 전혀 악영향을 주지 않을 거라고 생각하기는 어려웠다.

"알았어. 내일이라도 프레야 전하와 빅토리아를 부르자. '순간이동'을 사용한다고 해도, 미리 사람을 보내 예고를 해 줘야 하니 내일 당장 두 사람을 보내 줄 수는 없지만, 빠르면 모레에는 보내 줄 수 있어."

"응, 그게 좋을 것 같아. 고마워, 아우라."

아내의 신속한 대응에 젠지로는 어깨의 힘을 쭉 뺐다.

"아니. 인사를 해야 할 사람은 오히려 나야. 웁살라 왕국과의 국교는 국가 사업이고, 나라의 책임자는 나니까. 아, 지금 막 생각났는데, 미리 '순간이동'으로 보낼 사람 말이야. 당신의 기사인 나탈리오나 시녀 이네스로 하려고 하는데, 어때?"

젠지로에게는 예상치 못한 말이긴 했지만, 조금 생각해 보니, 아우라가 무슨 말을 하려는지 이해가 되었다.

그 두 사람은 젠지로가 어디론가 멀리 나갈 때 반드시 데리고 가는 사람들로, 이른바 젠지로의 측근이다.

"그 말은 그러니까, 나중에 나도 그쪽으로 가라는 거야?"

젠지로의 질문에 여왕은 고개를 끄덕였다.

"응, 좋은 기회니까. 당신도 '순간이동'을 습득했잖아? 갑자기 외국인 쌍왕국으로 가는 모험을 하는 것보다는 한 번 가 봤던 발렌티아에서 '순간이동'으로 돌아와 보는 게 어떤가 싶어서. 만약 무사히 돌아오는 데 성공하면, 다음 날에는 혼자 힘으로 발렌티아로 '순간이동'을 해 보는 거야. 그리고 프레야 전하의 일이 끝난 뒤에 프레야 전하와 빅토리아 님을 '순간이동'으로 이곳까지 보내면, 더할 나위가 없지. 물론 그때에도 미리 나탈리오나 이네스를 이쪽으로 보내야 하겠지만."

"아아, 맞아. 미숙하나마 내가 '순간이동'을 사용할 수 있게 되면 그런 일도 가능해지는구나."

아우라의 제안에 젠지로는 새삼스럽게 감동을 했다는 듯이 고개를 숙여 자신의 양손을 바라보았다.

'순간이동'은 젠지로가 지금까지 익힌 두 가지 마법, '공간 차단 결계', '끌어당기기'와는 차원이 다르다.

잘 사용하면 비유가 아니라 실제로 세계가 넓어진다.

젠지로는 스스로를 높이 평가하는 사람이 아니었지만, 이쯤 되면 젠지로도 자각을 할 수밖에 없었다.

지금 자신은 국정에 큰 영향을 끼칠 수 있을 만큼의 능력을 지니고 있다는 사실을.

뒤늦게나마 자신의 힘을 자각한 남편에게 여왕은 부드러운 미소를 지었다.

"이제 좀 이해가 되나 보네? '순간이동'의 진수는 순간이동 사용자를 국내외에 배치했을 때 발휘돼. 하루에 한 명에서 두 명 정도지만, 당일치기 이동이 가능해지니까. 마음 같아선 동쪽 국경 요새인 무주익, 서쪽 항구 발렌티아, 남쪽 은광 포트시, 북쪽 옛 수도 라라 후작령, 이렇게 네 군데에는 순간이동 사용자를 배치해 두고 싶은데 말이야."

대전이 일어나기 전, 왕족이 아직 많았을 때는 실제로 그 네 군데에 '순간이동' 사용자를 배치했었던 모양이었다.

하지만 그런 아우라의 말을 들은 젠지로는 노골적으로 미간을 찌푸렸다.

"음~, 그게 왕족의 의무일지도 모르지만, 난 솔직히 싫어. 미래의 이야기라고 하더라도, 나는 오랫동안 수도를 떠나고 싶지 않고, 우리 아이들도 될 수 있으면 멀리 보내고 싶지 않거든."

앞으로 태어날 시공마법 사용자는 모두 젠지로의 아이들이다.

그 사실을 잘 아는 젠지로가 그렇게 불평을 하자, 아우라가 위로를 하듯이 말했다.

"내가 바라는 바는 아니지만, 그럴 걱정은 안 해도 될 거야. 네 군데에 왕족을 배치하는 일은 수도에 왕족을 충분히 배치한 뒤의 일일 테니까. '순간이동' 수요가 가장 많은 곳은 이곳 수도거든. 특히 왕인 나와 그 배우자인 당신. 차기 왕인 첫째 왕자 카를로스, 만약을 대비해야 하는 둘째까지는 절대 지방에 주재할 일이 없어."

"아, 그렇구나."

안도한 표정을 짓는 남편을 보자 여왕은 내심 가슴이 따끔거리는 죄책감을 느꼈다.

현재, 프레야 공주의 경우 젠지로의 측실이 되는 방향으로 꽤 구체적인 이야기가 진행되고 있다.

프레야 공주가 젠지로의 측실이 되면, 프레야 공주는 카파 왕국에서 작위와 함께 연안에 작은 영지를 얻는다.

당연히 미래에는 젠지로와 프레야 공주 사이에서 태어난 아이가 공작령을 잇겠지. 그렇게 되면 아이가 살아가는 곳은 수도가 아니라 그 공작령이 된다.

젠지로가 사신의 자녀와 떨어져 사는 일은 이미 결정된 것이나 마찬가지였다.

젠지로와 프레야 공주 사이의 아이.

그 아이는 여왕 아우라의 입장에서 '신중하게 대해야 할 차세대 왕족' 그 이상도 그 이하도 아니지만, 젠지로에게는 피를 나눈 자신의 혈육이다.

"하지만 먼 미래의 일을 벌써부터 걱정할 필요는 없어."

웃으며 그렇게 말한 여왕은 무심코 오른손으로 둘째가 깃들어 있는 자신의 배를 쓰다듬었다.

———————◆———————

다음 날. 여왕 아우라는 왕궁의 한 방에서 웁살라 왕국 제1 왕녀, 프레야 웁살라와 만났다.

전체적인 사정을 들은 프레야 공주는 깜짝 놀라 그 푸른 얼음빛 눈동자를 살짝 동그랗게 떴다.

"그럼 아우라 폐하는 '순간이동'이라는 비술로 저와 스카디를 발렌티아까지 보내 주신다는 말씀인가요?"

"그래. 제안을 한 사람은 서방님이지만, 이야기를 들어 보니 나도 그게 최선이라고 판단했소. '우기' 때 도로를 이동하는 일은 어떤 문제가 발생할지 모르니까. 그리고 이것도 서방님이 지적해 준 일인데, 일정 지연을 현장이 얼마나 심각하게 받아들이고 있을지 알 수 없다는 것도 문제지. 만약 필요 이상으로 심각하게 받아들이고 있으면 비가 내려도 작업을 강행할 가능성이 있는데, 그럴 경우 얼마나 위험할지는 우리보다 프레야 전하가 더 잘 알고 있을 것이라 생각하오."

"네, 말씀하신 대로입니다."

붉은 머리카락의 여왕의 설명을 들은 은발의 공주는 잠시 골똘히 생각했다.

아우라의 주장이 얼마나 정론인지는 안다. 하지만 곧장 대답할 수 없었던 이유는 '순간이동'이라는 마법에 몸을 내맡기는 일의 위험성 때문이었다.

프레야 공주는 '순간이동'이라는 마법에 대해서도, 여왕 아우라의 인간성에 대해서도 충분히 파악했다고는 하기 힘들었다.

발렌티아에 보낸다고 말하면서 저 높은 상공이나 화산의 화구에 보낸다면, 아니, 그렇게까지는 하지 않더라도 프레야 공주를 한 번도 본 적 없는 미지의 땅으로 혼자 보내 버리면 그것은 곧 죽음을 의미했다.

하지만 프레야 공주는 현재, 자신이 측실로 들어가는 일과 그 덕분에 이루어지는 대륙 간 무역은 카파 왕국에도 큰 이익을 주는 일이라고 확신했다.

아우라라는 사람의 모든 면을 정확하게 파악했다고는 입이 찢어져도 말할 수 없었지만, 적어도 아우라가 충분한 이성과 판단력을 지닌 위정자라는 사실은 잘 안다.

그에 더해, 카파 왕국의 왕족은 국내외의 사람들에게 유료로 '순간이동' 마법을 사용해 준다는 정보도 들어서 알고 있다.

좀 거칠게 말해서 '순간이동'은 카파 왕국에게 큰 어드벤티지이면서, 중요한 수입원이라는 말이다.

그런 '순간이동'을 살해 수단으로 사용한다는 말은 앞으로의 수입원을 스스로 끊는 것이나 마찬가지다(스스로 자신이 손해 볼 짓을 할 사람은 없다).

그런 정보를 종합하면 여왕 아우라가 프레야 공주를 속여 위험한 장소로 날려 보낼 가능성은 한없이 제로에 가깝다는 결론을 내릴 수 있었다.

프레야 공주는 일단 결론이 나면 매우 빠르게 행동하는 타입이었다.

"알겠습니다. 그런 일이라면 호의를 받아들이겠습니다. 대가는 얼마나 드리면 될까요?"

곧장 결정을 내린 은발의 공주가 한 질문에 뒤에 서 있던 금발의 여전사는 깜짝 놀랐다는 듯이 숨을 삼켰다. 프레야 공주가 '순간이동'을 이용한다는 말은 스카디도 마찬가지로 '순간이동'으로 이동한다는 이야기이니, 당연하다면 당연한 이야기이다.

하지만 프레야 공주는 스카디가 평생 충성을 다하겠다고 맹세한 주인이다. 자신의 행동을 주인이 결정했다고 해서 불만이 있을 리는 없었다.

새삼 표정을 다잡는 스카디 앞에서 여왕 아우라가 입을 열었다.

"아니, 이번 일은 '황금나뭇잎호'의 수리에 관련된 매우 중대한 일이니 우리 카파 왕국에게도 남의 일이 아니오. 북대륙의 뛰어난 조선 기술과 제철 기술을 가르쳐 주시는 분들에게 겨우 이 정도의 일로 대가를 바랄 수는 없는 노릇 아닌가."

"어머나. 폐하의 온정에는 그저 감사할 따름입니다."

아우라의 대답을 들은 프레야 공주는 내심 작게 쓴웃음을 지었다.

아우라는 대가를 원하지 않는다고 했지만, 물론 말 그대로의 의미는 아니었다.

'이런 일에 하나하나 요금을 청구하지 않을 테니, 대신에 본국에 무사히 돌아가 「제조 기술」과 「제철 기술」을 확보한 뒤 측실로 들어오라'고 다짐을 받아 두고 있는 것이다.

물론 그것은 젠지로를 사모하게 된 프레야 공주의 입장에서는 바라마지 않는 이야기였다.

"그렇게 결정되었으니, 빠르게 움직이는 게 좋겠지요? 아우라 폐하, 저와 스카디를 언제 발렌티아로 보내 주실 수 있으신가요?"

"그쪽의 준비가 완료되면, 늦어도 내일 정도에는 보내 줄 수 있소."

아우라의 말을 들은 프레야 공주는 자신이 신뢰하는 측근을 바라보았다.

"스카디, 나는 내일도 괜찮을 것 같은데, 어때?"

보호자 역할도 겸임하고 있는 호위 여전사는 주인의 말을 듣자마자 곧장 대답했다.

"네, 문제없습니다. 짐은 오늘 중에 정리하여 준비해 놓겠습니다."

그 유능한 여전사에게 여왕은 한마디 충고를 해 주었다.

"아, 빅토리아 님. '순간이동'으로 옮길 수 있는 짐은 사람 한 명이 무리 없이 들고 옮길 수 있는 정도이니, 짐을 쌀 때 참고해 주시오."

"알겠습니다. 충고해 주셔서 감사합니다, 아우라 폐하."

키가 큰 여전사는 외국의 여왕을 향해 공손하게 고개를 숙였다.

다음 날.

예정대로, 프레야 공주와 호위 여전사 빅토리아 크론크비스트, 즉, 스카디는 비가 내리는 발렌티아 항구에 서 있었다.

후궁 시녀 이네스가 전날 미리 발렌티아에 파견된 덕분에, 프레야 공주와 스카디가 발린테아 공작 저택에 '순간이동'으로 도착했을 때는 이미 환영 준비가 끝나 있었다.

프레야 공주가 수도에 들어갈 때 데리고 간 '황금나뭇잎호'의 전사는 절반을 약간 넘는 정도였다. 남은 전사는 이곳 발렌티아에 남아 비전투원에 가까운 선원들을 지켰다.

프레야 공주는 남아 있던 전사들의 환영을 받은 뒤, 발렌티아 대관인 다미안과의 인사도 하는 둥 마는 둥하고 곧장 큰비가 내리는 항구로 갔다.

'우기'가 존재하는 카파 왕국에는 비를 피하기 위한 물건들이 잘 마련되어 있었다.

수생 파충류의 가죽으로 만든 후드 달린 비옷 같은 물건을 옷 위로 걸친 은발의 왕녀와 금발의 여전사는 오랜 비로 이곳저곳에 물이 고인 돌바닥 위를 똑바로 걸었다.

프레야 공주는 고향인 웁살라 왕국에서 야영이나 뗏목놀이도 경험했기 때문에, 물이 조금 몸에 튄다고 해서 허둥대지 않았다.

큰비를 뿌리는 회색 하늘과 같은 색으로 물들어 있는 바다를 본 프레야 공주는 머리를 가볍게 흔들어 후드에 묻은 물을 털면서, 한숨을 쉬는 듯한 말투로 말했다.

"이렇게 직접 효과를 봤으니, '혈통마법'을 절대시하는 남대륙의 가치관에 이해를 표할 수밖에 없겠네요."

"정말로 이건 일종의 반칙입니다. 횟수는 꽤 제한이 있는 듯하지만, 그래도 이런 마법이 존재하는 한, 전략을 근본부터 다시 생각해봐야 합니다."

동의를 표하는 키가 큰 여전사의 말투도 프레야 공주와 거의 비슷했다.

프레야 공주의 고국인 웁살라 왕국은 왕족에게 혈통마법이 없기때문에, 기술에 크게 의존하는 국가이다.

그래서 마법보다 기술이 종합적으로는 더 뛰어나다는 가치관이 일반적이지만, 이렇게 실용적인 혈통마법을 보았으니, 가치관이 흔들려도 이상할 게 없었다.

설사 아주 일부 사람밖에 사용할 수 없는 한정적인 것이라 하더라도, 용차로 며칠이나 걸리는 거리를 순식간에 이동할 수 있는 수단이 있다는 것 자체가 북대륙 사람의 입장에서 보면 상식에 어긋나는 반칙에 가까웠다.

"아주 좋은걸요. 가지고 싶어요."

간절히 바란다는 듯이 입 안에서 몇 번이고 그렇게 중얼거리는 주인에게 옆을 걷던 큰 키의 여전사가 작은 목소리로 충고했다.

"공주님. 이곳 남대륙에선 혈통마법을 훔치는 행동을 즉시 선전

포고를 해도 이상할 게 없는 만행으로 여긴다고 합니다."

젠지로는 잠재적으로 다른 국가의 혈통마법을 지니고 있다는 이유만으로 본인의 책임도 아닌데 그토록 많은 압력을 받고 있을 정도다.

의도적으로 혈통마법을 훔치려고 하는 사람에게 얼마나 가열 찬 반발이 있을지는 안 봐도 뻔했다.

"……아쉽네요."

아쉽다는 듯이 그렇게 한마디를 흘린 은발의 왕녀는 곧장 정신을 가다듬더니, 밝은 미소를 지으며 심복인 여전사에게 불평을 했다.

"그런데, 스카디. 여기는 이미 항구예요. 이 비옷 때문에 제 옷이 안 보이나 보죠?"

그렇게 말하며 프레야 공주는 비옷 아래에 입고 있는 남자 옷을 오른손으로 가리켰다.

"실례했습니다, 선장님."

주인이 무슨 말을 하고 싶은지 눈치챈 여전사는 쓴웃음을 지으며 호칭을 정정했다.

발렌티아 공작 저택에서 항구까지는 그다지 멀지 않다.

잠시 뒤, 프레야 공주 일행은 '황금나뭇잎호'가 정박해 있는 부두 앞에 도착했다.

지금도 큰비가 계속 내리는 악천후였지만, 바람이 없는 데다 발렌티아 항은 3중 방파제의 보호를 받고 있었기 때문에, 항구 안의 해수면은 매우 잔잔했다.

그렇다 하더라도 많은 비가 내리는 가운데 수리 작업을 계속하기란 여전히 매우 위험한 일이었다.

프레야 공주는 몇 개월 만에 만난 자신의 배를 육상에서 올려다보며 중얼거렸다.

"정말로, 젠지로 폐하는 혜안이 뛰어나시네요."

"네. 적어도 우리가 보지 못한 것을 볼 줄 아시는 분입니다."

두 사람이 그렇게 말하며 '황금나뭇잎호'를 올려다보니, 젠지로의 염려대로 이렇게 비가 많이 내리는데도 여전히 사람들은 수리 작업을 강행하고 있었다.

개중에는 겁도 없이 메인 돛대에 올라 쇠망치를 두드리는 사람도 있었다.

프레야 공주는 반성 반, 황당함 반을 섞어 한숨을 쉰 뒤, 옆에 대기하고 있던 측근에게 명령했다.

"스카디, 부탁합니다."

"알겠습니다."

주인의 명령을 받은 몸집이 큰 여전사는 스읍 하고 가슴 가득 숨을 들이쉰 뒤,

"모두 들어라! 지시가 변경되었음을 알린다! 작업 중인 자는 일을 멈추고 내려와라!"

그렇게, 큰비의 빗소리에도 지지 않을 큰 목소리로 외쳤다.

━━━━━━◆━━━━━━

젠지로는 그로부터 며칠이 지나서야 발렌티아로 날아갔다.

발렌티아 공작령 대관에게 인사를 한 뒤, 젠지로가 가장 처음으로 한 일은 발렌티아 공작 저택의 개인실을 가지고 간 디지털 카메라로 촬영하는 것이었다.

'순간이동'을 이제 막 습득한 젠지로는 디지털 카메라로 촬영한 사진을 보지 않으면 마법을 사용할 수 없었다(보면서 해도 성공률은 20퍼센트가 채 못 됐지만, 그 정도는 시도를 몇 번씩 반복하면 그만인 이야기였다).

"이렇게 디카로 계속 촬영하면, 나도 '순간이동'으로 이동할 수 있는 범위가 넓어지겠지."

이런 방법의 단점은 이동한 곳에서 디지털 카메라의 배터리가 다되거나 부서지면 젠지로가 '순간이동'을 사용할 수 없다는 것이었다.

만약을 위해서 이제 얼마 남지 않은 프린트 잉크를 사용해 제일 중요한 왕궁의 석실 사진을 프린트해 가지고 다니지만, 그것도 영원히 유지되는 것은 아니다.

역시 최종적으로는 아우라처럼, 한 번 방문한 곳은 무리 없이 '순간이동'으로 방문할 수 있을 만큼 숙련될 필요가 있었다.

장래의 목표는 그렇다 하더라도, 현재의 '순간이동' 사용자는 한 사람이라도 많은 편이 좋다.

그러니, '순간이동'에 디지털 카메라가 필요한 젠지로도 귀중한 전력이다. 지금은 보조 도구가 필요한 채라도 실전에 몸을 내던질 수밖에 없다.

그건 그렇고, 일단 한숨을 돌렸으니 젠지로는 바로 호위 기사 나탈리오, 시녀 이네스와 함께 프레야 공주 일행과 면담을 하러 가야 했다.

배에 가까운 장소인 발렌티아 항구에 와 있어서인지, 프레야 공주는 최근에 눈에 익었던 드레스 차림이 아니라 젠지로가 처음 만났을 때처럼 선장복을 두르고 있었다.

젠지로의 개인적 감상이지만, 프레야 공주는 평소에 입는 드레스보다 이런 남장이 더 잘 어울리는 것 같았다.

그것은 프레야 공주가 남성적이라는 의미가 아니었다. 활동적인 복장을 하고 활발하게 돌아다는 편이 더 자연스럽다는 의미였다.

젠지로의 허락을 받고 맞은편 소파에 앉은 은발의 공주는 입을 열자마자 감사를 표했다.

"이번에는 저희들을 위해 애써 주셔서 정말 감사합니다. 젠지로 폐하께서 힘을 빌려 주신 덕분에, 큰일에 이르기 전에 대처할 수 있었습니다. 거듭 감사를 드립니다."

소파에 앉은 프레야 공주의 인사에 맞춰 등 뒤에 서 있던 큰 키의 여전사——스카디도 오른 주먹을 왼쪽 어깨에 대고 고개를 숙였다.

그 말의 뉘앙스를 통해 감사의 인사를 하는 이유가 단순히 아우라의 '순간이동' 때문만은 아니라는 사실을 깨달은 젠지로는 최대한 부드러운 어조로 확인했다.

"역시 현장은 수리 작업을 강행하고 있었군요?"

젠지로의 물음에 프레야 공주는 은색 단발을 찰랑이며 고개를 끄덕였다.

"네, 말씀대로예요. 젠지로 폐하의 혜안에는 정말 감탄했답니다."

단순한 겉치레 인사라고는 하기 어려운 프레야 공주의 말을 듣고, 젠지로는 쑥스러운 듯이 쓴웃음을 지었다.

"아니요. 그냥 걱정이 많은 성격이 발동되었을 뿐이니, 별로 감탄하실 만한 일은 못 됩니다."

"정말 미처 생각하지 못했어요. 오랫동안 함께 항해한 '황금나뭇잎호'의 선원들과 이렇게 의사소통이 잘 되지 않는 면이 있었는데도, 젠지로 폐하께서 지적을 해 주시기 전까지 깨닫지 못할 줄이야. 그저 부끄러울 따름이에요."

"실례지만, 프레야 전하는 지금까지 '황금나뭇잎호'의 선원과 오랫동안 거리를 두신 적이 없지 않으신가요? 부하가 곁에 있으면 명령을 나중에 조금씩 수정할 수 있지만, 떨어져 있으면 그럴 수가 없으니까요. 필연적으로 충실한 부하는 처음 명령을 따르려고 하겠지요."

프레야 공주의 성격을 생각하면, 위로를 하기보다 논리적으로 왜 그렇게 됐는지를 추측하도록 도와주는 게 좋다고 판단한 젠지로가 그렇게 말을 덧붙였다.

"아하, 선원들 입장에서 생각하면 그렇게 되겠군요? 귀중한 말씀, 감사합니다."

프레야 공주가 진심으로 감탄했다는 듯이 바라보아서 겸연쩍어진 젠지로는 몸을 움직여 자세를 고쳐 앉았다.

현장의 기술자들이 비가 오는데도 수리 작업을 강행하고 있지 않을까? 젠지로만이 그렇게 예상할 수 있었던 이유는 젠지로가 여왕 아우라나 프레야 공주보다 머리가 좋기 때문이 아니었다.

단순히, 회사원 시절에 현장 기술자들의 입장에 서야 했던 경험이 몇 번인가 있었기 때문이었다.

예를 들어 단골 거래처에서 '이것과 저것을 이 날짜까지 준비해 줬으면 한다'는 말을 듣고 '알겠습니다' 하고 받아들였는데, 자재를 실은 선박이 해외에서 문제가 생겨, 도착이 한 달 이상 늦어진 적이 있었다.

결국 작업에 투입할 수 있는 시간이 한 달이나 줄어들었는데도 불구하고 문자 그대로 뼈를 깎는 노력을 해서 기일에 간신히 맞췄더니 거래처가 태연한 얼굴로 '설마 그런 문제가 생겼는데 기일 내로 맞춰 주리라고는 생각을 못 했습니다' 하고 말했었다.

'그럼 처음부터 그렇게 말을 좀 해 주지!' 라는 게 당시에는 입 밖으로 꺼내지 못한 젠지로의 영혼의 외침이었다.

이처럼 부하나 하청업체처럼 '을'인 사람은 한 번 계약한 일을 '역시 안 될 것 같으니, 연장해 주세요' 라고 직접 말을 꺼내기가 쉽지 않다.

단골 거래처 사람이 실망해 '그럼 이 일은 다른 곳에 맡기겠습니다' 라고 나온다면 모든 게 엉망이 된다. 때문에 어떻게 해서든 기일에 맞출 수 있을 것 같으면 억지로라도 기일에 맞추기를 선택하는 사람이 많다.

그런데도 '도저히 안 되겠습니다' 라고 한다면, 정말로 어떤 수를 써도 기일에 맞출 수 없을 때다. 그럴 때는 하다못해 연장 기일을 하루라도 짧게 만들기 위해 최대한 노력한다.

그런 경험이 있는 젠지로이기에 체재 중인 나라의 왕인 아우라, 그리고 자신들의 직속 상사인 프레야 공주와 약속한 일을 현장의 기술자들이 '기일 내에 마무리하기 어려울 것 같군' 이라고 말하며 어기기가 매우 어려울 것이라는 사실을 쉽게 추측할 수 있었다.

"그럼 작업 예정은 수정하신 건가요?"

젠지로의 질문에 프레야 공주는 작게 고개를 끄덕이면서도, 난처한 표정을 지었다.

"네. '우기'의 영향으로 얼마나 늦어질지 계산을 하여 그만큼 수정은 했어요. 단지, 저는 그 후의 '혹서기' 때도 예정이 흐트러지지 않을까 조금 걱정이 되네요. 저희들이 카파 왕국에 왔을 때처럼 더위가 석 달이나 계속되는 거잖아요?"

프레야 공주의 말을 듣자 젠지로는 조금 난처한 듯이 입을 우물거렸지만, 역시 솔직하게 말하는 게 좋다는 생각이 들었다.

"프레야 전하. 전하가 오셨을 때는 일단 달력상으로는 '활동기'입니다. 물론 날짜가 하루 정도 바뀌었다고 해서 갑자기 기후가 급격히 변하는 것은 아니니, '혹서기' 후반과 비슷한 정도이지만, 가장 기온이 높은 달은 그에 비할 바가 아닙니다."

"··············네?"

프레야 공주는 웬일로 길게 뜸을 들인 후, 멍한 표정으로 얼빠진 목소리를 내뱉었다.

잘 보니, 뒤에 서 있는 여전사 스카디도 믿을 수 없다는 듯이 다갈색 눈동자를 휘둥그렇게 떴다.

젠지로도 그 마음은 잘 안다. 젠지로도 여기에 처음 왔을 때, 얼음 선풍기가 없었다면 목숨의 위기를 느꼈을지도 모른다.

하물며 프레야 공주 일행은 북대륙에서도 더욱 북쪽 출신이다. 일본 도쿄 근방에서 35도를 넘는 무더위나 30도를 넘는 열대야를 경험해 본 젠지로보다 더위에 약할 게 틀림없었다.

아무리 입으로 말해 봐야 실감은 잘 나지 않을 테지만, 그래도 경고를 안 할 수는 없었다.

"'혹서기' 중에서도 가장 더울 때는 기온이 사람의 체온보다 높게 올라갑니다. 날에 따라서는 밤에도 그 정도 기온이 계속되고요. 이 땅에서 태어나고 자란 카파 왕국 사람들도 낮에 활동을 하면 목숨의 위기를 느끼기 때문에, '혹서기' 때에는 주로 비교적 더위가 덜한 이른 아침과 저녁때만 활동합니다. 낮에는 귀족이고 평민이고 할 것 없이 거의 대부분이 '낮잠'을 자며 체력의 소모를 막지요."

"············."
"············."

구체적으로 '혹서기'에 관한 이야기를 듣기는 처음인지, 웁살라 왕국 사람들은 주종 가릴 것 없이 어안이 벙벙한 표정을 지었다.

"'황금나뭇잎호' 수리에는 우리나라의 기술자들도 참가하고 있을 텐데, 그 사람들에게서 무슨 말씀을 듣지 못하셨나요?"

젠지로의 질문에 프레야 공주는 반성을 하듯 깊게 한숨을 내쉬었다.

"저는 직접 듣지 못했지만, 현장의 기술자들에게서 '정말로 이 예정 일자 안에 끝낼 수 있을까?' 라고 의문을 표하는 사람들이 있다는 이야기는 들었습니다. 단지, 그 사람들은 대형 범선을 만들어 본 적이 없으니, 저는 기술적인 문제 때문에 일정을 불안시한다고 그만 지레짐작을 하는 바람에 더 이상은 깊게 추궁하지 않았어요."

"아, 그건 어쩔 수 없는 일이지요."

문화가 다른 사람들이 서로 의사소통을 하려고 하다가 범하기 쉬운 실수에 불과하다.

프레야 공주와 '황금나뭇잎호'의 승무원들은 남대륙의 '혹서기'에 대해 모른다. 낮에 밖에서 활동을 하는 것만으로도 건강을 해칠 수 있을 정도로 더운 계절이 있다는 사실 자체를 이해하지 못한다.

반면, 카파 왕국의 기술자들은 남대륙 중서부 밖으로 나가 본 적이 없다. 그래서 '혹서기'의 더위를 모르는 사람이 있다는 사실을 이해하지 못한다.

그런 양쪽의 사정 때문에, 누군가가 '그런 일정으로 정말 일을 진행할 수 있을까?' 라고 의문을 품어도, '괜찮아'라는 말을 들으면, '그래? 그렇다면 문제가 없군' 이라고 생각할 수밖에 없다.

왜냐하면 카파 왕국의 기술자들은 돛대가 네 개인 대형 범선을 수리해 본 적이 없기 때문이다. 때문에 난이도가 어느 정도인지, 수리를 할 때 얼마나 시간이 필요한지, 모두 짐작조차 할 수 없다.

서로가 서로의 '상식'을 이해하지 못한 상태에서, 그런 사실을 이해하지 못 했다는 사실조차 자각하지 못하고 있었으니, 서로 맞물리지 않는 일이 생기는 게 당연하다.

"현지 기술자들을 모아 이곳에서는 '혹서기'에 얼마나 작업이 가능한지 확인해 보겠습니다. 그를 위해, 당초 예정과는 달라지지만, 아예 '황금나뭇잎호'의 수리가 끝날 때까지, 제가 발렌티아에 남고 싶은데, 어떤가요?"

"그게 좋겠군요. 수도로 돌아가는 거야 제가 '순간이동'을 사용하면 순식간이니까요. 발렌티아 체재 중의 생활은 다미안 대관에게 이야기를 해 놓을 테니, 걱정 마시고 느긋하게 지내 주시면 될 듯합니다."

"네, 배려해 주셔서 감사합니다, 젠지로 폐하."

젠지로의 말을 들은 프레야 공주는 새삼 감사의 인사를 했다.

[막간2] **루신다의 그림자**

젠지로가 발렌티아에서 프레야 공주와 함께 '황금나뭇잎호'의 수리 진척 상황을 체크하고 있을 무렵.

푸죠르 장군이 여왕 아우라에게 면담을 신청했다.

확실히 장군 정도 되는 군인과 장관 정도 되는 문관은 무제한으로 왕에게 알현을 요청할 권리가 있지만, 일반적으로는 그 권리를 잘 행사하지 않는다.

말할 것도 없이, 장군, 장관은 나라의 중진으로 모두 대귀족이다. 대귀족은 좋든 싫든 다양한 입장과 체면에 얽매일 때가 많아 그만큼 잘 움직이려고 하지 않는다.

자신이 움직였다 자칫 잘못되기라도 하면 '진중하지 못하다', '신분에 어울리지 않는 행동이다'라는 말을 하며 사람들이 가볍게 보는 경향이 있기 때문이었다.

그런 점에서 보면, 주변의 눈이나 상식을 전혀 개의치 않는 점이 정말 푸죠르 장군답다고도 할 수 있었다.

"결혼을 해서 조금은 진중해졌을 거라 생각했는데, 여전하군."

그렇게 말하며 한숨을 내쉬는 여왕에게, 옆에서 대기하던 얼굴이 갸름한 비서관은 여전히 표정에도 목소리에도 아무런 감정을 드러내지 않은 채 말했다.

"푸죠르 장군이 진중해지다니, 아우라 폐하가 정숙해지는 일만큼이나 말도 안 되는 소리가 아닌가 합니다."

"호오. 그 말은 즉, 푸죠르 장군이 진중해질지도 모른다는 건가?"

여왕이 비아냥거림을 웃으며 받아넘기자, 비서관은 가는 눈썹을 꿈찔, 하며 들어 올렸다.

"으음? 듣자 하니, 마치 폐하가 정숙해졌다고 주장하시는 것처럼 들립니다만?"

"물론 그렇게 말하고 있는 거다. 자네는 모르겠지. 내가 서방님과 단 둘이 있을 때는 얼마나 정숙하고 여자답게 행동하는지 말이야."

"저는 후궁에 갈 기회가 없다는 사실을 이토록 감사하게 생각해 본 적이 없습니다."

"그게 무슨 의미지?"

"더 이상의 자세한 설명은 삼가 주십시오. 저는 불경죄로 끌려가고 싶지 않습니다."

"철저하게 불경죄를 적용하면, 자네의 목은 몇 개가 있어도 부족할 텐데?"

평소와 마찬가지로 여왕과 비서관이 그런 농담을 주고받고 있을 때, 입구의 문을 노크하는 소리와 함께 맑고 잘 울리는 남자의 목소리가 들렸다.

"실례합니다. 푸죠르 장군이 오셨습니다. 안으로 모셔도 될까요?"

경호를 선 기사의 질문에 여왕은 잘 울리는 목소리로 간결하게 대답했다.

"들여보내라."

여왕이 그렇게 대답하자, 문이 철컥 소리를 내며 열렸다.

"실례합니다."

들어온 사람은 극한까지 단련한 거대한 몸을 카파 왕국의 군복으로 두른 장년의 남자——푸죠르 기젠 장군이었다.

"잘 왔다. 앉게."

"네, 실례합니다."

여왕의 말을 듣고, 장군은 침착한 발걸음으로 실내로 들어와 여왕이 앉은 소파의 맞은편에 자리를 잡고 앉았다.

일반 사람에 맞춰 제작한 소파라 거한인 푸죠르 장군에게는 결코 잘 맞는다고 할 수 없었지만, 앉은 자세에서는 전혀 부자연스러움을 느낄 수 없었다.

단련을 통해 강건해진 몸으로 자세를 완전히 제어하고 있는 거겠지.

시녀가 가져다 준 차를 가볍게 입에 대며 일단 목을 축인 여왕 아우라는 형식적인 안부 인사도 없이 단도직입적으로 물었다.

"그래, 용건이 뭐지?"

왕과 제후, 귀족이 나누는 대화로서는 조금 상식을 벗어났지만, 푸죠르 장군을 상대할 때는 이 정도가 딱 좋았다. 지금 맞은편에 앉은 남자는 예법이나 상식에 따른 장황한 대화보다 단도직입적으로 말해 시간을 아끼기를 더 선호한다.

역시나, 푸죠르 장군은 여왕의 말을 듣고도 한마디 불평 없이 입을 열었다.

"일단은 축하드립니다."

"흐음? 내 회임 축하라면, 이미 꽤 오래 전에 받았다고 기억하는데?"

소용없다고 생각하면서도, 시치미를 뚝 떼는 여왕에게 거한의 장군은 숨도 쉬지 않고 곧장 다음 말을 이어 갔다.

"아니, 아우라 폐하의 회임을 축하드린 것이 아닙니다. 젠지로 님의 '순간이동' 습득을 축하드리는 겁니다."

역시 그런가. 그렇게 생각을 하면서 여왕은 내심 혀를 찼다.

젠지로가 '순간이동' 발동에 성공한 지는 불과 며칠밖에 지나지 않았다.

아직 현시점에는 그 사실을 공표도 하지 않았다.

하지만 호위 기사나 왕궁에서 일하는 시녀 등, 현장의 목격자가 몇 명인가 있기도 하고, 그 사람들에게 발설하지 말라고 명령을 내리지도 않았다.

그렇기 때문에 '젠지로가 「순간이동」을 습득했다'는 정보를 귀가 밝은 귀족들이 이미 알고 있다고 해도, 전혀 신기할 일은 아니었다.

하지만 아무리 소문이 퍼졌다고 해도 공식 발표는 아직 하지 않았다. 그런 공백 기간에 면담을 신청해, 먼저 '축하의 말'을 건네다니, 그런 일을 할 수 있는 사람은 기껏해야 푸죠르 장군 정도다.

여왕은 일부러 크게 한숨을 내쉰 뒤, 눈에 잔뜩 힘을 주고 맞은편에 앉은 거한의 눈을 노려보았다.

"아주 귀가 밝군. 조금 더 정세가 안정되면 발표하려고 했는데 말이지."

카파 왕가의 혈통마법인 '시공마법'에서 '순간이동' 마법이 차지하는 비중은 매우 크다. 이 마법의 존재야말로 카파 왕국을 남대륙 서부의 패자로 등극하게 만든 요인이라고 단언해도 좋을 정도였다.

그런 마법을 사용할 수 있는 사람이 한 명 늘었다는 것은 현재의 카파 왕국에게는 매우 큰 의미를 지녔다.

기본적으로 카파 왕가는 국내외의 귀족에게도 일정한 대가를 받고 '순간이동'을 사용해 준다.

대전 후에는 옥좌의 주인인 아우라 이외에는 사용할 수 있는 사람이 없었기 때문에 사용 기회가 급격히 줄었지만, 여왕보다는 활동에 부담이 적은 왕의 배우자가 순간이동을 사용할 수 있게 된 지금, 재력이 있는 대귀족은 그 능력을 적절히 활용하고 싶다는 생각을 하고 있을 게 틀림없었다.

"서방님은 지금 발렌티아에 가 계셔. 며칠 내에는 돌아오겠지만, 서방님이 '순간이동'을 이용해 갈 수 있는 장소는 아직 몇 곳뿐이다."

일부러 면담을 신청해 '축하'의 말을 건넨 푸조르 장군의 목적은 약삭빠르게 젠지로의 '순간이동'을 미리 예약해 두기 위한 것이 아닐까. 그렇게 생각한 여왕은 그런 생각을 미리 견제했다.

하지만 그 말을 듣고도 거한의 장군은 특별히 불쾌한 모습도 보이지 않은 채 대답했다.

"알고 있습니다. 젠지로 님의 '순간이동'은 젠지로 님의 희망을 우선하여 사용해야겠지요. 젠지로 님은 항상 '순간이동'을 습득하면

한시라도 빨리 쌍왕국에 가 보고 싶다고 말씀하셨지요?"

"그래, 그랬지."

푸죠르 장군의 질문에 여왕은 솔직하게 대답했다.

젠지로는 항상 쌍왕국에 가겠다고 공언을 해 왔으니, 이제 와서 숨길 필요는 없었다.

"젠지로 님이 그토록 쌍왕국에 가길 열렬히 원하시는 이유는 다른 것이 아니라, 아우라 폐하의 옥체를 걱정하시기 때문입니다. 젠지로 님이 '순간이동'을 습득해 쌍왕국에 갈 수 있으면, 만약의 사태가 벌어졌을 때 지르벨 법왕 가문의 치유술사를 데리고 올 수 있으니까요."

"그래……, 그렇지."

이쪽도 주지의 사실이기 때문에 고개를 끄덕인 여왕이었지만, 다른 사람의 입으로 남편이 자신을 얼마나 사랑하는지를 들으니, 조금 쑥스럽기도 했다.

"젠지로 님의 염려대로 아우라 폐하는 지금 이미 회임 중이십니다. 그런 점을 생각하면 젠지로 님은 당장에라도 쌍왕국으로 가고 싶지 않으실까, 어리석으나마 그렇게 생각하는 바입니다."

"서방님의 심정은 아마 그와 같겠지만, 무의미한 전제야. 어차피 지금은 '우기'이고 그 다음은 '혹서기'라 쌍왕국에 가는 일은 그런 계절이 모두 지난 뒤인 '활동기'까지 기다려야만 하거든."

아우라는 그렇게 말한 뒤, 작게 어깨를 으쓱 들어 올렸다.

젠지로 혼자라면 아우라의 '순간이동'으로 보내 줄 수 있기 때문에 계절에 구애될 필요가 없지만 호위 병사나 시중을 들어 줄 시녀들은 이야기가 다르다.

그 모든 사람 모두를 '순간이동'으로 보내 줄 여유는 없기 때문에, 젠지로 외에는 육로를 이용할 수밖에 없다. 그래서 아무리 발버둥을 쳐도 계절의 제약에서는 벗어날 수 없었다.

큰비가 내리는 길이 강이 되거나, 진흙탕이 되는 '우기'의 여행은 불가능하고, 대낮에는 낮잠 자기를 추천하는 '혹서기'의 여행도 매우 난이도가 높다.

그러니 익숙한 국내라면 몰라도, 외국——그것도 남대륙 중부라 다른 문화권이라고도 할 수 있는 먼 나라까지 장거리 이동을 하고 자 한다면, 가능한 한 '활동기' 때를 선택해야 한다.

그런 사정을 잘 알고 있을 텐데, 푸죠르 장군은 몸을 앞으로 내 밀며 반론했다.

"하지만 아우라 폐하는 이미 회임 중이십니다. 젠지로 님은 정말 로 '활동기'까지 기다리셔도 심정적으로 아무렇지 않으신 걸까요?"

미셸의 진단에 따르면, 아우라의 둘째 출산 예정일은 '활동기'가 딱 중간 정도에 다다랐을 때라고 한다.

카파 왕국의 '활동기'는 일본의 가을과 겨울에 해당한다. 즉, 1년 중 반이 '활동기'다.

딱 중간 정도가 출산 예정일이니, '활동기'가 되어서 움직이기 시 작하면 단순 계산으로는 아우라의 출산까지 3개월 정도 시간이 있 다는 말인데, 세상은 그렇게까지 단순하지 않다.

예정은 어디까지나 예정으로, 출산이 빨라질 가능성도 당연히 있 고, 임신의 위험은 출산하는 순간에만 찾아오지 않는다. 출산할 때가 가장 위험하긴 하지만, 임신 중에 갑자기 몸이 나빠질 가능성도 충분히 있었다.

그런 점을 생각하면 푸죠르 장군의 '젠지로 님은 한시라도 빨리 쌍왕국에 가 보기를 원한다'는 주장은 무조건 옳다고 할 수 있었다.

그 사실을 이해한 여왕은 조금 진지하게 이야기를 들으려고 자세를 고쳐 잡았다.

"그럼 자네는 어떻게 해야 한다고 생각하지?"

"저도 역시 '우기' 때의 장기 이동은 자살 행위라고 생각합니다. 단지, 우기가 끝난 뒤, '혹서기' 초반에 잘 단련된 병사를 엄선해 보낸다면, 불가능하지는 않으리라 봅니다."

"흐음, '혹서기'의 초반이라."

푸죠르 장군의 제안을 여왕은 즉시 물리치지 않고 잠시 생각했다.

'혹서기'라고 뭉뚱그려 말하지만, 그 기간은 3개월이나 되기 때문에 당연하지만 항상 기온이 일정한 것은 아니다.

가장 온도가 높은 때는 가운데의 한 달 동안으로, 그 전후의 달은 그나마 지내기 쉬웠다.

물론 그것은 연속적으로 40도를 넘는 달에 비해, 35도를 넘지만 40도는 넘지 않는 달을 상대적으로 '지내기 쉽다'고 표현한 것에 불과했다.

여왕은 그런 점들을 생각해 보았지만, 최종적으로는 결국 고개를 가로저었다.

"아니, 역시 안 될 것 같아. 성공 가능성이 충분히 높다는 점은 인정하지만, 무시할 수 없을 만큼 위험이 큰 것도 사실이니까. 쌍왕국으로 가는 여정은 미지의 영역이야. 자네라면 거리만의 문제가 아니라는 것쯤은 잘 알 텐데?"

아우라의 지적대로 처음 가 보는 길을 가는 것과 이미 익숙한 길을 가는 것에는 큰 차이가 있었다.

이쪽 세계의 주룡과 둔룡은 말이나 당나귀와는 차원이 다른 운반 능력을 지니고 있고, 거기에 마법이라는 반칙 기술까지 있기 때문에 옛날 지구와 비교할 수준은 아니지만, 그럼에도 장기 이동을 할 때에는 다양한 문제점에 부닥치게 된다.

이 길을 얼마나 더 가면 사람이 사는 마을이 나오는가. 어디로 가면 물이 나오는가. 그런 정보가 부족한 상태에서 이동하는 일은 매우 위험하다. 하물며 '혹서기'에는 대낮에 쉬어야 하는 만큼 이동 속도도 느리고, 기온이 높은 만큼 식수도 많이 필요하다.

주룡이나 둔룡의 먹이를 줄 수 있는 장소나 물을 줄 수 있는 장소에 대한 정보도 필수적으로 알아야 한다.

마법으로 보충한다고 해도 엄연히 한계가 있다.

그런 아우라의 주장을 모두 인정하면서도, 푸죠르 장군은 계속 제안했다.

"네. 저희들만으로는 확실히 조금 위험합니다. 하지만 길에 익숙한 안내인이 있으면 그런 문제도 어느 정도는 해결할 수 있습니다.

그러니 쌍왕국에서 오신 프란체스코 전하와 보나 전하의 호위 병사를 반 정도 귀국시켜 교체한다는 명분으로 우리와 동행시키기를 제안합니다."

"뭐?"

전혀 예상 밖의 제안이었다.

깜짝 놀라 조금 눈을 크게 뜬 여왕에게 장군이 거듭 설명했다.

"다음 '혹서기'면 양 전하가 카파 왕국에 오신 지 약 1년이 됩니다. 호위 병사들에게도 슬슬 향수병이 생기기 시작할 즈음이지요. 교체와 이동에 드는 비용을 이쪽이 부담한다면 아마 이 제안을 받아들이지 않을까요? 그들은 우리가 가려고 하는 길을 가장 최근에 반대 방향에서 답파했던 자들입니다. 그들이 길을 안내해 준다면 설사 '혹서기'라도 여행을 떠나는 도중에 일어날 문제를 최소한으로 막아 줄 수 있지 않을까, 그렇게 생각합니다."

"흐음……."

뜻밖이었지만, 매우 현실적인 제안에 아우라는 다시 골똘히 생각에 빠졌다.

푸죠르 장군 말대로 한 번 그 길을 지나온 쌍왕국 사람들이 동행한다면, 길을 가는 중에 생기는 여러 가지 문제를 최소한으로 줄일 수 있다.

생각해 보면, 프란체스코 왕자와 보나 왕녀가 쌍왕국에 왔을 때가 '활동기'에 들어가기 직전이었으니, 아슬아슬하게 아직 '혹서기'였다.

즉, 그들은 '혹서기'인데도 쌍왕국과 카파 왕국 사이의 장거리 이동에 성공한 증인들이기도 했다.

푸죠르 장군의 다른 주장도 아마 틀리지 않다.

다른 문화권에 와서 1년 가까이 있었으니, 사람에 따라 정도의 차이는 있겠지만 향수병에 걸리는 것은 아주 당연한 일이다.

적어도 현장의 병사들은 호위의 절반을 귀국시키고 교체하자는 제안에 찬성할 게 분명했다.

푸죠르 장군의 제안대로 카파 왕국이 금전적인 부담을 모두 짊어지면 쌍왕국 상층부도 반대하지 않겠지. 그리고 카파 왕국 측에서도 돈으로 병사들의 안전을 살 수 있다면, 자금을 사용하더라도 충분히 감당할 수 있다.

조금 전까지와는 달리 긍정적으로 이 문제를 고려하기 시작한 아우라는 조금 소파에서 몸을 내밀어 푸죠르 장군을 추궁했다.

"자네의 주장은 뭔지 알겠어. 확실히 현실적인 이야기이기는 하군. 하지만 그렇게 하면 다른 문제가 발생할 텐데. 양 전하의 호위단 대표는 당연히 나름 지위가 높은 기사거든. 그러니 이쪽도 그에 상응하는 자를 대표로 뽑지 않으면 여정 중의 주도권을 완전히 상대에게 뺏기게 될 거야."

아우라로서는 처음부터 돌아올 대답이 무엇인지 확신하고 한 질문이었다.

"아주 당연한 걱정이십니다. 그러니 혹시 괜찮으시다면, 제가 그 역할을 할 수 있도록 명령해 주셨으면 감사하겠습니다."

그리고 푸죠르 장군의 대답은 아우라가 예상했던 대로였다.

호위대의 책임자가 되면 쌍왕국에 체재하는 동안 계속 젠지로를 곁에서 수행해야 한다.

왕의 배우자인 젠지로의 눈에 들려고 하는 사람들, 또는 자기편으로 끌어들이려고 하는 사람들에게는 둘도 없는 호기다.

여왕 아우라는 일부러 호들갑스럽게 한숨을 내쉰 뒤,

"자네는 국군의 중추인데, 이제 그만 현장 일은 아랫사람들에게 맡기는 게 어떤가?"

하고, 지금까지도 몇 번인가 했던 설교를 반복했다.

여왕의 설교를 들은 거한의 장군은 조금 생각을 하더니 대답했다.

"지당하신 말씀입니다. 그래서 제언합니다만, 용궁기병단의 젊은 대대장 중에 괜찮은 녀석이 한 명 있습니다. 이번엔 그 녀석에게 실무를 맡기고, 저는 만약의 때 이외에는 계속 지켜보기만 하겠습니다."

역시 아랫사람을 키우는 일은 중요합니다. 그렇게 말하며 웃는 장군을 보고 여왕은 살짝 어두운 표정을 지었다.

그 말은 즉, '부하는 키우겠지만, 일단 자신도 따라가겠다'는 선언이나 마찬가지였기 때문이다.

"나는 국군의 중추인 자네가 계속 외국에 체재해서는 안 된다는 뜻으로 한 말이야."

질렸다는 듯이 그렇게 말했는데, 푸죠르 장군은 아우라의 예상을 완전히 뒤엎는 대답을 했다.

"그 점도 잘 알고 있습니다. 그러니 저는 젠지로 님이 쌍왕국에 도착하신 뒤, 젠지로 님의 '순간이동'으로 귀국을 할까 생각 중입니다."

"……뭐?"

여왕 아우라는 그만 정적이라고도 할 수 있는 남자 앞에서 진짜로 깜짝 놀란 목소리를 내고 말았다.

하지만 어쩔 수 없는 일이라고 해도 과언이 아니었다. 그만큼 푸죠르 장군의 말이 예상 밖이었기 때문이다.

여왕은 잠시 생각을 한 후, 정보를 정리하듯이 입을 열었다.

"즉, 뭐지? 자네는 호위 부대의 지휘관이라는 신분으로 쌍왕국에 도착한 뒤, 그곳에 서방님이 도착하자마자 지휘권을 그 젊은 대대장에게 넘기고 서방님의 '순간이동'을 이용해 귀국하겠다, 그 말인가?"

"네. 단, 후임이 문제없이 호위 임무를 잘 맡는지 눈으로 직접 확인을 한 뒤 귀국할 생각이니, 젠지로 님이 도착하자마자 바로 돌아오지는 않을 겁니다."

푸죠르 장군의 말은 한없이 올발랐다.

그렇기에 더욱 아우라는 너무나도 불길했다.

장군의 제안은 굳이 따진다면 아우라나 젠지로에게 이득이 되는 일이지, 푸죠르 장군에게는 별 이득이 없는 일이었다.

물론 호위 부대를 무사히 쌍왕국까지 데리고 가면, 그것만으로도 훌륭한 공적이기 때문에 전혀 이득이 없지는 않다.

하지만 항상 탐욕스럽게 최대한의 성과를 노리는 푸죠르 장군이 스스로 '자신은 수도로 돌아오겠다'고 말을 했다는 것 자체가 부자연스러웠다.

쌍왕국으로 가는 사람은 젠지로 혼자로, 아우라는 가지 않는다. 그리고 푸죠르 장군의 직책은 젠지로 호위 부대의 대장이다.

젠지로에게 이런저런 요구를 하고 관철시키기에는 최적의 상황이다. 지금까지의 푸죠르 장군이라면 틀림없이 그렇게 했을 것이다.

그런데 푸죠르 장군은 군이 갔다가 돌아오겠다고 한다.

"뭐라고 해야 할까, 자네다운 대답이 아닌 것 같군. 대체 무슨 바람이 분 건가?"

아무리 생각을 해 봐야 답이 나오지 않을 것 같아 여왕은 그렇게 직접 푸죠르 장군에게 물어보았다.

그 말을 들은 푸죠르 장군은 시익 대담한 웃음을 지으며 대답했다.

"늦었지만, 저도 조금 전 폐하의 말씀대로 '국군의 중추'라는 자각이 생겼을 뿐입니다. 앞으로도 오랫동안 '정식'으로 '국군의 중추'로서 일하기 위해서는 지금 말씀드린 행동이 최선이라고 판단했습니다."

"‼"

그 대답을 통해 아우라는 푸죠르 장군의 목적이 무엇인지 깨달았다.

그래도 여전히 의문은 많이 남았지만, 목적이 무엇인지 깨달은 것만 해도 다행이었다.

"그렇군. 아주 기특한 생각이야. 자네가 무슨 말을 하고 싶은지는 이해했어. 이번 제안은 아주 유익했으니, 긍정적으로 검토하도록 하지."

물러가도 좋다. 여왕이 그렇게 말하자 거한의 장군은 순순히 소파에서 일어섰다.

"넷, 그럼 실례합니다."

그렇게 말하며 떠나가는 푸죠르 장군의 얼굴에는 마지막까지 날카로운 미소가 떠올라 있었다.

푸죠르 장군이 밖으로 나가자, 실내에는 여왕 아우라와 심복 파비오 비서관만이 남았다.

소파에 살짝 편한 자세로 앉아 있던 여왕 아우라는 크게 한숨을 쉰 뒤, 옆에 서 있는 심복에게 간단히 물었다.

"어떻게 생각하지?"

"아마도 아우라 폐하께서 생각하시는 대로일 것입니다."

얼굴이 갸름한 비서관은 여전히 감정이 없는 목소리로 담담하게 대답했다.

"푸죠르의 목적은 '원수' 자리군."

"네. 틀림없습니다."

마지막으로 푸죠르 장군이 말한 '앞으로도 오랫동안 「정식」으로 「국군의 중추」로서 일하겠다'는 말을 그 외의 다른 뜻으로 받아들이긴 힘들었다.

푸죠르 기젠이 군의 최고위——원수를 노리고 있다는 것은 주지의 사실이다. 본인도 특별히 숨길 생각이 없는 듯했다.

그러니 그 주장 자체는 전혀 이상할 게 없었지만, 문제는 이 시기에 구체적으로 행동하기 시작했다는 사실이다.

두 번째 임신으로 아우라는 현재의 체제를 앞으로도 계속 유지하는 일의 위험성을 깨달았다.

임신·출산으로 인해 여왕 아우라의 행동이 제한되면 어쩔 수 없이 국정이 정체된다. 그래서 아우라는 자신의 권력이 축소된다는 것을 잘 알면서도 '원수'와 '재상'을 두어 각각 군과 정치의 지도를 맡기기로 결심했다.

그리고 '원수'와 '재상'을 두기 위해 준비를 진행하는 단계에서 푸죠르 장군이 군이 면회를 신청해 '원수의 자리를 꼭 저에게 주십시오' 하고 어필을 했다.

즉, 아우라가 가까운 시일 내에 원수를 세우는 게 어떤가 검토하고 있다는 정보를 푸죠르 장군이 파악하고 있었다는 말이다.

여왕은 불쾌하다는 듯 미간을 찌푸리며 생각했다.

"푸죠르가 벌써부터 정보를 입수하다니, 솔직히 믿기 힘들어."

"저도 마찬가지입니다만, 사실은 사실입니다. 지금은 '푸죠르 장군이 어떻게 그 정보를 손에 넣었는가?'를 생각해야 할 때라 생각합니다."

비서관의 조언에 여왕은 "알고 있어"라고 말하며 고개를 끄덕였다.

현시점에는 될 수 있는 한 정보를 숨기고 있지만, 그래도 '원수'와

'재상'을 결정하는 일이라, 사전 준비를 위한 서류나 의식에 사용할 도구, 장소의 준비 등을 위해 문관들에게는 지시를 내릴 수밖에 없었다.

물론 발설하지 말도록 명령을 내리긴 했지만, 문관들이 일하는 모습을 다른 사람들의 눈에서 완전히 숨기기란 불가능했다.

하지만 그것만으로 '여왕 아우라가 원수를 임명할 생각이다' 라는 진실까지 도달하기는 어렵다.

왕궁에 무수히 떠도는 거짓과 진실이 섞인 소문을 수집하고 조사하여 그 이면에 숨겨진 가까운 미래의 진실을 더듬어 찾기 위해서는 상당한 재치가 필요했다.

푸죠르 장군에게 그런 재치는 없다. 오랫동안 푸죠르 장군을 보아 왔던 아우라이기에 그 점은 확실히 단언할 수 있었다.

여왕이 계속해서 말했다.

"애당초, 이번엔 이야기를 꺼낸 순서가 좀 이상해. 원수를 결정한다는 정보를 푸죠르가 알고 있었다면, 보통은 처음부터 그 얘기를 꺼냈겠지. 그 녀석은 원래 그런 남자니까."

"그렇습니다. 일단은 자신의 요구를 최대한으로 내세운 다음, 서서히 양보를 하는 것이 푸죠르 장군의 방식이었지요."

말을 계속 재촉하듯 비서관이 동의하자 여왕은 작게 고개를 끄덕이더니,

"하지만 이번에는 달랐어. 이쪽에게 이득이 되도록 '혹서기'에 쌍왕국으로 병사를 보내는 방법을 제안해 놓고, 우리의 불안을 불식시키듯 자신은 바로 돌아오겠다고 말했지. 그리고 마지막에 가서야 넌

지시 원수의 자리를 원한다고 밝혔어."

그렇게 말을 한 뒤, 낮게 감탄사를 내뱉었다.

결국 여왕 아우라는 푸죠르 장군의 제안을 사실상 그대로 다 받아들이고 말았다.

지금까지 계속 '부디 내가 원하는 걸 전부 주시오' 라고 주장했던 모습과는 완전히 판판이었다.

한마디로 말해 오늘 푸죠르 장군의 모습은 너무 어색했다.

"푸죠르 기젠의 정보 수집력이 매우 좋아졌는데, 그 이유가 뭐라고 생각하지?"

여왕의 질문에 비서관이 대답했다.

"본인의 능력이 급격히 향상될 리는 없습니다. 능력 있는 사람이 같은 편으로 들어왔다고 생각해야겠지요."

이어서 여왕이 물었다.

"푸죠르 기젠은 교섭 능력도 좋아졌는데, 이유가 뭘까?"

"아마 사전에 준비를 하고 왔을 겁니다. 하지만 푸죠르 장군의 성격을 생각해 봤을 때, 스스로 준비를 했을 것이라고는 생각하기 어려우니, 누군가가 큰 그림을 그려 주지 않았을까 합니다."

여왕이 거듭 물었다.

"푸죠르 기젠은 마지막까지 '원수'라는 단어를 꺼내지 않았지. 게다가 지금까지 녀석이 보였던 모습으로는 상상도 하기 힘들 정도로 예의가 발랐어. 그 이유가 뭐라고 생각하지?"

"푸죠르 장군은 매우 야심이 강한 사람이지만, 결코 바보는 아닙니다. 논리적으로 '이런 식으로 이야기를 이끌어 가면, 더 쉽게 야심을 달성할 수 있다'는 설명을 들으면, 정확하게 이해해 실행을 할 수 있을 정도의 도량을 지니고 있습니다. 푸죠르 장군을 그렇게 하도록 설득한 사람이 가까이에 있는 것이 아닐까요?"

"…………"

이러한 질의는 정말 몰라서 진행했다기보다는, 다 알면서 도무지 믿을 수 없기 때문에 일부러 답을 맞춰 보는 행동에 지나지 않았다.

하지만 아무리 믿기 어려워도 사실이니, 일국의 왕인 이상 받아들여야만 했다.

여왕 아우라는 마지막으로 물었다.

"뛰어난 정보 수집 능력을 지닌 사람. 교섭을 위한 조언을 해 준 사람. 쉽게 폭주했던 푸죠르의 야심을 제어한 사람. 그 모든 사람이 '동일 인물'일 가능성도 있다고 생각하는가?"

"이 짧은 기간에 작은 말이 셋이나 우연히 들어왔을 가능성보다는 큰 말이 하나 들어왔을 가능성이 더 클 것이라 사료됩니다."

파비오 비서관은 매우 상식적인 대답을 했다. 무엇보다 최근, 푸죠르 기젠의 측근 중에 새로 들어온 사람이라고 해 봐야, 딱 한 명뿐이다.

비서관의 대답을 듣고 잠시 깊이 생각을 한 여왕은 이윽고 명령을 내렸다.

"푸죠르 기젠의 아내, 루신다 기젠에 대해 한 번 더 정보를 모아

라. 능력은 물론 그 사람됨까지."

"알겠습니다."
여왕의 명령을 받은 비서관은 예의바르게 고개를 숙였다.

[제4장] **프레야 웁살라 2**

'우기'가 지나면 '혹서기'가 찾아온다.

물론 달력상으로는 '우기'와 '혹서기'가 딱 나뉘어 있지만, 날씨는 꼭 달력에 맞춰 바뀌지는 않는다.

게다가 이곳 카파 왕국의 달력은 태음력이다. 몇 년에 한 번씩 윤달을 더해 날짜를 조정하는 태음력은 연도에 따라 한 달 정도의 오차가 생긴다.

꼭 그게 아니더라도, '우기'가 긴 해가 있는가 하면 짧은 해도 있다.

그렇기 때문에 해에 따라서는 '달력상으로는 아직 「우기」인데, 비가 전혀 내리지 않네' 라고 하는 상황도 있을 수 있고, 반대로 '벌써 「혹서기」에 들어섰는데 아직도 매일 비가 내리네' 라고 하는 상황이 있을 수도 있다.

하지만 사람들도 그런 날씨에 맞춰 사는 법을 익혔다.

하늘의 색이나 잡초가 얼마나 자랐는지 등을 통해, 달력상이 아니라 실제로 '우기'가 끝났다는 사실을 현지에 사는 사람들은 꿰뚫어 보았다.

그런 의미에서 진짜로 '혹서기'에 돌입한 어느 날.

푸죠르 기젠이 이끄는 젠지로 호위대는 출발하기에 앞서 인사를 위해 알현의 방에 모습을 드러냈다.

"아우라 폐하, 젠지로 님. 그럼 다녀오겠습니다."

단상의 옥좌에 앉아 있는 아우라와 젠지로에게 여행복을 입은 푸죠르 장군이 대표로서 출발을 알렸다.

젠지로의 경우, 평소 아우라와 동석한 공적 행사에서는 장식물처럼 아무 말을 하지 않아도 괜찮았지만, 오늘만큼은 그럴 수 없었다.

왜냐하면 젠지로가 쌍왕국에 갈 때 함께할 호위 부대의 출정식이었기 때문이다.

즉, 젠지로가 주역인 자리라 해도 과언이 아니었다.

젠지로는 단상의 부옥좌에 앉은 채, 가볍게 오른손을 들고 말했다.

"나를 위해 이토록 많은 뛰어난 전사들이 애를 써 준다니, 매우 기쁘구나. 허나, 그대들은 우리나라의 보물이라는 사실을 잊지 말거라. 불굴의 투지를 지닌 그대들에게 이런 말을 하는 것은 사족일지도 모르나, 굳이 내가 확실히 명령하겠다. 서로의 목숨을 지키는 것이야말로 가장 우선해야 할 명령이라는 사실을 잊지 말라. 나는 사람의 생명을 희생해서까지 시간에 맞춰 일하기를 원하지 않는다. 내가 샤로와·지르벨 쌍왕국에 도착했을 때, 이 자리에 있는 모든 사람과 무사히 만나기를 그 무엇보다 간절히 바라는 바이다."

"넷. 황송하옵나이다."

푸죠르 장군이 대표로서 젠지로의 말에 그렇게 대답하자, 그 자리에 있던 병사 일동도 일제히 오른손 주먹으로 왼쪽 가슴을 치며 고개를 숙였다.

의식이라는 걸 알면서도 우락부락한 기사와 병사들이 일제히 쿵, 하고 가슴을 치자 젠지로는 반사적으로 움찔했다.

어떻게든 행동이나 표정으로는 드러나지 않게 하려고 노력했지만, 관찰력이 뛰어난 전사라면 눈치를 챘을지도 모른다.

하지만 사실 새삼스러운 걱정이었다. 자신은 전사가 아니며 전투력과 배짱도 여자와 다름없다고 공언을 했던 젠지로다. 그러니 굳이 자신의 그런 점을 숨길 필요는 없었다.

이어서 젠지로는 옆에 서 있는 금발의 왕자와 밤색 머리카락의 왕녀에게 말을 걸었다.

"프란체스코 전하, 보나 전하. 중요한 호위 병사를 안내 역할을 위해 내어 주신 점, 이 자리를 빌려 다시 한 번 감사드립니다."

젠지로의 말을 듣고 먼저 말을 꺼낸 사람은 금발의 왕자──프란체스코 왕자였다.

"아니요, 신경 쓰지 마시길. 저희로서도 아주 유익한 제안이었으니까요. 계속 외국에 나와 있으면 고향을 그리워하는 녀석도 나오기 마련이거든요. 이건 비밀입니다만, 젊은 병사들 가운데에는 밤만 되면 외로워서 훌쩍이는 녀석들도 있었습니다. 아하하."

"프란체스코 전하!"

옆에 서 있던 밤색 머리카락의 왕녀──보나 왕녀가 소매를 당기며 나무랐지만 이미 늦었다.

여행복을 입고 서 있던 쌍왕국의 병사들 중 젊은 몇몇 기사가 가 없게 보일 만큼 얼굴을 빨갛게 물들이며 몸을 부들부들 떨었다.

다행히 이곳에 있는 사람들은 모두 나름대로 자비를 지니고 있는지 모두 모른 척을 해 주었지만, 보나 왕녀는 매우 민망한 기분에 휩싸인 듯했다.

그런 민망한 분위기를 한시라도 빨리 해소하고 싶었던 걸까.

"젠지로 폐하, 저희들도 감사의 인사드립니다. 원래는 저희들이 말씀을 드렸어야 하는데 이렇듯 온정을 베풀어 주시니, 그저 감사할 따름입니다. 귀국하는 병사들을 대신해 감사의 말씀 올립니다."

여전히 진지하고 공손한 보나 왕녀의 말을 들으니, 젠지로는 자연히 입매가 누그러졌다.

"아닙니다, 보나 전하. 조금 전에도 말씀드렸다시피, 저희로서도 쌍왕국의 병사분들이 길을 안내해 주신다니, 매우 마음이 든든합니다. 인사를 받을 만한 일은 한 적이 없습니다."

젠지로가 숨 돌릴 틈도 없이 그렇게 단언했을 때, 계속 대화의 진행을 남편에게만 맡겨 두고 말이 없던 여왕이 입을 열었다.

"할 이야기는 많겠지만, 계속 붙잡아 두어서는 떠나지 못하오. 이정도면 이제 충분하지 않을까?"

여왕 아우라의 말을 들은 왕의 배우자 젠지로는 짐짓 일부러 호들갑스럽게 고개를 끄덕이며 동의를 표했다.

"그렇군요. '흑서기'의 시원한 시간대는 아주 귀중하죠. 일동, 출발하라."

"네! 다녀오겠습니다!"

젠지로의 말을 신호로 푸죠르 장군이 이끄는 카파 왕국의 정예병과 쌍왕국 호위 병사의 절반은 입을 맞춰 그렇게 목소리를 높였다.

◆

그 무렵. 카파 왕국 서안의 항구 도시 발렌티아에서는 웁살라 왕국 제1 왕녀 프레야 웁살라가 자신에게 할당된 개인실에서 강아지처럼 혀를 내밀고 있었다.

"차라리 매일 비가 내리는 편이 낫겠어요……."

맨발에 몸이 다 비칠 정도로 얇은 흰 원피스 한 장. 아무리 방에서 입는 옷이라지만 왕족이라고 하기 힘든 복장을 한 채, 은발의 공주는 소파 위에서 녹은 것처럼 누워서 흐느적거렸다.

"괜찮으신가요, 공주님?"

걱정스럽게 말을 거는 키가 큰 여전사——스카디에게 '지금 나는 공주가 아니라 선장이야'라고 맞받아칠 수 있는 힘도 없었다.

"……아니요. 냉수 준비도 안 된 사우나실에 계속 갇혀 있는 것 같은 심경이에요. 남대륙은 유형지였다는 교회의 주장이 어쩌면 맞을지도 모른다는 생각이 들어요."

"정신 차리십시오, 공주님. 젠지로 폐하의 말씀이 맞다면, 다음 달에는 이것과는 비교도 안 될 만큼 기온이 오를 겁니다."

"…………왜 이런 땅에서 사람이 살고 있는 거지? 이곳은 사람이 살 수 있는 환경이 아닌데 말이죠."

"마음은 충분히 알겠지만, 이 땅에 사시는 젠지로 폐하와 결혼을 하시겠다고 선언하신 분은 공주님이십니다."

"…………."

남은 인생을 이 땅에서 살아가는 모습을 상상한 프레야 공주는 입을 반쯤 벌린 채, 눈가에서 눈물을 한 줄기 주르륵 흘렸다.

오른손 손등으로 눈물을 닦은 프레야 공주는 유령처럼 느릿한 동작으로 소파에서 몸을 일으켰다.

"후우, 그런데, 스카디. 덥지 않아요?"

주인의 나른한 시선을 받은 키가 큰 여전사는 태연한 표정으로 대답했다.

"저는 단련을 했으니까요."

"아무리 단련을 했어도, 더울 땐 덥다고 느낄 텐데요."

"……직무상, 그렇게 약한 소리를 할 수는 없습니다."

"그건 즉, 억지로 참고 있을 뿐, 덥긴 덥다는 이야기죠?"

"…………."

"저어, 스카디?"

프레야 공주가 끈질기게 물어보자, 스카디도 참지 못하고 거칠게 말했다.

"네네, 덥습니다! 그러니 자꾸 덥다, 덥다 소리 좀 그만해 주세요. 저까지 힘이 빠지니까요!"

'황금나뭇잎호'의 수리가 완료되었다는 소식은 그런 '혹서기'의 어느 날 날아왔다.

'황금나뭇잎호' 수리 완료.

그 소식은 소비룡 편으로 수도에도 전해졌다.

일단 소식만 받으면, 젠지로가 발렌티아로 가는 일이야 눈 깜짝할 사이에 끝날 일이었다.

소식을 들은 그날에 나탈리오와 이네스를 젠지로와 아우라가 각각 '순간이동'을 이용해 발렌티아로 보내고, 다음 날에는 젠지로가 스스로 '순간이동'을 사용해 발렌티아로 이동했다.

"기다리고 있었습니다, 젠지로 님."

"이미 준비는 모두 끝났습니다."

"아아, 이번에도 미리 와서 준비를 해 줘 고맙네, 나탈리오, 이네스."

젠지로는 이동한 곳에서 기다리고 있던 시녀 이네스와 호위 기사 나탈리오에게 그렇게 인사했다.

조금 전까지는 수도에 있었는데 지금은 멀리 떨어진 발렌티아에 있다.

아우라가 '순간이동'을 걸어 주었을 때는 '마법은 굉장해!' 하고 생각했었는데 지금은 스스로 이동을 하다니, 뭐라 말을 하기 힘들 만큼 이상한 감각이었다.

"단숨에 세계가 넓어졌다고 해야 할지, 좁아졌다고 해야 할지……. 정말 신기한 감각이야."

젠지로는 고개를 갸웃하며 입 안에서 그렇게 중얼거렸다.

이걸로 발렌티아에 세 번째 오는 것이지만, 모두 '순간이동'으로 왕복했기 때문에 멀리 떨어져 있다는 느낌이 전혀 들지 않았다.

엉덩이가 아픈 것을 참고 용차로 왕복했던 가질 변경백령은 '먼 곳'이라는 사실을 온몸으로 이해하고 있었지만, 발렌티아는 그런 실감이 없었다.

앞으로는 이렇게 혼자 힘으로 '순간이동'할 수 있는 땅이 국내외를 가리지 않고 늘어날 거라는 생각을 하니, 온 나라의 귀족들이 젠지로에게 측실을 들이밀며 왕족──혈통마법의 계승자를 늘리려고 하는 이유를 조금은 이해할 수 있을 듯했다.

여하튼, '순간이동'은 체력도 전혀 소모하지 않기 때문에, 젠지로가 마음만 먹으면 바로 행동을 할 수 있었다.

"프레야 전하는 어디에 계시지?"

젠지로의 질문에 대답한 사람은 전날부터 발렌티아에 들어와 있던 이네스였다.

"네. 프레야 전하는 이미 대기실에서 기다리고 계십니다."

"아아, 그럼 바로 만나 볼까? 응접실 준비는?"

"다 되었습니다."

"좋아. 그럼 안내해 줘."

"알겠습니다. 이쪽으로 오시지요."

젠지로는 중년 시녀의 안내를 받아 발렌티아 공작 저택의 복도를 걸었다.

젠지로가 응접실에 들어간 후, 얼마 되지 않아 프레야 공주가 들어왔다.

"젠지로 폐하, 저희의 사정에 맞추어 몇 번이나 발걸음을 해 주셔서 감사합니다."

웃으며 그렇게 말하는 프레야 공주의 복장은 처음 만났을 때와 마찬가지로 선장복이었다.

"아니요. '황금나뭇잎호'에 관한 것이라면 저희도 남의 일이 아니니까요."

젠지로는 그렇게 대답한 뒤, 프레야 공주에게 앉도록 권했다.

"네, 실례합니다."

여전히 품위 있게 자리에 앉는 은발의 공주를 보고 젠지로는 내심 감탄했다.

'굉장해. 이렇게 더운데 땀 하나 흘리지 않다니. 이 사람 주변에만 냉기가 흐르는 것 같아.'

은발, 푸른 얼음빛 눈동자, 새하얀 피부. 그런 색채 때문인지 조용하게 웃는 프레야 공주의 모습에서는 비현실적일 정도로 더위가 느껴지지 않았다.

사실은 기합과 근성으로 목 위의 발한 작용을 억누르고 있을 뿐이었지만, 그런 사정을 모르는 젠지로는 순순히 감탄할 뿐이었다.

"이번에 보고할 내용 말인데, '황금나뭇잎호'의 수리는 무사히 완료된 것이죠?"

젠지로의 질문에 은발의 공주는 진심으로 기쁜 미소를 지으며 고개를 끄덕였다.

"네. 젠지로 님 덕분에 얼마 전 드디어 완료되었습니다. 발렌티아 항 관리자의 허가를 받아 항구 내에서의 시험 항해도 몇 차례 끝낸 상태입니다. 이제는 오늘 항구 밖으로 나가 항해해 보는 일만 남았습니다."

3중 방파제의 보호를 받고 있는 발렌티아의 항구 내부는 기본적으로 바다가 잔잔하다.

대륙 간 항행을 위한 대형선인 '황금나뭇잎호'는 당연하지만 잔잔한 항구 내의 운용을 위해 만들어진 배가 아니다.

그렇기 때문에 최종적으로는 파도가 높은 항구 밖에서 문제가 없는지 시험해 볼 필요가 있다.

하지만 지금까지 세심하게 수리하고 체크를 이미 끝냈기 때문에, 항구 밖에서의 최종 시운전은 의식적인 의미가 더 강했다.

"그렇군요. 그럼 최종 시운전에 저도 동승해도 될까요?"

젠지로가 그렇게 확인하자, 프레야 공주는 기쁜 표정을 지으며 고개를 끄덕였다.

"네. 꼭 동승해 주세요. 웁살라 왕국이 자랑하는 최신예 선박, '황금나뭇잎호'의 승선감을 만끽해 주셨으면 합니다. 오늘은 항구 밖을 한 번 빙 도는 것뿐이지만요."

프레야 공주에게 있어 '황금나뭇잎호'는 최고의 긍지였다. 모국에서 제조한 최신예 대형 범선이자, 반쯤 명예직에 가깝다고는 하지만 자신이 '선장'을 맡고 있는 자신의 배, 자신의 성이기 때문이었다.

그런 긍지를 자랑하고픈 감정을 프레야 공주는 항상 마음에 담아 두고 있었다.

"알겠습니다. 잘 부탁드립니다."

젠지로는 흐뭇한 광경을 보는 듯 웃으며 그렇게 대답했다.

"지난번에 봤을 때도 생각했지만, 이렇게 가까이에서 보니 정말 압권이야. 배라기보다는 나무로 된 벽 같아."

젠지로는 부두 위에서 '황금나뭇잎호'를 올려다보며 새삼 감탄을 내뱉었다.

현대 일본에는 '황금나뭇잎호'보다 큰 배가 매우 흔하지만, 나무로 만든 배가 이렇게 크니 역시 감동스러웠다.

발렌티아 항의 부두는 돛이 한 개인 소형선에 맞춘 높이라 어쩔 수 없이 아래에서 배를 올려다봐야 했기 때문에, 더욱 큰 위압감이 느껴졌다.

"젠지로 님, 이쪽으로 올라와 주십시오. 발밑을 조심하시길."

"응, 고마워. 나탈리오."

그때까지 바보처럼 '황금나뭇잎호'를 올려다보던 젠지로는 나탈리오의 안내를 받아 부두와 '황금나뭇잎호'를 연결하는 나무 트랩을 올랐다.

그것은 '황금나뭇잎호'를 위해 급히 만든 계단처럼 생긴 트랩이었다.

카파 왕국의 돛이 한 개인 소형선이라면 튼튼한 널빤지만 있어도 타고 내리는 일이 가능하지만, 돛이 네 개나 될 만큼 대형선인 '황금나뭇잎호'는 차원이 다른 크기다.

선원들은 줄사다리를 타고 오르내리지만, 그것만 있어서는 짐을 싣고 내리기가 어렵다.

그래서 급히 만든 것이 이 계단형 트랩이었다.

"우와, 이거 꽤 무서운데?"

"젠지로 님, 가능하면 밑을 보지 않는 게 좋습니다."

"응, 그럴 것 같아."

간소했지만 일단 난간도 만들어 두었기 때문에, 고소공포증이 없던 젠지로는 의외로 쉽게 트랩 위로 오를 수 있었다.

앞은 기사 나탈리오, 뒤는 시녀 이네스가 지키는 가운데, 젠지로는 잠시 뒤, 무사히 배 위로 오르는 데 성공했다.

무사히 도착해 안도의 한숨을 내쉰 순간, 흔들거리는 발아래의 느낌에 젠지로는 한 발 뒷걸음질 쳤다.

"앗."

"괜찮으신가요, 젠지로 님?"

하지만 균형을 완전히 잃기 전에 뒤에 서 있던 이네스가 살짝 등을 잡아 줘, 넘어지지는 않았다.

"응, 고마워, 이네스."

젠지로는 조금 쑥스럽게 인사를 한 뒤, 곧장 똑바로 섰다.

아직 항구 안이라 흔들림은 별로 크지 않았다. 처음에는 당황했을 뿐, 이 정도 흔들림이라면 평범하게 서서 걷는 정도는 아무 문제없을 듯했다.

계속해서 젠지로의 주변을 먼저 승선해 있던 발렌티아 공작령의 병사들이 둘러쌌다.

'황금나뭇잎호'는 카파 왕국에 떠 있는 웁살라 왕국의 영토라고 해도 과언이 아니었다.

극단적으로 말해, 젠지로를 태운 채 곧장 북대륙으로 출항하는 것도 충분히 가능했고, 그럴 경우, 카파 왕국은 '황금나뭇잎호'를 뒤쫓아 갈 수단이 전무했다.

물론 프레야 공주가 무의미한 것을 넘어 유해하기만 한 그런 폭거를 저지를 것이라고는 생각하기 어려웠지만, 조심해서 나쁠 것은 없다.

사람은 열 명 전후일까?

역시 항구 도시 발렌티아의 병사들이라 그런지, 모두 배 위에서도 이동하는 데 전혀 문제가 없었다.

아마 가장 발걸음이 불안한 사람은 나탈리오가 아닐까. 물론 나탈리오만이 내륙 태생이니, 비교해 봐야 소용없는 일이지만. 솔직히 말하면, 나탈리오의 발걸음은 젠지로보다 불안했다.

그러고 있는 사이에, 먼저 승선해 있던 프레야 공주 일행이 갑판에 나타났다.

"어서 오세요, 젠지로 폐하. '황금나뭇잎호' 선원 일동을 대표해 저, 선장 프레야가 이렇게 환영하는 바입니다. 오늘은 짧은 시간이지만 바다 여행을 즐겨 주세요."

선장복을 매력적으로 갖춰 입은 프레야 공주가 자랑스럽게 가슴을 펴며 그렇게 말했다.

뒤에 대기하고 있는 우락부락한 남자들은 '황금나뭇잎호'의 간부 선원들이겠지.

같이 서 있는 여전사 스카디보다 키가 큰 남자들이 여럿 있다는 사실이 무시무시했다.

젠지로는 뒤에 서 있는 남자들에게서 프레야 공주가 있는 곳으로 시선을 옮긴 뒤, 최선을 다해 미소를 지으며 대답했다.

"네, 기대가 됩니다. 부끄럽지만, 이렇게 갑판에 서 있는 것만으로도 흥분이 되네요."

젠지로의 그 말에는 거짓이 없었다.

나무로 만든 범선. 그것도 몇 개월 단위로 장기 항행을 경험한 현역 대형 범선이다. 현대에서는 볼 수조차 없는 배에 승선을 해서 그런지, 살짝 감동스럽기까지 했다.

왕족만 아니었어도 어린아이처럼 마구 신나 했을 게 틀림없다.

이 배는 당연히 컴퓨터 제어가 아니라, 수십 명에 달하는 선원이 선장의 지시에 따라 배를 인력으로 움직인다.

"프레야 전하. 저희는 갑판에 계속 나와 있어도 괜찮은가요?"

들뜬 목소리로 젠지로가 그렇게 묻자, 프레야 공주는 조금 진지한 얼굴로 골똘히 생각하더니 말했다.

"글쎄요……. 일단은 괜찮을 거라 생각하지만, 만약을 위해 저쪽 난간을 잡아 주세요. 만전을 기하려면 고정 좌석에 앉으셔야 하지만, 그래서는 배 여행의 참맛이 반감되어 버리니까요."

"확실히 그건 그렇겠군요."

장난스럽게 웃는 프레야 공주를 보고, 젠지로도 그에 이끌리듯 웃으며 동의했다.

어차피 이번 최종 점검은 아주 짧은 항해다. 서 있다고 해서 무

슨 문제가 생길 가능성은 매우 낮았다.

젠지로는 순순히 프레야 공주의 지시대로 이동해, 양손으로 나무 난간을 꽉 붙잡았다.

이렇게 잡을 수 있는 장소가 있으면, 만에 하나 예상치 못한 큰 흔들림이 있어도 큰일은 벌어지지 않는다.

일단 꽉 잡은 뒤, 젠지로는 문득 뭔가가 떠올라 뒤에 대기하고 있던 중년의 시녀에게 말을 걸었다.

"이네스도 꽉 잡아 둬. 우리처럼 약한 사람이 비틀거리면 오히려 민폐니까."

돌아보니, 이네스는 나탈리오보다 더 안정되게 서 있었지만. 실제로 이 자리에 있는 사람 중, 배에도 익숙하지 않고 기사로서 훈련도 받지 않은 사람은 젠지로를 제외하면 이네스밖에 없었다.

주인의 배려에 중년의 시녀는 작게 미소를 지었다.

"신경을 써 주셔서 감사합니다, 젠지로 님. 그럼 말씀대로 옆자리를 잠시 빌리겠습니다."

그렇게 말을 한 뒤, 미끄러지듯 젠지로의 옆으로 다가온 이네스는 살짝 난간을 향해 손을 뻗었다.

뒤에서는 나탈리오가 조금 부러운 듯이 이쪽을 바라보았다. 지상에서는 듬직한 전사인 나탈리오도, 배 위에서는 그게 마음 같지 않은 모양이었다.

젠지로와 이네스가 난간을 꽉 잡은 모습을 확인한 '황금나뭇잎호'의 선장 프레야는 힘껏 큰 목소리로 명령을 내렸다.

"'황금나뭇잎호' 출항! 닻을 올려라!"

그리고 약 30분 후.

젠지로 일행을 태운 '황금나뭇잎호'는 발렌티아 항을 출발해 그 거대한 몸으로 마음껏 바다 위를 미끄러지듯 항해했다.

이전에 프레야 공주 자신이 말했던 대로, 프레야 공주의 '선장'이라는 지위는 장식에 가까운 듯했다.

프레야 공주가 선장으로서 한 일은 맨 처음의 호령뿐으로, 그 이후의 세세한 배의 조종은 부선장이라고 소개받았던 우락부락한 중년 남자가 맡았다.

부선장이 큰소리로 지시를 내릴 때마다 선원들은 돛의 각도를 조절하거나, 키를 돌리며 배를 움직였다.

오늘은 바람도 파도도 잔잔해, 항구 밖에서도 흔들림은 의외로 크지 않았지만, 방향을 크게 전환할 때에는 배가 전체적으로 기울었다.

"이렇게 흔들리는데도 선원들은 돛 위에서 작업을 하니, 정말 대단하군요."

젠지로의 경험 중 비교적 가까운 상황이라고 한다면, 전철을 타다가 어느 정도 크게 커브를 돌 때의 그 감각일까.

난간을 잡고 있으면 별것 아니지만, 아무것도 잡고 있지 않았다면 넘어져도 이상하지 않을 정도로, 나름 불안정한 상태였다.

하지만 선원들은 기울고 흔들리는 것쯤은 문제가 안 된다는 듯, 갑판 위를 이리저리 뛰어다녔다.

젠지로의 칭찬이 진심에서 우러나온 것이라는 사실을 깨달았을까.

프레야 공주는 기쁘게 미소를 지으며 말했다.

"네. 선원들의 첫 훈련은 '서는 것'이랍니다."

물론 '황금나뭇잎호'처럼 큰 배의 이야기가 아니다.

열 명 정도면 정원 오버가 될 정도로 작은 어선일 때의 이야기다.

당연하지만 아무것도 잡지 않은 채 서 있지 못하면, 일을 못한다.

로프를 묶고, 갑판에 대걸레질을 하고. 어부라면 그물을 치고 작살을 던지는 등, 모두 양손을 모두 자유롭게 사용할 수 있어야 가능한 일들이다.

그래서 읍살라 왕국의 선원들은 어릴 때부터 부모님의 배에 올라타, 배 위에서 서는 훈련을 계속한다고 한다.

"아아, 선원은 생각보다 오랜 경험이 필요한 기술직이군요. 그렇다면 저 키를 돌리는 일도 틀림없이 기술이 필요한 일이겠지요?"

젠지로가 그렇게 말하며 흥미진진한 듯 크고 둥근 나무 바퀴를 양손으로 잡고 있는 남자를 가리켰다.

부선장의 지시에 맞춰 그 남자는 무수히 많은 손잡이가 달린 둥근 바퀴를 빙글빙글 돌렸는데, 저게 '황금나뭇잎호'의 키이겠지.

하지만 그 말을 들은 프레야 공주는 순간 깜짝 놀란 듯 눈을 휘둥그렇게 떴다.

"……그러네요. 지금 키를 돌리고 있는 사람은 조타장이에요. 그 외에도 키를 잡는 자격을 지닌 사람이 세 명 정도 있는데, 역시 위급할 때에는 숙련자와 그렇지 않은 사람들의 실력 차이가 여실히 드러나요. 폭풍이 칠 때나, 예상외의 방향으로 흘러가 식량 비축분이 떨어져 될 수 있는 한 육지로 가고 싶을 때 등에는 조타장에게 맡길 수밖에 없는 게 현실이죠."

"호오, 그야말로 뛰어난 기술자가 아니면 할 수 없는 일이군요."

감탄성을 뱉는 젠지로가 눈치를 채지 못한 사이에, 프레야 공주와 여전사 스카디는 눈과 눈으로 긴장감 넘치는 대화를 나누었다.

이것을 실수라고 하면 너무 가혹할지 모르지만, 지금 젠지로의 말은 젠지로라는 남자의 가치를 더 끌어올리고, 더욱 경계를 하게 만들었다.

'황금나뭇잎호'의 바퀴를 돌리는 방식의 키는 북대륙에서도 돛이 세 개 이상인 대형선에만 도입된 최신예 기술이다.

배 아래의 키와 사람이 조종하는 배 위의 조타륜 사이에는 크기가 다른 여러 톱니바퀴가 들어가 있는데, 지렛대 원리를 이용해 작은 힘으로도 키를 돌릴 수 있을 뿐만 아니라, 회전이라는 알기 쉬운 방식이라 조타가 매우 편하다.

위에는 눈금이 붙어 있어, 그것을 통해 현재, 키를 중립 상태에서 좌우로 얼마나 돌렸는지 알 수 있었다.

한편, 그 외의 소형선은 옛날 그대로 배 아래의 키와 직접 연결되어 있는 길고 두꺼운 손잡이를 밀고 당기며 배의 방향을 조종했다.

그런 원시적인 키의 경우, 파도가 거칠어지면 힘 센 남자가 두세 명씩 덤벼도 꿈쩍도 하지 않을 뿐더러, 미세한 조종이 매우 힘들다.

'황금나뭇잎호'의 수리를 위해 카파 왕국의 조선 기술자들이 힘

을 빌려 주었지만, 그들은 모두 조타륜에 대해 몰라 매우 흥미진진
해했다고 한다.

말할 것도 없이 '황금나뭇잎호'를 수리하기 위해 온 조선 기술자
들은 카파 왕국에서도 고르고 고른 인재들이다.

그런 사람들도 모르는 기술을 왜 젠지로는 당연한 듯이 알고 있
는 걸까.

물론 조타륜에 대한 정보를 얻은 카파 왕국의 기술자들이 수도
에 정보를 전해 주었을 가능성도 있었지만, 젠지로의 태도를 보았을
때, 전혀 전해 들어서 알고 있는 것처럼은 보이지 않았다.

젠지로는 바퀴형 키를 '당연하게' 받아들이는 것처럼 보였다.

증류주를 만들기도 하고, 바퀴형 키를 알고 있기도 하고. 프레야
공주의 입장에서는 젠지로의 모습이 수수께끼에 쌓인 인물처럼 보
였다.

물론 젠지로도 아우라도 '젠지로는 이세계에서 왔다'는 사실을 전
혀 숨기지 않았지만, 기술 선진국인 동시에 마법 후진국인 북대륙
에서 나고 자란 프레야로서는 '이세계'라는 개념이 잘 이해되지 않
았다.

프레야 공주는 젠지로가 카파 왕국 사람들과는 다른 지식, 다른
가치관을 지니고 있다는 사실을 새삼 깨달았다.

그러는 사이에도 '황금나뭇잎호'의 최종 검사는 순조롭게 진행되
었다.

부선장의 지시에 따라 선원들이 척척 몸을 움직여 정교하게 배를
움직였다.

아무래도 '황금나뭇잎호'는 항구 밖에서 크게 원을 그리는 코스를 선택해 다시 돌아갈 예정인 듯했다.

물론 원을 그린다고는 하지만, 범선의 경우 바람의 영향도 있기 때문에 절대 진행할 수 없는 방향도 존재한다. 그럴 때는 지그재그로 움직여야 하기도 하고, 바람의 강도나 방향도 항상 일정하지는 않기 때문에 어느 정도는 일그러진 원을 그리는데, 그거야 당연한 일이다.

오히려 이렇게 배에 타고 있는 젠지로가 '원을 그리고 있다'고 눈치챌 정도로 안정된 코스를 그린다는 것 자체가, '황금나뭇잎호'의 선원들이 얼마나 훌륭한지를 증명해 주는 일이었다.

이윽고 '황금나뭇잎호'의 뱃머리가 발렌티아 항구를 향했다.

아무래도 최종 확인이 끝나, 이제는 항구에 되돌아가기만 하면 되는 상태인 듯했다.

정면에 보이는 발렌티아 항이 점점 커지는 모습을 보면서 젠지로는 무의식적으로 안도의 한숨을 내쉬었다.

프레야 공주를 믿지 못하는 건 아니었지만, 역시 다른 나라의 배를 타고 항구 밖으로 나가니 나름 꽤 긴장이 되었다.

그 반동인지, 항구가 점점 가까이 다가오자 '무사히 돌아왔다'는 안도감이 밀려왔다.

"이건 '순간이동'으로는 맛볼 수 없는 감정인 것 같아."

젠지로는 발렌티아 항구를 가만히 바라보며 그렇게 나지막이 중얼거렸다.

확실히 '순간이동'으로는 아무런 정취를 느낄 수 없었다. 그에 반해 범선으로 이동할 때에는 정취를 느낄 수 있었다.

물론 '정취가 없는 빠른 이동 수단'과 '정취가 있는 느린 이동 수단'이 있다면, 대부분의 사람은 전자를 고르겠지.

젠지로가 그런 생각을 하는 사이에 '황금나뭇잎호'는 발렌티아 항에 도착했다.

대형 범선을 단번에 정박하기란 쉽지 않은 일일 텐데, 역시 대륙 간 항행을 성공시킨 '황금나뭇잎호' 선원들다웠다.

문제다운 문제도 없이, 그 큰 배를 돌로 만든 부두 바로 옆에 정확하게 대는 데 성공했다.

하지만 무사히 정박을 하고 닻을 내렸다고 해서 곧장 배에서 내릴 수 있는 것은 아니었다. 계단식 트랩을 설치하지 않으면 젠지로 같은 아마추어는 배에서 내리기가 무척 어려웠고, 그 외의 선원들도 돛을 꽉 묶고 남은 로프를 정리하는 등, 아직도 해야 할 일이 많이 남아 있었다.

선원들이 이리저리 분주하게 움직이는 동안, 젠지로는 난간을 붙잡은 채 계속 대기했다.

지금으로선 내려갈 수도 없고 뭘 해도 방해만 될 테니, 될 수 있는 한 방해가 되지 않게 가만히 있을 수밖에 없었다.

그런 젠지로에게 선장인 프레야 공주는 큰일을 하나 끝냈다는 듯이 환한 미소를 지으며 말했다.

"이상으로 '황금나뭇잎호'의 최종 시운전은 종료되었습니다. 감사합니다, 젠지로 폐하. 이게 모두 카파 왕국의 도움 덕분이에요."

그렇게 말하며 프레야 공주는 우아하게 인사했다. 단, 오른손 주먹을 왼쪽 어깨에 대고 고개를 숙이는 남성적인 인사 방법이었다.

배 위에서는 어디까지나 공주가 아니라 선장이라고 주장하고픈 듯했다.

젠지로는 조금 꼴불견이라는 걸 잘 알면서도, 한 손으로 뒤의 난간을 잡은 상태로 프레야 공주를 마주 보았다.

"아니요, 저희야말로 감사합니다. 우리나라 기술자들이 귀중한 경험을 했으니까요."

그 말에는 거짓이 없었다. 물론 이번 경험만으로 카파 왕국의 기술자들이 대형 범선을 만들 수는 없겠지만, 첫 토대로서는 충분히 유익한 경험이었다.

젠지로의 대답에 프레야 공주는 기쁘다는 듯이 더욱 큰 미소를 지었다.

"그렇게 말씀해 주시니, 전 정말 행복해요. 그런데 젠지로 폐하. 이렇게 '황금나뭇잎호'의 수리가 끝난 이상, 저희는 조국으로 귀환해야만 한답니다."

아주 당연한 이야기였지만, 젠지로는 스스로도 놀랄 정도로 그 말에 충격을 받았다.

"네? 아, 그렇군요. 언제 귀국하실 예정이시죠?"

측실로 들이니 마니 하는 번거로운 일이야 어쨌든, 이렇게 프레야 공주와 함께 지내는 일에서 일종의 기쁨과 즐거움을 느꼈다는 사실을 젠지로는 자각했다.

적어도 프레야 공주가 사라져서 약간의 쓸쓸함을 느낄 만큼은, 함께 보냈던 시간들을 기분 좋게 생각하고 있었던 듯했다.

그런 젠지로의 마음을 아는지 모르는지, 은발의 공주는 예쁜 미소를 지으며 대답했다.

"그러네요. 다다음 달 정도에는 출항하는 게 가장 이상적이 아닐까 생각해요. 단지, 부끄럽지만 카파 왕국의 '혹서기'는 저희로서는 참 버티기 어렵네요. 다음 달은 지금보다 더 더워진다고 하니, 부하들의 몸 상태가 나빠지지 않을까 걱정이 많이 돼요. 만약 몸 상태가 출항하기 힘들다고 한다면, 빨라도 내년 겨울——'활동기 후기'의 한가운데인 달, 어쩌면 그때보다 한 달 더 뒤로 밀릴지도 모르겠군요."

프레야 공주의 대답에 젠지로는 신기하다는 듯이 고개를 갸웃했다.

"북대륙에서 온 분들이 '혹서기'의 더위를 견디기 어렵다는 말씀은 이해가 됩니다. 하지만 회복되는 데 몇 개월이나 걸린다니, 좀 이해하기 힘든데요."

젠지로의 의문은 아주 당연한 것이었다.

'혹서기'의 한가운데인 달을 억지로 일본의 달력에 끼워 맞춘다면 8월이다. 그리고 '활동기 후기'의 한가운데 달과 그 다음 달이라면, 내년 2월, 3월에 해당한다.

그 기간은 실로 반년에 달한다.

아무리 웁살라 왕국의 스베아인이 더위에 약하다고는 하지만, 기껏해야 더위를 먹은 정도로 회복하는 데 정말 반년이라는 시간이 필요할까?

하지만 그런 젠지로의 질문에, 프레야 공주는 짧은 은발을 흔들며 고개를 가로저었다.

"아니요, 역시 그렇게까지 걸리지는 않겠지요. 아마 '혹서기'를 지나 열흘 정도면 선원들의 몸은 회복될 거예요. 단, 문제는 그때의 계절과 조국까지 가는 데 걸리는 날짜랍니다. 저희는 웁살라를 출발해 이곳 발렌티아까지 도착할 때까지 약 120일 정도가 걸렸어요. 물론 폭풍에 말려들기도 했고, 미지의 항로를 여행한 탓도 있으니 돌아갈 때는 조금 더 일정을 단축할 수는 있겠지만, 그래도 안전을 생각한다면 100일은 잡아야 해요. 그렇기 때문에 이쪽의 활동기 초반에 출항하면 웁살라에는 100일 후에 도착하는데, 그럴 경우 웁살라의 '겨울 바다'를 항해할 수밖에 없답니다."

"아, 그건 곤란하군요."

프레야 공주의 대답에 젠지로는 쉽게 무슨 말인지 이해했다.

활동기 초반은 10월경이다. 그로부터 100일——3개월이 넘게 지나면, 웁살라 왕국에는 1월에 도착하게 된다.

카파 왕국이라면 한창 '활동기'인 계절이라 매우 지내기 편하겠지만, 웁살라 왕국은 '겨울'이라 1년 중 가장 지내기 어려운 계절이다.

아무리 '황금나뭇잎호'가 최신예 대형선이라고는 해도, 기껏해야 나무로 만든 범선이다.

항해를 하려면 배 밖으로 나와 조작을 해야 하고, 선내에도 현대 지구의 여객선과는 달리 난방 설비가 되어 있지 않다. 웁살라 항은 해류의 영향으로 얼지는 않는다고 하지만, 바깥 기온은 가차 없이 하락한다.

영하 20도를 밑돌고, 때로는 영하 30도까지 떨어지는 북대륙의 겨울 바다를 오랫동안 항해하는 일은 너무나도 위험하다.

프레야 공주를 비롯한 스베아인이 아무리 겨울 바다에 익숙하다고는 하지만 한계가 있는 법이다.

파도가 쳐서 흩뿌려진 물보라를 맞은 뒤 적절한 조치를 취하지 않으면 5분도 되지 않아 동상에 걸리고, 만에 하나 바다에 떨어지면 그 순간 쇼크사를 해도 이상하지 않은 극한의 바다에 일부러 도전할 필요는 없다.

발렌티아는 혹서기의 더위가 심하고, 웁살라는 활동기 후기에 해당하는 겨울의 추위가 심하다. 그리고 발렌티아와 웁살라의 항로는 3개월 이상이 걸리기 때문에 문제없이 오갈 수 있는 시기는 매우 한정되어 있다.

그렇기 때문에, 배를 다 고친 이상, 프레야 공주는 호기를 놓치지 않고 귀환할 수 있도록 준비에 들어갈 필요가 있었다.

언제나 마음이 내키는 때에 돌아갈 수는 없으니, 당연한 이야기였다.

"그럼 선원들에게 문제가 없으면 이번 혹서기 때의 끝 무렵에는 귀국하신다는 말씀이군요?"

젠지로의 질문에 은발의 공주는 크게 고개를 끄덕이고, 크게 어깨를 위아래로 움직이듯이 심호흡을 한 다음, 긴장한 듯한 미소를 지으며 물었다.

"네, 그럴 생각이에요. 하지만 어쨌든 간에 본국에서 아버지와 오라버니를 설득한 뒤, 저는 이 나라로 다시 '돌아올' 생각이랍니다. 젠지로 폐하, 그때는 저를 환영해 주시겠어요?"

프레야 공주의 질문을 듣고 젠지로는 깜짝 놀랐지만 표정을 다잡았다.

물론, 그 질문은 말 그대로의 의미가 아니다.

본국의 아버지와 오라버니――국왕과 태자의 허가를 받고 카파 왕국으로 '돌아온'다는 것은, 정식으로 젠지로의 측실이 되겠다는 뜻이었다.

프레야 공주는 젠지로에게 '환영해 주시겠어요?' 라고 물어 이 자리에서 새삼 그래도 되는지 확인하려는 것이었다.

젠지로서는 대답이 궁한 질문이었다.

만약 젠지로가 프레야 공주를 측실로 받아들이지 않겠다고 거절할 생각이라면, 이번이 정말 마지막 기회였다.

여기서 긍정적인 대답을 하면, 더 이상 되돌릴 수 없다.

'하지만 내 마음대로 대륙 간 무역을 못하게 망칠 수 없는 일이니까.'

여기까지 온 이상, 젠지로에게는 선택의 여지가 없었다. 젠지로는 너무나도 이해력이 좋고, 이성적이고, 마음이 확고해서 거절을 선택할 수 없었다.

"물론입니다, 프레야 전하. 전하가 하루라도 빨리 다시 돌아오시기를 아우라 폐하와 함께 간절히 바라고 있겠습니다."

미소를 지으며 단언한 그 말은, 확고하게 측실 프레야 공주를 받아들이겠다는 선언이었다.

그때 '아우라 폐하와 함께'라는 말을 덧붙였는데, 그것은 젠지로의 작은 저항이자, 최소한의 자기주장이었다.

자신의 정실은 어디까지나 여왕 아우라이고, 그 여왕 아우라와의 관계에 지장이 가지 않는 범위 내에서 당신을 환영하겠다는 선언이었다.

프레야 공주도 그것은 각오한 일.

물론 감정적으로는 고백한 상대에게 '너보다 더 소중한 여자가 있다'는 말을 듣고 기분이 좋을 리는 없었다. 하지만 프레야 공주는 그 자리에서 그런 감정을 내비칠 만큼 경솔한 여자가 아니었다.

"네. 반드시 돌아오겠습니다. 젠지로 폐하의 곁으로."

눈물을 글썽이며 얼굴 가득 미소를 짓는 프레야 공주는 선장복을 입고 남장을 하고 있었지만, 누가 봐도 틀림없는 여자의 얼굴이었다.

[제5장] 아우라 카파

푸죠르 장군이 이끄는 선발대가 수도를 떠난 지 약 한 달 후. 수도의 왕궁에 '소비룡 편지'가 몇 통 도착했다.

보낸 사람은 푸죠르 장군. 내용은 '무사히 쌍왕국에 도착. 낙오자 없음. 맞아들일 준비 완료. 언제든 와 주십시오'였다.

왕실의 한 방. 그 서면을 보고 여왕 아우라가 맨 처음에 한 말은 서면의 내용에 관한 것이 아니라, 그 서면을 이곳까지 전달해 준 동물에 관한 것이었다.

"겨우 두 통밖에 도착하지 않다니. 이번엔 신중을 기하는 의미로 동시에 열네 통을 보내라고 지시를 내렸는데……."

"쌍왕국의 왕도에서 이곳까지는 거리가 아주 머니 어쩔 수 없지요. 며칠 늦게 한두 마리가 더 올지는 모르지만, 반수 이상은 돌아오지 못할 것이라고 생각하시는 편이 좋을 듯합니다."

여전히 아무런 감정이 느껴지지 않는 표정과 목소리로 그렇게 말하는 얼굴이 갸름한 비서관에게 헐거운 드레스 차림의 여왕은 조금 눈썹을 찌푸리며 "알고 있어"라고 말했다.

안정기에 접어들어 부풀기 시작한 복부를 압박하지 않기 위해 살짝 걸터앉아 등받이에 몸을 기댄 상태로 여왕은 천장을 노려보았다.

"알고는 있지만 역시 마음이 아파. 푸죠르에게 맡긴 소비룡은 모두 엄선한 개체뿐이었으니까."

정보 전달을 위한 소비룡은 왕국에서 다수 사육하고 있지만, 당연히도 능력은 개체마다 모두 제각각이었다.

평소 국내에 날려 보내는 정도라면 몰라도, 남대륙 중중부의 샤로와·지르벨 쌍왕국에서 남대륙 중서부인 이곳 카파 왕국까지 날릴 수 있는 소비룡은 아주 일부의 젊고 우수한 개체뿐이었다.

그렇게 고르고 골라 선발된 소비룡도 남대륙의 절반 정도를 횡단하기란 매우 힘든 일이었다. 비행 거리가 길면 길수록 도중에 대형 비룡에게 잡아먹힐 가능성이 커지고, 귀소 본능에 문제가 생겨 다른 곳으로 날아가 버리는 경우도 늘어나기 때문이다.

결과, 먼 거리를 이동해야 하는 우수한 개체일수록 더 빨리 사라지는 매우 고민스러운 상황이 계속되었다.

안타깝지만, 이 문제를 근본적으로 해결할 수 있는 방법은 아직 개발되지 않았다. 현재로서는 소비룡 사육사들이 열심히 노력을 해 줄 수밖에 없는 상태였다.

그렇지만, 계속해서 소비룡에 대해서만 생각할 수 있을 만큼 여왕이라는 자리는 한가하지 않았다.

그쯤에서 생각을 그친 여왕은 서면에 적힌 내용을 바라보았다.

"일단 호위대는 무사히 도착했나 보군. 이제는 내가 최소한의 인원을 보낸 뒤, 마지막으로 서방님을 보내면 끝이구나."

아우라는 천장을 노려보며, 이제부터 '순간이동'으로 쌍왕국에 보내야 할 사람에 대해 생각했다.

일단 기사 나탈리오와 시녀 이네스는 반드시 보내야 한다. 그 외에도 그쪽에서 젠지로가 편하게 지낼 수 있도록, 후궁의 젊은 시녀도 여러 명 보낼 필요가 있었다.

육로로 쌍왕국에 보낸 호위대는 그 이름대로 남자 병사들이 대다수였다.

혹서기의 장거리 이동이었기 때문에, 체력적으로 방해가 될 뿐인 시녀들은 데리고 갈 수 없었다.

한편, 길을 안내하는 역할로서 같이 귀국했던 쌍왕국 사람들 중에는 프렌체스코 왕자나 보나 왕녀의 시녀들도 몇 명 포함되어 있었는데, '낙오자 없음'이라고 적힌 것을 보면, 모두 무사히 쌍왕국에 도착한 듯싶었다.

여왕 아우라는 감탄했다는 듯이 말했다.

"흐음, 역시 마법 도구의 유무가 큰 것 같아. 나머지는 익숙함의 문제인가?"

샤로와·지르벨 쌍왕국에 군림하는 두 왕가 중 하나인 지르벨 법왕 가문은 '치료마법'을 사용하기 때문에, 다른 나라를 매우 많이 방문하는 왕족이다.

때문에 쌍왕국에는 다른 나라를 방문하는 지르벨 법왕 가문의 치유술사와 동행하는 여행 전문 시녀가 다수 존재한다.

물론 그러한 지르벨 법왕 가문의 현재 상황을 '부여마법' 사용자인 샤로와 왕가도 잘 이해하고 있기 때문에, 원활한 여행이 될 수 있도록 '마법 도구'도 열심히 개발하는 중이다.

그 결과, 쌍왕국은 다른 나라와는 차원이 다를 정도로 장기 이동에 대한 준비가 잘 되어 있었다.

지난 대전 때, 야영지에서 혹독한 경험을 했던 아우라로서는 솔직히 부러울 따름이었다.

"아무튼, 이걸로 준비는 완료되었습니다. 언제 시녀들을 '순간이동'으로 보내기 시작하실 생각이십니까?"

파비오 비서관의 말을 들은 여왕은 조금 생각했다.

"글쎄. 일단은 프란체스코 전하와 보나 전하에게 연락을 해야 해. 설마 하는 일이 벌어지지는 않겠지만, 서방님의 안전이 가장 중요하니까. 가능하면 프란체스코 전하 쪽도 직접 연락을 해서 확인을 해 줬으면 좋겠어."

쌍왕국에는 '쌍연지'라는 마법 도구가 있다.

용피지 두 장이 똑같이 불탄다는 특성을 살려 태운 철필로 글자를 쓰면, 한정적이긴 하지만 아무리 멀리 떨어져 있어도 정보를 주고받을 수 있었다.

"그게 좋을 듯합니다. 우리나라와 쌍왕국의 관계를 생각하면 그쪽이 괘씸한 생각을 할 가능성은 매우 낮습니다만, 무슨 일이든 예외는 있는 법이니 말입니다."

여왕의 결단에 얼굴이 갸름한 비서관은 그렇게 억양이 없는 목소리로 동의했다.

그날 오후, 여왕 아우라는 왕궁의 한 방에서 샤로와·지르벨 쌍왕국의 두 왕족, 프렌체스코 왕자와 보나 왕녀를 맞이했다.

오전 중에 연락을 했는데 그날 오후에 면담을 하다니, 왕족으로서는 가벼워도 너무 가벼운 움직임이었지만, 프란체스코 왕자는 이게 기본이었기 때문에 이제 와서는 놀랄 일도 못 되었다.

평소대로 여왕과 왕자·왕녀는 서로 마주 보고 소파에 앉았다. 평소와 다른 점이 있다면 배가 커진 아우라가 자리에 앉을 때 시녀들의 도움을 받았다는 것과, 평소보다 많은 호위가 평소보다 더 가까운 곳에서 여왕을 지키고 있다는 것 정도였다.

배를 압박하지 않기 위해 몸을 살짝 편 채로 자리에 앉은 여왕 아우라는 일단 인사와 별건 보고부터 시작했다.

"갑작스러운 연락에도 항상 신속하게 대처해 주셔서 감사드리오. 아, 감사의 인사는 마법 도구 건도 있으니 보나 전하에게도 해야 하겠군. 보나 전하에게 받은 '장식 촛대'는 안뜰에 설치하기로 했소. 나중에 사람들에게 선보이기 위해 연회를 열 예정인데, 그때는 두 분도 초대하지. 물론 주빈은 보나 전하가 될 것이오."

대국 카파 왕국의 연회에 단독 주빈으로 초대된다.

태생이 하급 귀족에 지나지 않는 보나 왕녀에게는 부담이 되는 일이긴 했지만, 현재 보나 왕녀의 입장은 말단이라고는 하나 엄연히 샤로와 왕가의 왕족이었다.

"감사합니다, 아우라 폐하. 기대하고 있겠습니다."

보나 왕녀는 마음속 긴장을 억누르고 최선을 다해 미소를 지으며 그렇게 대답했다.

웃음은 긴장과 압박감을 억누르기 위해 만들어 낸 것이었지만, 기대하고 있다는 말은 거짓이 아니었다.

이번에 카파 왕가에 보낸 '장식 촛대' 마법 도구는 보나 왕녀가 혼신의 힘을 다해 만든 것이었다.

물론 비평이 두렵기도 했지만, 그 이상으로 사람들에게 선보인 뒤, 솔직한 감상을 듣고 싶었다.

그런 생각 덕분에 억지웃음이 점차 진짜 웃음으로 변해 가는 보나 왕녀를 보며 여왕 아우라는 살짝 눈을 가늘게 뜨며 미소를 짓더니.

"아, 전하의 기대를 저버리지 않도록 우리도 노력하겠소. 그런데, 프란체스코 전하."

하고, 왕녀에서 왕자 쪽으로 이야기의 방향을 다시 돌렸다.

"네. 말씀하시죠, 아우라 폐하."

갑작스러운 화제 변경에도 금발 왕자는 전혀 동요하지 않은 채, 긴장감 없는 미소를 지으며 대답했다.

"지난달에 수도를 떠난 부대에게서 '쌍왕국의 수도에 도착했다'는 연락이 들어왔소. 그쪽에는 무슨 연락이 들어오지 않았는가?"

똑바로 이쪽을 바라보는 붉은 머리카락의 왕녀의 시선을 금발 왕자는 똑바로 바라보면서 솔직하게 대답했다.

"네, 들어왔습니다. 다들 무사히 도착하신 듯하더군요. 이게 그 '사본'입니다."

그렇게 말하면서 프란체스코 왕자는 품에서 용피지 한 장을 꺼내 테이블 위에 펼쳤다.

역시 귀중하고 조금 위험한 마법 도구인 '쌍연지'를 직접 가져올 정도로 조심성이 없지는 않은 듯했다.

종이를 태워 글자를 쓰는 '쌍연지'는 짝이 되는 종이를 가지고 있는 쪽이 실수로 종이를 태우면, 다른 한 장도 자동적으로 타 버리는 특성이 있다.

그래서 만에 하나를 위해 평소에는 금속이나 돌 등, 타지 않는 재료로 만든 상자에 넣어 둔다.

"흐음, 잠깐 살펴보지. 비교를 위해 그쪽도 살펴봐 주시오."

여왕 아우라는 그렇게 말하며, 자신도 소비룡이 가지고 온 얇고 작은 용피지를 테이블 위에 올려 두었다.

"…………."

"…………."

"…………."

두 대국의 왕족 세 명이 짧은 두 개의 서면을 비교해 보았다.

비교해 봐야 할 만큼 많은 내용이 있는 것은 아니었지만, 도착일 등이 일치했다.

이 정도라면 푸죠르 장군이 이끄는 호위대가 무사히 쌍왕국에 도착했고, 상대도 받아들일 준비가 되었다는 정보를 믿어도 될 듯했다.

"흐음. 아무래도 우리나라의 기사들이 두 전하의 나라에서 신세를 지고 있는 듯하군. 인사를 하지."

"아니요, 저희야말로 감사합니다. 덕분에 일부이기는 하지만 저희 병사들을 고향으로 돌려보낼 수 있었으니까요. 그런데, 준비가 끝났으니, 젠지로 폐하도 가까운 시일 내에 쌍왕국으로 가시겠군요?"

확인하듯 묻는 프란체스코 왕자에게 여왕은 솔직히 대답했다.

"그렇소. 이쪽도 나름 준비할 것이 있으니, 오늘내일 떠나지는 않겠지만, 늦어도 열흘 이내에는 그쪽으로 날아갈 생각이오."

여왕의 말을 들은 왕자는 몸을 앞으로 내밀며 매우 기뻐했다.

"오오, 낭보로군요. 폐하 쪽의 일이 어느 정도 마무리되면, 약속대로 저희도 한 번은 귀국을 하고 싶은데, 괜찮을까요?"

"네?!"

옆에서 깜짝 놀란 사람은 보나 왕녀였다.

아무래도 프란체스코 왕자는 보나 왕녀에게 이야기를 하지 않은 듯하다고 짐작한 여왕 아우라는 밤색 머리카락의 왕녀를 바라보며 작게 미소 지었다.

"서방님이 쌍왕국에 도착하면 양국의 수도에 '순간이동'을 할 수 있는 사람이 생기지. 그렇게 되면 하루에 한 명이 한계지만, 카파 왕국과 쌍왕국을 하루 만에 오갈 수 있소. 이번 '흑서기'가 끝나면 두 전하가 우리나라에 온 지 벌써 1년이 되오. 고향이 그리운 사람은 병사들만이 아니겠지. 두 전하 정도라면 갈 때는 내가, 돌아올 때는 서방님이 '순간이동'으로 오가게 할 수 있으니, 서방님이 쌍왕국에 있는 동안 한 번 정도는 귀국하는 게 어떤가?"

"그, 그것도 그렇긴 하네요……"

보나 왕녀는 멍한 표정으로 간신히 대답했다.

아무리 여행에 익숙한 쌍왕국 병사들의 보호를 받았다고는 해도, 힘겹게 카파 왕국까지 온 보나 왕녀로서는 여왕 아우라의 말이 머리로는 이해돼도, 감각적으로는 받아들이기 힘들었다.

"응, 이제 좀 알겠어? 나는 말씀을 받아들여 한 번은 돌아갈 생각인데, 보나도 돌아갈 거지?"

천연덕스럽게 웃으며 그렇게 말하는 문제아 왕자를, 감시를 위해 따라온 왕녀가 원망스럽게 노려보았다.

"전하, 그런 일이라면 사전에 저에게도 알려 주십시오. 너무 갑작스러워서 어떻게 말씀드려야 할지 잘 모르겠습니다."

"어? 보나는 안 돌아가려고?"

"아니요, 돌아갈 겁니다. 돌아갈 거지만, 그러니까 더욱 먼저 연락을 해 주셔야지요. 저도 준비할 게 있으니까요."

카파 왕국에서도 이제는 완전히 익숙해진 쌍왕국 왕자와 왕녀의 잔소리 만담을 본 여왕 아우라는 부드럽게 웃으며 중재를 위해 말을 걸었다.

"분명히 프란체스코 전하도 조금 경솔하긴 했지만, 이번엔 내 실수도 있소. 두 사람 모두 당사자인데, 나는 프란체스코 전하에게만 이야기했을 뿐, 보나 전하에게는 깜빡하고 이야기를 하지 않았으니 말이지. 보나 전하, 이렇게 사과하니, 용서하시오."

사소한 일이라고는 하지만 대국의 여왕이 사과를 하자, 보나 왕녀는 밤색 머리카락에 뿌린 은색 가루가 공중에 날아오를 정도로 강하게 고개를 저었다.

"아, 아니요. 저희야말로 사과드립니다. 저희들이 연락을 제대로 하지 못한 일인걸요. 꼴사나운 모습을 보여 드려 죄송합니다!"

그렇게 말하며 보나 왕녀는 사과를 반복했다.

"그럼 보나 전하도 언젠가 잠시 귀국을 할 것이라 생각하면 되겠지?"

"네. 잘 부탁드립니다. 아, 사례는 어떤 형태로 지불하면 될까요?"

다른 나라의 왕족에게 '혈통마법'을 사용하게 하는데, 그냥 가만히 있을 수는 없었다. 만약 그랬다가는 나중에 더욱 귀찮은 요구를 받을 가능성이 매우 높았다.

그 정도의 상식은 왕족이 된 지 얼마 되지 않은 보나 왕녀도 잘 알고 있었다.

하지만 그런 보나 왕녀의 걱정은 사실상 무의미했다.

"아, 그거라면 내가 한꺼번에 지불하기로 이미 합의를 했어. 대가는 내 마법 도구야."

생글거리며 웃는 프란체스코 왕자와는 달리, 그 말을 들은 보나 왕녀는 바들바들 입술을 떨었다.

순간이동이 카파 왕가 비장의 무기라면, 마법 도구를 만드는 일은 샤로와 왕가의 전가의 보도였다.

"전하! 왜 전하는 그렇게 경솔한 거죠?!"

감시 역할인 자신의 눈을 속이고 경솔하게도 계약을 맺은 프란체스코 왕자를, 보나 왕녀는 다른 나라의 왕이 눈앞에 있다는 것도 잊은 채, 날카로운 목소리로 질책했다.

◆

그로부터 며칠 후.

왕궁의 한 방에서는 제3 정장으로 몸을 두른 젠지로가 긴장한 얼굴로 서 있었다.

옆에는 요즘 유난히 친숙해진 나탈리오가 완전 무장을 한 채 서 있었는데, 뺨까지 뒤덮는 가죽 투구를 쓰고 있어서 표정은 보이지 않았지만 긴장을 하고 있다는 사실은 전해져 왔다.

그리고 맞은편에 서 있는 사람은 사랑하는 아내, 여왕 아우라였다.

아우라는 임신으로 배가 눈에 띄게 나와 있어서, 몸을 압박하지 않도록 헐거운 붉은색 드레스를 입었다.

하지만 이쪽도 표정은 매우 진지했다.

여왕은 진지한 표정과 아주 잘 어울리는 조용한 목소리로 남편에게 말했다.

"이게 마지막 확인이오. 준비는 끝났소?"

"괘, 괜찮습니다."

그렇게 말하는 젠지로의 표정과 목소리는 사실 별로 괜찮아 보이지 않았다.

하지만 실제로는 정말로 괜찮겠지. 이제부터 젠지로는 아우라의 '시간이동'을 이용해 샤로와·지르벨 쌍왕국으로 떠날 예정이다.

아무리 '이동은 찰나'라든가, '젠지로도 「순간이동」을 습득했으니, 어렵지 않게 돌아올 수 있어'라든가, '상대에게 있어 최고의 빈객이니 이상한 대접을 받지는 않을 거야'처럼, 이성적으로 괜찮다는 이유를 늘어놓아도 미지의 땅으로 떠난다는 공포는 좀처럼 쉽게 불식되는 일이 아니었다.

극단적으로 말해 쌍왕국이 무장한 병사들을 모아 대기하고 있으면, 젠지로로서는 저항도 못해 보고 붙잡힌다.

일단 최소한의 안전장치로 나탈리오를 직전에 먼저 보내지만, 쌍왕국이 정말로 악한 마음을 품었을 경우에는 기사 하나 정도 보내봐야 아무런 도움도 되지 않는다.

결국엔 상대 나라가 이성적으로 판단해 줄 것이라고 믿을 수밖에 없다.

각오를 다진 젠지로에게 여왕은 마지막으로 확인을 하듯 말했다.

"이제부터 당신을 샤로와·지르벨 쌍왕국으로 날려 보낼 생각이오. 이미 며칠 전부터 이네스를 비롯해 시녀들을 보냈으니, 상대도 이미 맞이할 준비를 끝냈을 거라 보지만, 무슨 일이 일어날지 알 수 없는 것도 사실. 어느 정도 자유스럽지 못한 일을 겪을 수도 있다는 점을 기억해 주길 바라오."

"네. 알겠습니다."

이곳은 왕궁이고, 옆에는 나탈리오도 있기 때문에 아우라와 젠지로의 말투는 기본적으로 여왕과 왕의 배우자가 나눌 법한 어투였다.

"또한 쌍왕국을 방문하는 목적을 항상 잊지 않도록 뇌리에 새겨 두도록. 당연하지만 상대는 이쪽의 사정보다 자신들의 사정에 따라 움직이니까 말이오."

"네."

젠지로가 쌍왕국에 가는 이유는 지르벨 법왕 가문과 친분을 쌓아 여왕 아우라가 둘째를 출산할 때에 지르벨 법왕 가문에서 치유 술사를 초빙할 수 있는 태세를 갖추기 위해서였다.

하지만 쌍왕국은 그 이름 그대로 두 개의 왕가로 이루어진 나라. 그 두 왕가 중 젠지로에게 매우 강한 관심을 보이는 곳은 아쉽게도 지르벨 법왕 가문이 아니라 또 하나의 왕가——샤로와 왕가였다.

젠지로의 먼 선조는 지구로 사랑의 도피를 했던 카파 왕가의 왕자와 샤로와 왕가의 왕녀.

혈통마법의 유무로 왕족인지 아닌지를 판단하는 남대륙의 경우, 젠지로처럼 두 왕가의 피를 물려받은 왕족은 매우 드문 존재였다.

여왕 아우라가 젠지로 같은 특이한 인재를 그냥 내버려 둘 수 없는 것처럼, 샤로와 왕가도 젠지로를 가만 내버려 둘 수 없는 모양이었다.

일단 밀약을 맺어 두긴 했지만, 젠지로가 상대의 집이나 마찬가지인 쌍왕국에 들어가면, 자신들 쪽으로 끌어들이기 위한 공세가 심해질 것이라고 아우라는 확신했다.

여왕은 최대한 진지한 표정으로 말을 계속했다.

"샤로와 왕가와 지르벨 범왕 가문은 결코 하나라고는 할 수 없지만, 수백 년간 왕가를 같이 운영해 온 실적이 있소. 두 왕가가 서로 무언가 거래를 했을 가능성이 높다고 봐야겠지. 즉, 당신이 지르벨 법왕 가문과 친분을 쌓으려고 한다 하더라도, 먼저 샤로와 왕가와 원만한 관계를 쌓지 않는 한, 지르벨 법왕 가문은 상대를 해 주지 않을 가능성이 높소."

"네."
이미 후궁에서 아우라에게 몇 번이나 설명을 들은 내용이었지만, 공식적으로 그런 말을 들어서 그런지 젠지로의 표정이 흐려졌다.
하지만 생각해 보면 아주 당연한 이야기였다.
젠지로가 볼일이 있는 곳은 지르벨 법왕 가문이고, 젠지로에게 볼일이 있는 곳은 샤로와 왕가다.
그렇다면 샤로와 왕가가 사전에 지르벨 법왕 가문에 먼저 교섭을 제안했을 것이라고 보는 게 자연스럽다.
물론 예상과는 달리 샤로와 왕가와 지르벨 법왕 가문이 권력 다툼을 하고 있어서 그렇게 움직이지 않았을 가능성도 있지만, 확증도 없이 자신에게 유리한 상황을 전제로 움직이는 것은 그다지 현명한 처사가 아니었다.
젠지로는 몸을 한 번 부르르 떤 뒤, 각오를 다지며 입을 열었다.
"모두 잘 알고 있습니다. 반드시 아우라 폐하를 위해 낭보를 가지고 돌아오겠습니다."

"……기대하지."

정중하게 말하는 남편에게 여왕은 일부러 웃음을 지으며 대답했다.

여기까지 온 이상, 이제는 쓸데없이 시간을 지체할 이유가 없었다.

"그럼 지금부터 샤로와·지르벨 쌍왕국을 향해 '순간이동'을 발동하겠다. 먼저 나탈리오, 자네다."

"넷!"

그때까지 계속 아무 말 없이 여왕 부부의 대화하는 모습을 보고 있던 젊은 기사는 여왕의 목소리를 듣자마자 직립부동의 자세로 크게 목소리를 높여 대답했다.

"위험한 일은 없을 가능성이 높지만, 만에 하나의 때에는 자네가 유일한 검이자 방패다. 부탁하마."

"네. 제 목숨과 바꿔서라도 지켜 드리겠습니다!"

매우 진지하게 대답하는 젊은 기사를 보며, 여왕은 만족했다는 듯이 고개를 끄덕였다.

"아주 듬직하구나, 나탈리오. 자네에게도 쌍왕국은 처음으로 방문하는 외국일 터. 그쪽에는 이미 케이트도 보내 두었다. 시녀든 기사든 어느 정도의 휴식을 있을 테니, 그럴 때에 모처럼 남매가 대화를 나누어도 특별히 책망하는 사람은 없겠지. 외국이기는 하지만 서로의 근황에 대해 이야기를 나누도록."

여왕의 말을 들은 젊은 기사는 살짝 표정을 누그러뜨렸다.

"각별한 배려를 해 주셔서 감사합니다."

이미 이네스를 비롯한 후궁 시녀의 일부는 어제까지 '순간이동'으로 이동시켜 주었다. 그중에는 나탈리오 말도나도의 친여동생인 케이트 말도나도가 포함되어 있었다.

일단 후궁에 들어온 사람과 은밀하게 연락을 주고받는 일은 사실 매우 어렵다.

그런데 이렇게라도 대화를 나눌 수 있게 여왕이 배려해 주어, 젊은 기사는 그저 감사할 뿐이었다.

말도나도 가문은 보잘 것 없는 약소 기사 가문이지만, 현재는 카파 왕국에서 살짝 주목을 받고 있었다.

물론 그도 그럴 수밖에.

오빠 나탈리오 말도나도는 현재 단 하나뿐인 젠지로의 직속 기사이고, 여동생 케이트 말도나도는 수가 많다고는 하지만 후궁의 시녀 중 한 명이었다.

다른 사람들의 눈에는 말도나도 가문이야말로 왕의 배우자인 젠지로와 가장 가까운 집안처럼 보인다.

그래서 말도나도 가문에는 '꼭 케이트 양을 저희 집의 며느리로 맞아들이고 싶다'는 이야기가 쇄도하는 중이라고 한다.

작위도 없는 기사 가문의 딸은 남작에게 시집가면 만만세고, 자작에게 시집을 가면 음유시인에게 노래를 만들어 달라고 할 정도의 인생 역전인데, 현재 말도나도 가문에는 백작을 넘어 후작 가문에서도 결혼 신청이 오고 있는 모양이었다.

덕분에 아버지와 어머니는 위장이 아플 정도로 매일 사람들 상대를 하느라 고생을 하는 중으로, 나탈리오는 될 수 있는 한 여동생과 이야기를 해 보고 싶었던 참이었다.

"흐음, 굳이 이런 말을 할 필요도 없다고는 생각한다만, 여동생과의 이야기는 어디까지나 휴식 시간에만 하거라."

"네. 물론, 명심하고 있습니다."

여왕 아우라는 얼굴의 표정을 다잡고 오른손의 단창을 고쳐 잡는 나탈리오에게 고개를 한 번 끄덕이더니, 천천히 오른손의 손바닥을 뻗었다.

"그럼 시작하마. '내가 뇌리에 그린 공간에, 내가 의도한 것을 보내라. 그 대가로서 나는……'"

아우라가 '순간이동' 마법을 다 외우자, 나탈리오가 그 자리에서 홀연히 사라졌다.

왕궁의 방 안에 남은 사람은 여왕 아우라와 왕의 배우자 젠지로, 단 둘.

"…………."

"…………."

아무 말도 없이 서로 바라보는 부부의 표정은 거의 동시에 '여왕과 여왕의 배우자'에서 '아내와 남편'으로 바뀌었다.

"젠지로, 바로 보내야 해서 별로 시간이 없는데……."

"응, 그러니까 빨리 끝내자."

아우라의 의도를 눈치챈 젠지로는 몸이 무거운 아내에게 다가가 평소보다 더 살살 허리와 등에 팔을 둘렀다.

"으음……."

"음……, 으으음……."

그리고 아주 자연스럽게 나누는 입맞춤.

왕궁에 오기 전에 후궁에서 이미 하고 왔지만, 역시 마지막의 마지막에는 이걸 빼놓을 수 없다.

왜냐하면 이번에는 정말 지금까지와는 다르다. 진짜로 해외로 나가는 단신 부임이다.

하지만 젠지로가 '순간이동'을 습득한 이상, 그 단신 부임도 어떻게 보면 국내 이동보다 더 거리가 가깝다고 할 수도 있었다.

"그쪽의 일이 어느 정도 안정되고, 프란체스코 왕자와 보나 왕녀를 일시 귀국시킬 때까지는 여유가 없겠지만, 그 뒤로 안정기에 접어들면 이곳으로 돌아와서 보고를 좀 해 줘."

"응, 알았어. 열흘에 한 번 정도는 돌아올 생각이야."

아내의 말을 듣고, 남편은 아내의 허리에 팔을 두른 채 미소를 지으며 그렇게 대답했다.

평소에는 이렇게 정면에서 마주 안으면 그 풍만한 가슴이 가슴판에 닿았지만, 지금은 그보다 더 크게 부푼 배가 복부에 맞닿았다.

배 속 아이를 생각해 가볍게 포옹하는 정도로 끝을 낸 젠지로가 살짝 양팔을 아내의 등에서 뗀 뒤, 오른손의 손바닥을 부푼 아내의 배에 살짝 대 보았다.

"벌써 움직여?"

"움직이는 것도 같고, 아닌 것도 같아. 이 아이는 아무래도 카를로스 때보다는 움직임이 둔한가 봐. 현재로선 입덧도 없는 걸 보니, 손이 많이 가지 않는 아이일 것 같아."

"혹시 여자아이인가? 이름이야 둘 다 생각해 놓을 거지만."

아내와 배 속 아이에 대해 이야기를 한 남편은 후궁에 남겨 둔 또 한 명의 아이를 떠올렸다.

"아, 젠키치는 잘 있을까? 가기 전에 한 번 더 만나고 싶어."

"지금 후궁에 다시 돌아갈 순 없어. 게다가 어젯밤엔 계속 카를로스랑 같이 있었으면서, 아직도 모자란 거야?"

어이가 없다는 듯한 아내의 말에, 젠지로는 변명을 하듯이 시선을 이리저리 움직였다.

"부족하다기보다는, 조금 시간이 지나니 또 만나고 싶어서. 물론 어쩔 수 없으니 참기야 하겠지만."

"그렇게 해 줘. 그런데, 젠지로. 이제 와서 이런 말을 하기는 뭐하지만, 정말로 무리는 하지 마. 아마 샤로와 왕가는 어떻게 해서든 당신을 붙잡아 두려고 할 거야. 절대 혼자 있어선 안 돼. 이네스와 나탈리오, 최악의 경우에는 둘 중 한 명이라도, 될 수 있으면 두 사람을 모두 데리고 간 상태에서만 샤로와 왕가 사람을 만나는 게 좋아. 최악의 경우, 지르벨 법왕 가문에서 치유술사를 부르지 못하게 돼도 괜찮으니, 여차하면 다른 사람을 모두 두고서라도 '순간이동'으로 도망쳐. 당신의 몸보다 더 중요한 건 아무것도 없다는 사실을 부디 잊지 말아 줘."

"응, 고마워."

진심으로 자신을 걱정해 주는 아내의 말을 듣자, 젠지로의 얼굴에서는 자연스럽게 웃음이 넘쳤다.

사실 젠지로의 숙련도로는 '여차할 때'에 '순간이동'으로 도망치고 싶어도 도망치지 못할 가능성이 더 높았다. 현재, 젠지로의 '순간이동' 발동률은 컨디션이 최상일 때도 70퍼센트를 조금 넘는 수준이었다.

'여차할 때'의 발동률은 아마 한없이 제로에 가까울 게 틀림없었다.

그런데도 아우라가 굳이 '여차하면 혼자서 도망쳐'라고 말한 이유는 아마도 열흘에 한 번 일시 귀국할 때, 무언가 불온한 분위기가 흐를 경우, 다시는 쌍왕국으로 보내지 않겠다는 의미일 가능성이 컸다.

젠지로는 크게 한 번 심호흡을 한 뒤, 사랑하는 아내에게 말했다.

"아우라는 내 몸보다 더 중요한 건 없다고 말했지만, 나에게는 쌍왕국에 가서 아우라가 아이를 낳을 때 치유술사를 부를 수 있도록 정비를 해 두는 일이 내 몸의 안전만큼이나 중요해. 그러니까 어느 정도는 위험을 무릅쓰고 교섭을 할 생각이야."

"젠지로……."

남편의 말을 듣고 아내는 난처해하면서도 기쁨을 숨기지 못하는 듯한 복잡한 미소를 지었다.

"지르벨 법왕 가문의 '치유술사'가 있으면 아주 마음이 든든하겠지만, 사실 필수는 아니잖아? 나는 여자치고는 체력이 좋고, 미셸은 목숨을 내맡겨도 좋을 만큼 훌륭한 명의니까."

아우라도 물론 여기까지 와서 젠지로에게 '가지 마'라고 말하려는 것은 아니었다.

단지 젠지로가 '무슨 일이 있더라도 치유술사를 불러오겠어' 라는 생각에 집착할까 봐 걱정되었다.

교섭을 할 때에 '무슨 일이 있어도 교섭을 성공시키겠어' 라는 생각에 너무 의욕이 앞서면 상대에게 당할 위험이 커진다.

특히 이번 교섭은 젠지로에게 있어, 실리 이상의 감정이 앞서는 내용이었다.

아우라는 사전에 '이번 교섭은 반드시 성공시켜야 하는 게 아니다' 라는 메시지를 전달해 둘 필요성을 느꼈다.

"응, 알아. 내가 자신의 몸을 돌아보지 않아서 아우라에게 걱정을 끼치면 오히려 안 하니만 못한 일이 되니까. 될 수 있는 한 무리는 하지 않을 거야. 하지만 여기까지 와서 아무것도 안 할 수는 없어. 아우라가 정말로 안 된다고 생각하면 순순히 그 지시에 따를 테니까, 그때까지는 내가 하려는 일을 가만히 지켜봐 주면 안 될까?"

"……알았어. 부탁할게."

남편의 선의에 넘치는 말을 들은 아내는 작게 웃으며 고개를 끄덕여 주었다.

"근데, 젠지로. 이런 때에 이런 말을 하기는 뭐하지만, 당신, 프레야 공주에게 승낙하겠다고 말했다며?"

문득 생각났다는 듯이 아내가 다른 여자의 이름을 말해, 젠지로는 움찔 하며 시선을 이리저리 움직였다.

"아, 응. 맞아. 응, 말했어."

원래 프레야 공주를 측실로 맞아들이는 일에 반대한 사람은 젠지로이고, 그 반대를 무릅쓰고 이야기를 진행시킨 사람이 아우라다.

그렇기 때문에 지금 젠지로가 어쩔 줄 몰라 할 필요는 없었지만, 현대 일본인의 감각이 아직 남아 있는 젠지로로서는 죄책감을 느낄 수밖에 없었다.

왕족인 아우라로서는 그런 남편의 심정에 전혀 공감하지 못했지만, 지금까지의 대화를 통해 그 심정이 어떤지는 대략 눈치챌 수 있었다.

"고마워, 젠지로. 당신에게는 계속 부담만 주네. 이런 말을 한다고 해서 얼마나 당신의 부담이 가벼워질지는 모르겠지만, 그래도 말을 할게. 나는 당신을 사랑해. 당신이 프레야 전하나 다른 여자들과 어떤 관계를 맺든, 내 감정은 전혀 흔들리지 않을 거야."

그것은 어떤 의미로는 사실이었지만, 동시에 허세이기도 했다.

이쪽 세계의 왕족인 아우라는 남자가 여러 아내를 맞이하는 일을 아주 당연하게 여겼지만, 그렇다고 해서 자신 이외의 여성에게 사랑을 속삭이는 남편에게 질투심을 느끼지 않는 것은 아니었다.

실제로 정실과 측실이 사이좋게 지내는 집안은 매우 적었다.

하지만 나라의 사정으로 인해 싫어하는 남편에게 억지로 여자를 붙여 준 것이니, 그런 감정이 들더라도 남편 앞에서는 겉으로 드러내지 않을 생각이었다. 아니, 드러낼 수 있을 리가 없었다.

그 복잡한 감정을 억누르며 웃는 아내를 보고, 젠지로는 난처한 듯 같이 웃었다.

"응, 고마워. 그렇게 말해 주니 조금 마음이 놓이는 것 같아. 나도 받아들인 이상, 프레야 전하와도 잘 지낼 수 있도록 열심히 노력할 생각이야. 프레야 전하가 좋은 사람인 것만큼은 틀림없으니까."

"……그렇구나."

남편이 프레야 공주를 칭찬하자, 아우라는 벌써부터 가슴이 따끔 거리는 느낌을 받았다.

"정말 프레야 공주와 잘 지내려면 노력이 필요해. 아우라하고는 그냥 같이 있기만 해도 행복한데 말이야."

젠지로가 특별히 프레야 공주를 깎아내리려고 한 말은 아니겠지.

하지만 젠지로는 그 말을 통해 아우라에 대한 애정이 더 크고, 프 레야 공주는 그 아래라고 확실하게 밝힌 것이다.

"그렇, 구나."

아우라의 가슴속에서 조금 저속한 승리의 감정이 솟구쳤다.

"후후, 그렇구나. 그래, 그때가 되면 나도 프레야 전하가 후궁에서 쾌적하게 살 수 있도록 배려를 해 줄게."

"응, 그래."

그렇게 말하는 아우라의 표정에서는 자신이 남편의 첫 번째라는, 자신감에 찬 확신이 넘치고 있었다.

사이가 좋은 남편과 아내는 서로의 안부를 걱정했기 때문에, 좀 처럼 대화가 끊어지지 않았다.

하지만 이미 쌍왕국에는 나탈리오를 보낸 상황이다.

나탈리오는 저편에서 '곧 젠지로 님도 오실 겁니다' 라고 보고를 했을 터였다.

저편이 어떤 식으로 기다리고 있을지는 모르지만, 너무 시간을 지체할 수는 없었다.

왼쪽 손목의 손목시계로 시간을 확인한 젠지로는 아쉽다는 듯이 한숨을 한 번 내쉬었다.

"아아, 역시 시간이 많이 지났어."

"그래. 어쩔 수 없지. 그럼 젠지로, 이제는 정말 마지막이야. 각오는 됐어?"

"응."

아우라의 질문에 젠지로는 아주 짧게 대답했다.

이제 와서 머뭇거릴 수는 없었다.

왕족의 신분으로 다른 나라에 건너가 교섭을 한다. 생각만 해도 공포가 밀려와 도망치고 싶었지만, 그럴 때마다 젠지로의 뇌리에는 선명하게 지난번의 출산이 떠올랐다.

사랑하는 아내가 문자 그대로 목숨을 걸고 새 생명을 낳고 있는데, 아무것도 하지 못하고 계속 안절부절못하기만 했던 그때.

또다시 그런 경험을 하지 않기 위해서라면 웬만한 고생은 감수할 수 있다.

그건 절대 허세도, 자기 암시도 아니었다. 그냥 사실일 뿐이었다.

"부탁해, 아우라."

"알았어. 시작할게. '내가 뇌리에 그린 공간에, 내가 의도한 것을 보내라. 그 대가로서 나는 시공령에게…….'"

[에필로그] **루크레치아 브로이**

사랑하는 아내가 외우는 '순간이동' 주문을 눈을 감은 채 들었다
가 살짝 눈을 뜨니 그곳은 이미 다른 공간이었다.

아우라와 젠지로. 단 둘뿐이었던 카파 왕궁의 한 방이었던 그곳
은 많은 사람이 정렬해 있는 비교적 넓은 실내로 확 바뀌어 있었다.

무장한 수많은 남자들을 본 젠지로는 순간 최악의 상황이 아닌
가 생각했지만, 그 생각은 다행히 기우에 지나지 않았다.

바로 눈에 들어온 것은 조금 무섭기는 하지만 이럴 때라면 든직
한 카파 왕국이 자랑하는 대장군, 푸죠르 기젠의 거대한 몸이었다.

"젠지로 님, 무사히 도착하셔서 이 자리에 있는 모두가 진심으로
환영하는 바입니다."

거대한 몸에는 어울리지 않게 세련된 인사를 하는 푸죠르 장군
에게 젠지로는 간신히 왕족다운 표정을 지으며 작게 오른손을 올려
대답했다.

"장군이 직접 환영해 주어 고맙네. 고개를 들게."

"네."

침착하게 다시 보니 낯익은 얼굴이 몇몇 더 있었다.

한 발 먼저 날아온 나탈리오. 이네스를 비롯한 여러 후궁 시녀들. 그리고 나탈리오 주변에 있는 병사들의 얼굴도 본 적이 있다.

가질 변경백령에 갔을 때, 나탈리오의 부하로서 젠지로의 호위를 맡아 주었던 병사들이었다.

여왕 아우라가 '순간이동'으로 날려 보내 준 사람은 나탈리오와 시녀들뿐이었으니, 이 병사들은 다른 병사들과 함께 수십 일에 걸쳐 '흑서기'의 육로를 지나온 사람들이다.

'나중에 뭐라도 노고를 치하할 필요가 있겠어.'

아주 자연스럽게 그런 생각을 하는 걸 보면, 젠지로는 본인이 생각하는 것보다 훨씬 '왕족'이라는 입장에 익숙해진 것일지도 모른다.

'그건 그렇고 그냥 딱 봐도 「외국」이라는 느낌이네. 카파 왕국은 남쪽 나라나 인도 같은 분위기였는데, 이쪽은 중동에 가까우려나? 공기도 굉장히 건조해. 그러고 보니 쌍왕국의 영토는 반이 사막이라고 했었지?'

젠지로는 왕족이니 시골 사람처럼 주변을 두리번거려서는 안 됐지만, 그래도 호기심을 억누를 수는 없었다.

가구, 양탄자는 물론 방의 만듦새까지 달랐다. 전문가가 아닌 젠지로로서는 확실하게 뭐라고 말을 하기는 힘들었지만, 확실히 '다르다'는 점만은 알 수 있었다.

틀림없이 이곳은 외국, 다른 문화권이다.

젠지로가 일단 진정되길 기다린 것일까.

그때까지 방 구석에서 대기하고 있던 피부가 희고 머리카락 색이 옅은 사람들이 젠지로가 있는 곳으로 다가왔다.

아마 원래부터 어느 정도는 절차를 정해 놓은 거겠지.

푸죠르 장군이 이끄는 카파 왕국의 병사들도 딱히 제지하는 일 없이, 그 사람들이 지나갈 수 있도록 자리를 비켜 주었다.

이윽고 젠지로 앞까지 다가온 집단을 이끌고 있던 사람은 의외라고 해야 할지, 역시나라고 해야 할지, 몸집이 작은 소녀였다.

젠지로가 보기엔, 가질 변경백 가문의 니르다와 비슷한 또래인 듯했다.

즉, 넉넉히 봐서 겨우 열다섯이 될까 말까 한 정도라는 말이다.

쭉 뻗은 금발을 옆으로 모아 하나로 묶은——이른바 사이드 테일이라고 한다——그 소녀는 젠지로 앞에서 스커트를 집어 올리며 말했다.

"샤로와·지르벨 쌍왕국에 어서 오십시오, 젠지로 폐하. 우리 왕국의 국민 일동은 폐하의 방문을 진심으로 환영하는 바입니다. 저, 브로이 후작 가문의 루크레치아가 대표로서 환영의 인사를 올립니다."

소녀는 그렇게 말하더니, 공손하게 고개를 숙였다. 그러자 깔끔하게 정돈된 금발 사이트 테일이 찰랑거리며 흔들렸다.

조금 뒤늦게, 소녀 주변에서 몸치장을 한 채 버티고 있던 남녀도 고개를 숙였다.

'브로이 후작 가문? 왕족이 아니고?'

샤로와 왕가가 미인계 같은 방법으로 '자객'을 보내지 않을까 하며 단단히 각오를 하고 있던 젠지로는 조금 맥이 빠진 듯 소녀——

루크레치아에게 대답했다.

"카파 왕국 국왕 아우라 1세 폐하의 반려, 젠지로이다. 이번에 역사가 있는 우호국을 방문할 기회를 얻어 매우 기쁘게 생각하는 바이니, 체재하는 중에는 잘 부탁한다."

"네. 부족한 점도 많으리라 생각하지만, 힘껏 환대해 드리겠습니다, 젠지로 폐하."

소녀는 그렇게 말한 뒤, 긴장을 숨기지 못한 미소를 지었다.

"그런데, 젠지로 폐하. 조금 걸으셔야 해서 대단히 죄송하지만, 조금 멀리 떨어진 곳으로 안내를 할 생각입니다. 괜찮으신가요?"

루크레치아의 말을 듣고 젠지로는 사전에 아우라에게서 들은 설명을 떠올렸다.

기본적으로 카파 왕국과 우호 관계에 있는 나라는 '순간이동'을 받아들이기 위한 건물을 특별히 설치해 둔다고 한다. 이곳이 그런 건물이겠지.

그리고 카파 왕국의 왕족이 '순간이동'으로 도착해도 괜찮은 곳은 그 건물뿐이라고 정해 놓았다는 모양이었다.

그런 규칙을 정해 놓지 않으면, 극단적으로 왕궁 내에서 물건이 분실되거나, 암살 사건이 일어나면 카파 왕가의 관여를 의심하지 않으려 해도 안 할 수가 없게 된다.

마법 발동에 필요한 세 가지는 잘 알려져 있다시피 '정확한 발음', '정확한 마력량', '정확한 인식'이다.

그래서 이렇듯 공식적으로 '이곳 이외에서는 그 마법을 사용해서는 안 된다'고 약속을 해 두면, '약속을 깬다'는 의식이 '정확한 인식'을 방해하기 때문에 발동률이 떨어진다고 한다.

물론 그것은 어디까지나 정신적인 중압이 한 군데에 크게 걸린다는 것뿐으로, 아우라처럼 숙련된 사람이라면 '순간이동'을 못할 것도 없지만, 미숙한 젠지로에게는 꽤 큰 부담이 될 가능성이 높았다.

"그래, 상관없다. 안내해 주겠나?"

"네, 이쪽입니다."

금발 사이드 테일 소녀의 안내를 받아 일행은 방 밖으로 나갔다.

'앗, 아차. 디카 촬영.'

젠지로는 문득 '순간이동'을 위한 촬영을 깜빡했다는 사실을 떠올렸지만, 이제 와서 디카를 꺼내기에는 너무나도 눈에 띄었다.

일단 지금은 포기할 수밖에 없었다. 기회는 앞으로 분명히 또 있을 테니까.

지금은 푸죠르 장군을 비롯해 카파 왕국의 기사와 병사들이 젠지로의 주변을 감싸고 있었다.

물론 젠지로를 가장 가까이에서 지키고 있는 사람은 나탈리오와 그 직속 병사들이었다.

이네스가 이끄는 시녀들도 바로 뒤를 따라오는 중이다.

젠지로는 걸으면서 루크레치아라는 소녀의 등을 바라보았는데, 뭔가 느낌이 기묘했다.

'으응? 뭐지? 뭔가 조금 부자연스러운데.'

조금 전에 잠깐 대화를 나누었을 때의 인상으로만 따지면, 이 루크레치아라는 소녀는 천생 고위 귀족일 가능성이 컸다. 실제로 말투도 행동도 어려 보이는 외모와는 달리 매우 세련됐다.

하지만 지금 루크레치아라는 소녀가 걷고 있는 모습을 뒤에서 보니, 어딘가 모르게 조마조마했다.

'뭐지? 아무리 생각해도 이상한데.'

젠지로가 그런 생각을 하던 그때였다.

"?!"

앞에서 걷던 소녀가 자신의 스커트 옷자락을 밟고 넘어지려 했다.

아슬아슬하게 뒤에서 걷고 있던 여자가 재빨리 소녀의 팔을 붙잡아 넘어지지는 않았지만, 숙녀로서 해서는 안 되는 실수라는 사실에는 변함이 없었다.

"죄, 죄송합니다. 꼴사나운 모습을 보였네요."

걸음을 멈추고 이쪽을 돌아본 소녀의 얼굴은 가여울 정도로 붉게 물들어 있었다.

목을 움츠리고 몸을 작게 웅크린 모습은 마치 거북이가 껍데기 안에 틀어박히려는 모습 같았다.

그런 생각을 했을 때, 젠지로는 겨우 위화감의 정체를 깨달았다.

"루크레치아, 실례되는 말일지도 모르지만, 드레스가 몸에 안 맞는 것 같은데?"

말투에 비해 동작이 어딘가 어색했던 것도, 드레스의 옷자락을 밟고 넘어질 뻔했던 것도, 드레스가 너무 크기 때문이었다.

잘 보니, 소매는 손바닥의 반 정도를 가릴 정도였고, 옷자락도 땅에 닿아 끌릴 정도로 길었다. 목 부근도 유난히 크게 벌어져 있는 게, 마치 어른 흉내를 내고 싶어 하는 소녀가 언니의 드레스를 멋대로 입은 모습 같았다.

몸집이 작고 어려 보이는 소녀가 큰 드레스를 입은 모습은 어딘가 유머러스하고 사랑스러워 보였지만, 고위 귀족의 소녀라면 이렇게 입을 리가 없었다.

하지만 지적을 받은 소녀는 더욱 얼굴을 붉히면서도 목을 늘이며 강하게 말했다.

"그, 금방 크게 자랄 테니, 괜찮아요."

소녀의 그 주장을 듣고 참을 수 없었는지, 옆에서 시중을 드는 사람으로 보이는 여자가 끼어들었다.

"루시 님. 그렇게 말씀하시면서 성인이 되기도 전에 억지로 그 사이즈의 드레스를 잔뜩 만들어 놓게 하셨지만, 결국 전혀 성장하지 않으셨잖아요. 젠지로 폐하도 이렇게 말씀하시니, 이제 드레스를 줄이거나 새로운 드레스를 만드는 게 어떨까요?"

"플로라!"

가차 없는 시녀의 지적을 들은 소녀는 수치심에 몸을 떨 듯 큰 목소리로 항의했다.

생각해 보니, 조금 전에 루크레치아가 옷자락을 밟고 넘어질 뻔했을 때, 팔을 잡아 준 사람도 이 여자였다. 루크레치아를 루시라는 애칭으로 부르는 걸 보면, 가장 가까운 측근인 듯했다.

아무튼 간에, 다른 나라의 왕족 앞에서 보여 줘서는 안 되는 모습이었지만, 루크레치아의 외모가 어려 보여서 그런지, 젠지로는 어딘가 모르게 흐뭇한 얼굴로 바라보고 말았다.

실수를 반성하는 모습은 아닌데 사랑스럽고 재미있는 모습이라, 카파 왕국의 병사들도 훈훈한 표정을 지으며 작게 웃었다.

"루크레치아. 흥미로운 이야기이기는 하지만, 일단은 계속 안내를 해 주었으면 하는데?"

젠지로도 말은 그렇게 했지만 얼굴에 자연스러운 미소가 떠올랐고, 어느새인가 이동해 왔던 때의 긴장감도 잊어버렸다.

그리고 잠시 뒤, 젠지로는 왕궁에서 멀리 떨어진 한 방에 들어와 있었다.

이곳은 샤로와 왕가가 소유한 왕궁 '자란궁(紫卵宮)'의 별채인 모양이었다.

그 이름 그대로 '자란궁'은 보라색이 중심인 건물이라는 점이나, 천장 부분이 둥근 점 등이 가장 알기 쉬운 특징이었다.

중동 쪽의 건물은 지붕이 양파처럼 둥글면서도 끝이 뾰족한데, 그 뾰족한 부분이 깎인 형태라고 하면 알기 쉬울까.

이국의 정취가 풍기는 실내라 완벽하게 긴장을 풀기는 어려웠지만, 그래도 이렇게 따로 배정된 방에 들어와 비교적 친숙하다고 할 수 있는 나탈리오, 시녀들과 함께 있으니, 80퍼센트 정도는 어깨의 힘을 뺄 수 있었다.

"후우……."

의자에 앉은 젠지로는 심호흡을 한 번 한 뒤, 결린 부분을 풀듯이 목을 돌렸다.

"수고하셨습니다, 젠지로 님."

"그래, 고마워."

젊은 시녀가 물이 든 은잔을 내밀자, 젠지로는 그것을 받아들고 단숨에 들이켰다.

냉장고에 넣어 식힌 것과는 역시 비교할 수 없었지만, 그래도 '혹서기'라는 계절을 생각하면 충분히 차다고 할 수 있었다.

"그건 그렇고, 여기까지 꽤 많이 걸었군."

그렇게 중얼거린 젠지로는 왼팔의 손목시계로 시간을 확인했다.

'순간이동'용 건물을 나온 직후에 시계를 확인하지 않았기 때문에 확실하게는 말할 수 없지만, 여기까지 최소한 30분, 어쩌면 한 시간 가까이 걸은 듯했다.

"이곳은 꽤 깊은 곳에 있는 건물인가 보지?"

조금 경계하는 듯한 젠지로의 목소리에, 나탈리오도 굳은 표정으로 대답했다.

"네. 푸죠르 장군이 말하길, '자란궁' 안에서도 꽤 깊은 곳에 있는 건물이라 합니다. 샤로와 왕가의 '후궁'도 바로 근처라더군요. '순간이동'용 건물은 '자란궁'과 '성백궁(聖白宮)' 중간에 있으니, 꽤 거리가 멉니다."

"'자란궁'의 안쪽이라."

경계심도 생기지 않을 만큼 너무 노골적인 행동이라 젠지로는 그만 쓴웃음을 지었다.

호위를 많이 데리고 온 다른 나라의 왕족을 왕궁의 가장 깊은 곳으로 끌어들이다니, 보통은 너무나도 위험한 행동이지만, 지금 샤로와 왕가로서는 이렇게 했을 때 발생할 위험보다도 젠지로를 안에 끌어들이는 일이 가장 우선 순위였던 듯하다.

"당분간은 지르벨 법왕 가문과는 접촉하기가 어렵겠어."

젠지로가 그렇게 중얼거리자, 옆에서 대기하던 이네스가 그 말에 동의했다.

"네. 게다가 안타깝게도 다른 나라에서 '순간이동'을 사용할 때는 긴급할 때를 제외하고는 상대의 허가를 받아야 합니다. 당분간은 카파 왕국으로 돌아가는 일조차 어려울지도 모릅니다."

다른 나라에 빈객으로 초대되어 왔는데, 이쪽 마음대로 '순간이동'을 사용해 어느 사이엔가 사라져 버렸다고 한다면, 상대국은 체면을 구기게 된다.

그렇기 때문에 '순간이동'이라는 수단이 있다고 해서 젠지로가 항상 카파 왕국으로 돌아갈 수 있는 것은 아니었다.

물론 샤로와 왕국도 젠지로나 그 등 뒤에 버티고 있는 카파 왕국에게 좋지 않은 인상을 주고 싶지는 않을 테니 노골적으로 유폐를 하지는 않겠지만, 계속해서 이유를 대며 '순간이동' 허가를 내 주지 않을 가능성이 매우 높았다.

"그 점은 이미 각오한 바다. 하지만 회임을 하신 폐하를 남겨 놓고 왔으니, 상대가 계속 어영부영하며 얼버무리려고 한다면 확실히 내가 원하는 바를 내세울 생각이야. 자네들도 그렇게 알고 각오를 해 두도록."

"네, 알겠습니다."

웬일로 젠지로가 강경한 발언을 하자, 나탈리오를 비롯한 병사들은 표정을 새삼 다잡았다.

젠지로의 목적은 어디까지나 지르벨 법왕 가문의 치유술사다.

이쪽의 목적을 이루기 위해서라면 샤로와 왕가의 의도대로 어느 정도는 양보를 할 생각이었지만, 이쪽이 원하는 것을 무시하며 자신들의 의견을 강요하려고 한다면, 굳이 양보할 생각은 전혀 없었다.

"일단 여러모로 조심을 하긴 해야 할 것 같아."

그렇게 말하며 한숨을 쉬는 젠지로에게 나탈리오가 조금 생각을 한 뒤 입을 열었다.

"젠지로 님. 그 말씀을 듣고 드리는 진언인데, 그 루크레치아라는 소녀는 계속 경계를 해야 할 듯합니다."

"응?"

평소에는 묵묵히 호위 역할에만 충실했던 기사의 충고에, 젠지로가 꿈찔 한쪽 눈썹을 들어 올렸다.

"그게 무슨 소리지?"

"아주 자연스러워서 어쩌면 진짜일지도 모르지만, 저에게는 웃자락을 밟고 넘어지는 모습이 연기처럼 보였습니다."

나탈리오의 말을 들은 젠지로는 깜짝 놀란 표정을 지었다.

"뭘 위해서?"

왕족은 아닐지 몰라도, 다른 나라의 왕족을 맞이하는 역할을 맡을 정도니 루크레치아의 브로이 후작 가문도 상당히 고위 귀족일 게 틀림없었다.

그런데 다른 나라의 왕족 앞에서 일부러 덜렁대는 모습을 보일 이유가 과연 어디에 있을지, 젠지로로서는 이해가 가지 않았다.

고개를 갸웃하는 젠지로에게 옆에서 대기하던 이네스가 부드러운 목소리로 조언했다.

"젠지로 님. 그 일련의 소동으로 당시의 분위기가 매우 부드러워졌다는 생각이 들지 않으시나요? 게다가 젠지로 님도 루크레치아 님을 호의적으로 보시는 것 같았습니다."

"그건 그런데……."

어린이 같은 모습의 소녀가 '금방 크게 자랄 테니, 괜찮아요' 라고 말하며 치수가 큰 옷을 입은 모습을 보고, 확실히 젠지로는 단숨에 경계가 느슨해졌다.

"그래서 일부러 연기를 하며 창피를 당했다는 거야? 이네스도 같은 의견인가?"

젠지로가 의견을 묻자, 중년의 시녀는 난처한 듯 고개를 갸웃했다.

"저는 나탈리오 님과는 달리 무술이 뛰어나지 않기 때문에 그때 루크레치아 님의 움직임이 연기였는지 아닌지는 판단하기 어렵습니다. 단지 그 플로라라는 시중드는 여자가 루크레치아 님을 붙들었을 때는 조금 놀랐습니다. 루크레치아 님이 몸집이 작기는 하지만, 아무런 예고도 없이 넘어지려는 사람을 붙잡고 버티는 일은 의외로 어려운 일이니까요. 물론 그 두 사람의 대화를 들어 보면, 루크레치아 님은 평소에도 큰 옷을 입으시니, 자주 넘어지셔서 시중드는 여자가 자주 잡아 줬을 가능성도 충분히 있지만요."

"흐음……"

이네스의 설명을 듣고 젠지로는 팔짱을 낀 채 생각에 잠겼다.

처음에는 천진난만한 소녀가 안내 역할을 해서 맥이 빠졌던 젠지로였지만 그것까지도 상대의 계산이었다고 한다면 절대 방심을 해서는 안 되는 상황이었다.

"일단 가슴에 새겨 두지."

새삼스럽지만, 젠지로는 한 층 더 경계를 강화했다.

◆

한편, 그 무렵. 대국 카파 왕국의 왕족을 안내하는 큰 역할을 마친 소녀──루크레치아 브로이는 자신과 측근밖에 없는 방에서 두 가지 의미에서 뒤집어쓰고 있었던 것을 벗어던졌다.

"푸하앗! 아아, 정말 짜증나. 다른 옷, 다른 옷 좀 줘!"

뒤집어쓰고 있던 내숭과 함께 몸에 맞지 않는 드레스를 난폭하게 벗어던진 소녀는 익숙한 모습으로 갈아입을 옷을 내미는 시녀의 손을 빌려 실내복을 입었다.

갈아입은 옷은 장식이 없는 전형적인 실내용 원피스 드레스였지만, 한 치의 오차도 없이 루크레치아의 작은 몸에 꼭 맞았다.

"루시 님도 참. 매일 그렇게 짜증을 다 내시고. 그럴 거면 평소에도 몸에 꼭 맞는 옷을 입으시면 될 텐데."

측근인 여자──플로라는 어이가 없다는 듯이 그렇게 말을 한 뒤, 어깨를 으쓱 들어 올렸다.

하지만 소녀는 그 금색 사이드 테일을 강하게 흔들며 부정했다.

"안 돼. 나처럼 몸집이 작고 동안인 여자는 조금 큰 옷을 입고 덜렁대 줘야 더 귀여워 보이니까. 실제로 그때 이후로 나를 보는 남자들의 시선이 바뀌었잖아."

"그거야 그렇지만, 동시에 여자들의 시선도 바뀌었어요. '뻔뻔하게 순진한 척을 하는 여자'라며 경멸하는 눈으로요."

에헴 하며 작은 가슴을 앞으로 내미는 소녀에게 측근인 플로라가 날카롭게 딴지를 걸었다.

그런데도 소녀는 전혀 동요하지 않았다.

"상관없어. 어차피 여자랑은 결혼하지 못하니까. 아니, 이렇게 된 이상 젠지로 폐하만 빼면 남자들이 나를 싫어한다고 해도 상관없어. 내 인생의 승패는 그분을 유혹할 수 있는가 없는가에 달렸으니까!"

그렇게 말을 한 소녀는 작은 주먹을 꽉 쥐었다.

"인생을 결혼 하나에 걸다니, 아무래도 리스크가 너무 크다고 생각하는데요."

"위험하다는 것 정도는 알아. 하지만 내가 왕족이 되기 위해서는 그것밖에 길이 없으니 어쩔 수 없잖아?!"

소녀가 계속 자신의 주장을 굽히지 않자, 측근인 여자는 짐짓 일부러 크게 한숨을 내쉬었다.

"각오는 잘 알겠습니다. 저도 전면적으로 협력할게요. 그러니 부디 브로이 후작 가문을 난처하게 만들지 않겠다고 약속해 주세요."

플로라는 루크레치아의 측근이었지만 플로라의 고용주는 루크레치아가 아니라 브로이 후작 그 자신이었다.

루크레치아도 브로이 후작 가문의 이름만 나오면 기를 펴지 못한다.

"아, 알았어. 괜찮아, 최악의 경우라도 나랑 플로라가 벌을 받고 끝나면 될 문제니까. 후작 가문에는 피해가 가지 않게 할 거야."

"……저를 끌어들이면서도 양심의 가책을 느끼지 못하시는가 보네요?"

"대신에 내가 왕족이 되면 너도 왕족 측근이잖아. 엄청난 출세 아냐?"

"왕족이든 귀족이든 루시 님은 루시 님이세요. 루시 님의 신분이 바뀐다고 해서 제 태도는 달라지지 않아요."

"고마워."

루크레치아는 입으로는 이러쿵저러쿵해도 자신을 버리지 않는 연상의 측근을 매우 신뢰했다.

　"…………."

　"…………."

　이상하게 분위기가 좋아지며 대화가 끊겨져 기분 나빴는지, 플로라가 침묵을 깨고 나이 어린 주인에게 말했다.

　"그런데, 루시 님. 제가 먼저 도착한 카파 왕국의 병사들에게 이것저것 이야기를 캐물었는데, 그 사람들이 말하길 젠지로 폐하는 정처이신 아우라 폐하를 너무너무 사랑하신대요."

　타깃의 여자관계에 대한 이야기가 나오자 루크레치아는 코 근처를 찌푸렸다.

　"그래서 뭐? 왕족이니 아내가 여럿 있는 거야 당연한 일이잖아? 젠지로 폐하는 아우라 폐하를 아주 좋아해. 하지만 루크레치아는 더 좋아해. 그렇게 되면 그만 아니야?"

　"네. 문제는 그거예요. 문제는 젠지로 폐하가 아주 사랑하시는 아우라 폐하가 '기기 크고 가슴과 허리에 살집이 있는 연상의 미녀'라는 점이죠. 실례지만, 루시 님은 어린아이 같은 귀여움을 전면에 내세우셨는데, 오히려 역효과가 아니었을까요?"

　측근의 날카로운 지적을 받고 루크레치아는 순간 비틀거렸지만, 바로 고개를 붕붕 저으며 생각을 정리했다.

　"그거야 조금 불길한 정보지만, 그래도 안 돼. 이제 와서 어떻게 노선을 변경해? 내 몸을 아무리 찔러 봐야 어차피 어린아이 같은 귀여움 이외에는 나올 만한 매력 요소가 없잖아. 어른스럽고 육감적인 미녀를 흉내 내 봐야 꼴사나울 뿐이야."

"그건 저도 완전히 동감입니다."

자학적인 말을 아주 쉽게 인정하자, 소녀는 조금 불쾌한 듯 얼굴을 찡그렸다.

하지만 소녀는 방금 그 정보를 듣고 투지에 더 불이 붙은 듯, 계속 작전을 생각해 냈다.

"근데 생각 외로 통할지도 몰라. 앞으로 나와 젠지로 폐하의 거리가 줄어들고, 젠지로 폐하가 직접 아우라 폐하에 대한 깊은 애정을 말씀해 주셨을 때의 이야기이긴 하지만, 그런 어른의 매력을 전면에 내세워 어필하는 방법 말이야."

"루시 님이 요염한 옷을 입으신다니, 정보를 제공한 제가 이런 말을 하는 것도 뭐하지만 결국 비참한 결말을 맞지 않을까요?"

"시끄러워! 전제가 있어야 통하는 작전이라고 하잖아. 상대의 이상형을 알고 나서는 기특하게도 열심히 어른스러운 차림을 시도하는 어린 여자아이. 하지만 전혀 안 어울려서 눈물이……. 꽤 보호 욕구를 자극할 것 같지 않아?"

"루시 님도 참, 어떻게 매번, 매번 그렇게 약삭빠른 작전을 생각할 수 있는 거죠?"

플로라는 이젠 어이가 없다는 말도 안 나온다는 듯이 감탄하며 그렇게 말했다.

그 말을 들은 금발의 소녀는 순식간에 진지한 표정을 짓더니, 중대한 이야기를 털어놓는 듯한 목소리로 말했다.

"당연하잖아? 나는 젠지로 폐하에 대한 이야기를 들었을 때부터, 계속 그것만을 생각해 왔으니까. 젠지로 폐하와 맺어지면, 최악의 경우라도 젠지로 폐하의 아이를 가지기만 하면 나는 왕족이 될 수 있어. 아니, 왕족으로 '복귀'할 수 있어."

루크레치아 브로이.
혈연상의 아버지는 샤로와 왕가 제2 왕자 필리베르토. 생모는 제2 왕자의 정실 요란다.
하지만 샤로와 왕가의 '혈통마법'인 '부여마법'을 조종하는 능력이 없었던 소녀는 어렸을 때 유력 귀족인 브로이 후작 가문의 양녀가 되어야만 했다.

"공식적인 자리에서 아버지를 아버지라 부르고, 어머니를 어머니라고 부르기 위해서라면, 나는 뭐든 하겠어. 반드시 성공해 보이겠어!"

소녀의 결의는 한없이 이기적이었지만, 그렇기에 아무도 꺾을 수 없을 만큼 강했다.

〈이상적인 기둥서방 생활 9〉에서 계속

[부록] 주인과 시녀의 간접교류^{전원 정비}

강한 비가 내리는 후궁 정원.

후궁 시녀들은 비가 오는 가운데 비옷을 입고 일을 하는 중이 었다.

'우기'의 정원 담당은 매우 복불복이 심한 부서이다.

정원 담당 책임자인 에밀리아는 직무 중에는 엄격한 상사지만, 결 코 비합리적인 상사는 아니었다.

그래서 '우기' 때의 작업은 반드시 급히 끝내야 할 극히 일부를 제 외하고는 비가 내리지 않는 날에 했다.

필연적으로 비는 오지만 급한 일이 없는 날에는 오전 중에 정원 을 쭉 한 번 둘러보기만 해도 일이 끝났다. 후궁 시녀의 일 중에서 가장 편한 일정이라고 해도 과언이 아니었다.

하지만 그 반면에 일이 있을 때면 인정사정이 없었다.

예를 들어, 폭우가 쏟아지는 날이라도 그날 안에 끝내야 할 일이 있으면 인정사정없이 젊은 시녀들을 정원으로 내몰았다.

그리고 운 나쁘게도 큰비가 내리는 오늘.

"조금 전에 확인해 보니, 오랜 비로 인해 물이 상당히 탁해져 있 었습니다. 다행히 오늘은 젠지로 님도 아우라 폐하도 저녁때까지는 후궁으로 돌아오지 않으십니다. 그러니 오늘은 발전기의 간이 정비를 실시하겠습니다."

"⋯⋯⋯⋯네."

정원 담당 책임자 에밀리아의 엄한 목소리에 레테, 돌로레스, 페, 일명 문제아 3인방은 누가 봐도 어두운 표정으로 시원치 않게 대답을 했다.

"여러분, 왜 이렇게 느리죠? 그러고도 여러분은 무가의 딸인가요?"

세차게 내리는 비에도 지지 않을 만큼 큰 목소리로 에밀리아가 문제아 3인방을 질책했다.

"죄송합니다, 에밀리아 님."

"돌로레스, 입보다 먼저 다리와 손을 움직이세요. 자, 청소를 시작하겠습니다. 순서는 잘 알지요?"

"넷!"

대낮인데도 어둑어둑할 만큼 두꺼운 비구름 아래에서, 에밀리아의 지시에 따라 비옷을 입은 문제아 3인방은 작업을 하기 시작했다.

수룡의 가죽으로 만든 비옷에는 후드가 달려 있어서 일단 얼굴이나 몸에 직접 비가 닿지는 않았지만, 이렇게 많은 비가 내리는 가운데 작업을 할 때에는 별 도움이 안 됐다.

실제로 에밀리아는 욕실 담당 책임자인 올라자에게 이미 이야기를 해 두어, 작업 후에 입욕할 준비는 물론, 모든 사람이 갈아입을 옷을 속옷까지 모두 준비해 두었을 정도였다.

카파 왕국은 우기에도 기온이 높긴 하지만, 이렇게 비가 많이 내릴 때 작업을 하고도 몸조리를 하지 않으면 아무래도 몸이 상할 우려가 있다.

애초에 이것은 속옷까지 흠뻑 젖을 것을 각오한 작업이었다.

어쨌든 간에 문제아 3인방도 일단 작업이 시작되면 척척 열심히 몸을 움직인다.

"전력 공급은 끊었지? 좋아, 그럼 일단 호스에 물 공급을 차단할게."

"응, 돌로레스. 이번엔 간이 정비니까 호스까지 청소할 필요는 없지? 그럼 물을 잠근 다음 수조 청소랑 배수구 청소만 하면 되네?"

"우와, 페. 갑자기 수조에 손을 넣으면 위험해. 분명히 뭔가 있을 거야."

소형 수력 발전기의 정비.

설치 후, 첫 번째 '우기' 때에는 젠지로가 직접 비를 맞으며 정비를 했지만, 지금은 이렇게 시녀들만으로도 정비를 할 수 있게 되었다.

사실 젠지로도 발전기의 정비에 관해서는 별 지식도 기술도 없다.

업자가 소형 수력 발전기를 고향의 시냇물에 설치했을 때 찍었던 동영상을 보여주며 설명을 해 주면, 젠지로가 할 수 있는 정도의 정비는 시녀들도 충분히 가능했다.

젠지로가 가져온 소형 수력 발전기는 크게 나눠서 '수조 장치', '발전 장치', '제어 시스템 장치', 이렇게 세 가지로 이루어져 있었다.

그중 '제어 시스템 장치'는 후궁의 거실에 설치해 뒀기 때문에 비의 영향을 받지 않는다.

그리고 '발전 장치'는 간이 정비 때에 살펴보지 않기 때문에, 문제아 3인방이 이번에 정비하는 곳은 '수조 장치'뿐이었다.

전력 공급을 끊고, 호스를 통해 들어가는 물의 유입도 차단한 뒤, 문제아 3인방이 수조를 청소했다.

일단 처음에 해야 할 일은 양동이로 수조 내의 탁한 물을 퍼내는 것이었다.

굉장히 원시적인 방법이었지만 이 수조에는 물을 빼낼 수 있는 마개가 없었기 때문에 어쩔 수 없었다.

페를 비롯한 문제아 3인방의 힘으로는 물이 가득 찬 수조를 기울여 물을 버리는 것도 어려웠다.

결국 세 사람이 힘으로 수조를 기울일 수 있을 때까지, 양동이로 물을 퍼내는 수밖에 다른 방법이 없었다.

"……이렇게 퍼내고 있는 중에도 비가 수조에 계속 내리니, 꼭 밑 빠진 독에 물을 붓는 것 같아."

"누가 아니래."

진심으로 질렸다는 듯한 표정으로 그렇게 말하는 돌로레스에게 페도 똑같은 표정을 지으며 고개를 끄덕였다.

일하는 중에는 매우 엄격한 에밀리아 탓에 손을 멈출 수는 없었지만, 이렇게 큰비가 내릴 때에는 목소리도 들리지 않고, 조금 멀리 떨어지면 표정도 보이지 않는다.

이렇게 맥 빠진 모습 탓에 '문제아 3인방'이라고 불리고 있지만, 오늘 같은 작업을 할 때만큼은 열심히 일하는 다른 후궁 시녀들도 돌로레스의 말에 동의할지 모른다.

그나마 다행은, 처음부터 주변이 물로 넘쳐났기 때문에 양동이의 물을 그냥 아무 데나 대충 버려도 된다는 점이었다.

"우와아, 거의 흙탕물이야. 아, 돌로레스. 얼굴에 진흙 묻었어."

시녀복 위에 비옷을 입었는데도 눈에 띄는 커다란 가슴 앞에서 양동이를 뒤집어 흙탕물을 버린 레테가 동료의 얼굴을 보고 무사태평한 소리를 했다.

평소에는 투명한 물이 흘러드는 발전 장치의 수조에도 지금은 투명도가 5센티미터도 되지 않는 흐린 물이 가득했다.

수원인 성 밖의 시냇물이 큰비로 범람해 강가의 토사를 휩쓸며 흐르고 있기 때문이겠지.

장신의 후궁 시녀는 그런 지적을 받았는데도 소매로 얼굴을 닦으려 하지도 않고 작게 고개를 가로저었다.

"나중에 닦을게."

어차피 흙탕물과의 싸움은 계속된다. 일일이 닦아 봐야 끝이 없다.

합리적이긴 하지만 항상 몸을 깨끗이 해야 하는 후궁 시녀로서는 조금 부적합한 행동이었다.

하지만 그런 합리적인 행동은 이윽고 결실을 맺는다.

아무리 큰비가 쏟아진다고는 해도, 세 사람이 양동이로 물을 계속 퍼내니 수조의 물은 점점 줄어 갔다.

"이 정도 했으면 이젠 수조를 기울여도 될 것 같네요. 너무 힘을 줘서 넘어지지 않게 조심하세요."

전체적인 진척 상황을 지켜보던 에밀리아가 그렇게 지시를 내렸다.

물론 자신도 솔선해서 수조의 가장자리에 붙어 일을 도왔다.

"천천히, 천천히, 신중하게……."

"으으, 무거워……."

"허윽!"

시녀 네 사람이 협력한 끝에 간신히 수조를 큰 문제 없이 옆으로 기울이는 데까지 성공했다.

수조가 완전히 옆으로 기울자, 당연히 안쪽의 흙탕물이 모두 잔디 위로 흘러나갔다.

하지만 아래에 잔뜩 층을 이루고 있는 진흙과 자갈은 수조를 90도로 기울여도 밖으로 나오지 않았다.

이 진흙과 자갈이 가장 큰 문제다.

이렇게 물에 섞인 이물질이 발전기 장치에 들어가면 자갈이 안에서 서로 부딪쳐 상처가 생기거나, 진흙이 축 주변에 모여 들어 수차의 회전을 방해한다.

그런 고장을 방지하기 위해 하천에서 끌어온 물을 일단 수조에 모아 진흙이나 자갈을 수조 아래에 침전시킴으로써 발전 장치를 지키고는 있지만, 이번처럼 하천 자체의 수질이 크게 악화됐을 때에는 완벽하게 처리를 하지 못한다.

그래서 이렇게 모여서 수조 안의 진흙이나 자갈을 제거해 줄 필요가 있었다.

"좋아, 나머지는 내가 긁어낼게."

페는 작은 손으로 작은 삽을 들고 수조에 남아 있는 진흙과 자갈을 긁어냈다.

"조심해, 페. 분명히 뭔가 있을 거야."

돌로레스는 그렇게 충고하면서도, 돕기는커녕 진흙 근처에 다가가려고도 하지 않았다.

그리고 요령 좋게도, 수조를 씻을 깨끗한 물을 길러 간다는 핑계를 대며 그 자리를 떠났다.

한편 페는 겁을 먹기는커녕 눈을 반짝이면서 진흙으로 손을 뻗었다.

"알아. 앗, 있다, 역시 있었어!"

긁어낸 진흙 안에는 팔팔하게 뛰는 작은 생물들이 있었다.

하천에서 후궁·왕궁으로 물을 끌어오는 수로에는 도중에 몇 겹이나 철망을 쳐서 위험한 대형 수생 생물이 침입하지 못하도록 막고 있지만, 철망의 틈새보다 작은 생물은 당연히 그대로 통과해 들어온다.

특히 수량이 늘고 물이 탁해지는 시기에는 그런 생물이 쉽게 들어온다.

"에밀리아 님. 이거, 제가 처리해도 될까요?!"

페가 새카만 두 눈을 반짝이며 무슨 의도로 그런 말을 했는지 이해한 정원 담당 책임자 에밀리아는 진지한 표정을 유지한 채 작게 고개를 끄덕였다.

"좋아요. 농성전을 할 때 식량을 확보하는 일도 무가의 여식으로서 갖춰야 할 소양이니까요. 단, 해야 할 작업이 늦어져서는 안 됩니다."

"네!"

힘차게 대답을 한 페는 곧장 비어 있는 양동이를 하나 옆으로 끌어 놓더니, 긁어낸 진흙 안에서 팔팔하게 뛰는 생물들을 당당하게 손으로 잡아 양동이 안에 던져 넣었다.

이렇게 비가 많이 내리니, 원래 물속이 아니면 살 수 없는 생물들도 바로 말라 버리지는 않았다. 말라 버리기 전에 비가 양동이 아래쪽의 생물들이 충분히 살 수 있도록 물을 담아 줄 테니까.

"응, 오늘은 꽤 대박이 날지도?"

솜씨 좋게 진흙 안에서 생물들을 양동이에 모두 옮긴 페가 회심의 미소를 지었다.

"우 와~, 정말 많다~"

옆에서 그 모습을 지켜보던 레테도 동료의 뛰어난 솜씨를 보고 작게 감탄을 내뱉었다.

작은 물고기, 민물 새우, 논장어, 개구리, 그리고 알에서 이제 막 부화한 것으로 보이는 새끼 악어.

겉보기에는 그로테스크한 게 많지만, 진흙을 깨끗하게 빼내고 올바로 조리하면 모두 꽤 맛이 좋다.

에밀리아도 양동이 안의 새끼 악어를 보고 한숨을 한 번 내쉬었다.

"……이거 참. 다음 맑은 날에는 정원사나 만약을 위해 병사들을 불러 연못과 분수를 조사해 볼 필요가 있겠네요. 역시 그건 아무리 무가의 여식이라지만, 여자가 할 일이 아니니까요."

흘러든 새끼 악어가 이것 한 마리라고는 할 수 없었다. 연못에 새끼 악어가 살다가 아무도 모르는 사이에 크게 성장하면 정말 큰일이다.

에밀리아는 그렇게 말을 한 뒤, 한 번 더 한숨을 내쉬었다.

———◆———

비가 내리는 가운데 수력 발전기의 정비라는 큰일을 끝낸 문제아 3인방 페, 돌로레스, 레테는 곧장 욕실로 달려갔다.

진작에 각오는 했지만, 시녀복은 물론 속옷까지 짜내면 물이 뚝뚝 떨어질 정도로 흠뻑 젖은 상태였다.

젖어서 몸에 달라붙은 속옷을 마치 격투하듯이 힘겹게 벗은 세 사람은 재빨리 욕실 안으로 들어갔다.

"크흐! 오늘만큼은 따뜻한 물에서 목욕을 한다는 게 이렇게 좋을 수가 없어!"

"페, 잠깐만. 바로 욕조로 들어가면 안 돼?! 지금 우리는 온몸이 진흙투성이니까."

"나도 알아."

세 사람은 욕조에서 들통으로 물을 떠서 얼굴, 몸, 그리고 머리를 씻었다.

"흐하앗!"

힘차게 머리에서부터 물을 뒤집어쓴 페가 괴성을 내지르면서 강아지처럼 붕붕 머리를 흔들었다.

평소에는 뜨거운 물보다 찬물을 선호하는 페도 오늘만큼은 오로지 뜨거운 물이었다.

'우기'의 비를 맞아 뼛속까지 차가워진 몸에 따뜻한 물이 닿자 기분까지 상쾌해졌다.

흙탕물 때문에 더러워진 몸과 머리카락을 씻는 일은 참 큰일이었지만, 후궁에는 향유가 들어간 액체 비누와 센지로가 만든 샴푸가 있었다.

세심하게 온몸을 씻고, 어깨까지 욕조에 푹 담근 세 시녀는 욕실을 나서기 전에 완전히 생기를 되찾았다.

현재 문제아 3인방은 정원 일에 배정받은 상태라, 정원 일이 끝나면 임시 지원 외에는 일이 없었다.

"아~, 살 것 같아~."

"페, 너무 칠칠치 못하게 그러 지 마. 근데 맛있긴 진짜 맛있다."

"아하하, 목이 많이 말랐으니까~."

욕실에서 나온 페, 돌로레스, 레테, 세 사람은 거실의 냉장고에서 시녀용 과실수가 들어간 은색 물병을 꺼내 대기실에 들어가 마시면서, 느긋하게 휴식을 취했다.

앉은 자세가 조금 야무지지 못했지만, 이곳은 시녀 외에는 들어올 수 없는 후궁의 무대 뒤였다.

이 정도로 마음 편히 쉬지 못하면, 연 단위로 계속 살면서 일을 해야 하는 후궁 시녀들은 도저히 버티지를 못한다.

그래서 철컥 하고 작은 소리가 들리며 입구의 문이 열렸을 때도, 세 사람은 특별히 자세를 바로잡지도 않고 의자에 딱 달라붙어 앉은 채, 그냥 눈으로만 입구를 바라보았다.

들어온 사람은 페보다도 어린 시녀 세 사람이었다.

"어? 신입?"

"분명히 미레라, 루이사, 니르다였지?"

"아~. 오늘은 견학?"

문제아 3인방이 말을 걸자, 들어온 신입 시녀들은 순간 깜짝 놀란 표정을 지었지만, 금방 미소를 지으며 세 사람에게 다가갔다.

"네. 아만다 시녀장님이 당분간은 선배님들의 모습을 보고 일을 배우라고 말씀하셨거든요."

세 사람을 대표하듯이 맨 처음에 그렇게 대답한 사람은 미레라였다.

미레라는 길고 윤기 있는 검은 머리카락과 온화하고 다정하게 살짝 아래를 향한 눈꼬리가 인상적인 소녀였다.

후궁에서는 가문의 이름을 밝히지 않은 것이 상식이었지만, 굳이 이름을 언급하지 않더라도 귀한 집 딸이라는 사실을 한눈에 알 수 있을 만큼 몸가짐이 세련됐다.

"될 수 있는 한 방해가 되지 않도록 조심할 테니, 부디 지도와 편달을 부탁드립니다."

이이서 딱딱한 목소리로 기계처럼 예의 바르게 고개를 숙인 사람은 루이사였다.

이쪽은 조금 곱슬곱슬한 검은 머리카락에 검은 눈동자, 그리고 짙은 갈색 피부를 지닌 아이로, 남대륙에서는 몰개성적이라는 평가를 들어도 이상하지 않을만치 외모가 평범했다.

하지만 항상 중심이 흔들리지 않은 채, 미끄러지듯 움직였기 때문에 평범한 외모와는 달리 시녀들 사이에서는 눈에 띄는 편이었다. 미레라와 루이사는 모두 자세가 좋다고 표현할 수 있는 아이들이었지만, 그 말에 포함된 뉘앙스는 매우 달랐다.

루이사의 경우 예법에 맞는 자세라기보다는, 더 물리적으로 자신의 몸을 수준 높게 제어하기 때문에, 결과적으로 자세가 좋아 보이는 것에 가까웠다.

더 명확하게 말하자면, 시녀라기보다는 기사나 병사에 가까운 모습이었다.

"잘 부탁드립니다."

마지막으로 짧고 힘차게 인사한 소녀는 니르다였다.

페와 거의 비슷할 정도로 몸집이 작은 소녀로, 검은 머리카락을 포니테일로 짧게 묶은 모습이었다. 굉장히 붙임성이 많은지, 검고 커다란 눈동자에는 주변 사람에 대한 순수한 호의가 깃들어 있었다.

안으로 들어온 신입들을 위해서 페와 돌로레스는 의자를 준비했고, 레테는 나무로 만든 컵을 세 개 더 가져와 과실수를 따라 주었다.

"오늘 우리는 일이 다 끝나서 보여 줄 건 없지만, 기껏 왔으니 편히 쉬다가 가."

그렇게 말하며 돌로레스는 의자를 끌어 주었다.

"저어……, 정말 그래도 괜찮나요?"

"아무리 견학이라지만 근무 시간입니다만."

"네, 감사합니다."

미레라는 당황한 표정을 지었고, 루이사는 계속 무표정한 얼굴이었다. 반면 니르다는 미소를 지으며 의자에 앉았다.

말할 것도 없이 가장 일반적인 반응은 미레라였고, 루이사의 반응은 조금 특이했다. 그리고 니르다의 경우는 돌로레스도 처음 보는 반응이었다.

아무튼 간에, 신입 시녀들이 '견학 중'이라고 한다면, 이렇게 잠시 쉴 때 함께하는 것도 일이라 할 수 있었다.

"괜찮아, 이렇게 쉬는 것도 일의 연장이니까. 이곳에서 차를 마셨다고 해서 시녀장님들에게 혼나는 일은 절대 없을 거야. 그 점은 내가 보증할게. 이곳 생활에 익숙해지기 위해서도 잠시 우리랑 어울려 줘."

"네, 그럼 사양 않겠습니다."

"네, 실례합니다."

돌로레스의 말을 듣고서야 미레라와 루이사도 의자에 걸터앉았다.

신입 시녀가 선배와 같이 있을 때 가장 물어보고 싶은 것은, 역시 '후궁에서 하는 일'이 무엇인가였다.

"이렇게 비가 많이 내리는데 밖에서 일을 하신 건가요?!"

미레라가 깜짝 놀라며 그렇게 말하자, 웬일인지 페가 자랑스럽게 가슴을 펴며 대답했다.

"맞아, 얼마나 힘들었는지 몰라. 아무튼, 너희들도 지금부터 각오해 둬."

"네. 임무라면 거부하지 않겠습니다."

그렇게 딱 잘라 말한 사람은 루이사뿐으로, 니르다는 깜짝 놀라 원래부터 컸던 눈을 더 크게 떴고, 미레라는 불안한 표정을 숨기지 못했다.

한눈에 알 수 있을 만큼 미레라는 좋은 집안 출신이었다. 비가 오는 날에 일을 하기는커녕, '우기'에는 지붕이 달린 용차를 탈 때 이외에는 밖에 나가 본 경험조차 없지 않을까.

"하지만 좋은 점도 있어. 수조에 들어 있는 생물은 우리가 가져도 되거든. 보통은 작은 물고기나 새우 정도지만, 이번엔 개구리랑 논장어랑 새끼 악어도 잡았어."

기쁜 목소리로 말하는 페의 말을 듣고, 미레라는 거의 졸도하기 직전이었다.

"개구리……, 악어……, 그, 그런 걸 저희가 처리해야 하나요?"

"미레라는 그런 경험 없어?"

"개구리나 악어야 어쨌든, 물고기나 새우는 손질할 필요가 있죠? 후궁 시녀는 주방에서 조리도 해야 하니까요."

멍한 표정으로 고개를 갸웃하는 니르다와 담담한 어조로 전혀 동요하지 않는 루이사를 보고 미레라는 당혹스러움을 감추지 못했다.

"니르다, 루이사. 두 사람은 아무렇지도 않나요? 그러니까……, 그런 생물을 손으로 만지거나, 손질하거나 하는 거요."

좋은 집안의 아가씨인 미레라는 물고기나 새우도 조리된 것 이외에는 거의 본 적이 없었다. 그러니 비록 작다고는 해도 살아 있는 개구리나 악어를 보면 펄쩍 뛰며 아마 비명을 지르겠지.

"나는 마을에서 자랐거든. 어렸을 때 시냇가에서 자주 잡았어."

"니르다도인가요? 저도 평민이니까 어렸을 때는 그런 생물을 자주 볼 수 있는 환경이었어요."

아무렇지도 않게 자신의 출생을 밝히는 신입 시녀들을 보고 문제아 3인방은 서로의 얼굴을 마주 보았다.

대표로 입을 연 사람은 문제아 3인방 중에서도 비교적 상식인에 속하는 돌로레스였다.

"저어, 니르다, 루이사. 일단 후궁에서는 방침상 서로의 집안에 대해서는 묻지 말아야 해. 그러니까 그렇게 스스로 자신이 어떤 태생인지 밝히는 일은 삼가 줘. 일단 지금은 말이지."

실제로는 넓은 듯하면서도 좁은 귀족 사회라, 후궁 내의 한두 사람 정도는 후궁에 들어오기 전부터 서로 아는 사이인 경우가 대부분이었다.

또 직접 아는 사이는 아니더라도 어느 정도 사정에 밝으면 이름과 나이를 듣고 대체로 어디 출신인지 추측하는 것도 어렵지 않았다.

결국 후궁에 들어와 한 달 정도 지나면 모두가 서로의 출신이 어디인지 다 알게 된다.

그렇게 된 뒤라면 어느 정도 서로의 출신에 대해 구체적인 대화를 해도 문제가 없었지만, 그건 자연스럽게 알아야 할 문제이지 직접 의도적으로 폭로를 해야 할 성질의 것이 아니었다.

물론 이네스, 마르그레테, 루이사 같은 평민 출신은 아무래도 '평민이다' 이상의 정보는 알기 어려운 면이 있긴 했지만.

"네, 죄송합니다. 조심하겠습니다."

"알겠습니다. 충고해 주셔서 감사합니다."

돌로레스의 충고에 니르다와 루이사는 입을 맞춰 감사 인사를 했다.

◆

그로부터 며칠 후.

문제아 3인방은 밤중의 주방에 있었다.

담당 부서의 로테이션은 아직 돌아오지 않았기 때문에, 일을 하기 위해서 온 것은 아니었다.

무엇보다 저녁 식사 시간은 이미 지난 지 오래다. 지금 3인방이 주방에 있는 이유는 더욱 개인적인 사정 때문이었다.

주방 담당 책임자인 바네사에게는 허가를 받았기 때문에, 아궁이에는 아직도 붉게 불이 붙어 있었다.

그 불꽃의 불빛에 의지해 '물통' 세 개를 찾아낸 페는 그 위의 누름돌과 뚜껑을 들어 보고는 씨익 웃었다.

"응, 괜찮아. 거의 다 살아 있어. 레테, 손질은 내가 할 테니까, 요리 좀 잘 부탁해."

"알았어, 페. 힘낼게~."

"너희들 정말, 어떻게 그 이상한 것들을 아무렇지 않게 만질 수 있어?"

돌로레스가 눈썹을 찌푸리는 '물통' 안에는 다른 것이 아니라, 며칠 전, 수력 발전기의 간이 정비를 할 때 페가 잡은 수생 생물들이 들어 있었다.

작은 물고기나 민물 새우야 어쨌든, 논장어, 개구리, 그리고 새끼 악어를 보고 눈살을 찌푸리는 돌로레스의 반응은 지극히 일반적이라 할 수 있었다.

이곳 주방에 마련된 우물은 지하 깊숙한 곳의 암반을 뚫어 지하에서 끌어온 물이기 때문에, '우기'에도 물이 탁해지지 않는다.

그 우물에서 길어 올린 물을 매일 갈아 주면서 며칠간 진흙을 뺀 작은 물고기와 새우들은 냄새까지 빠져 페가 말하길 '딱 먹기 적당한 때'가 되었다.

"돌로레스도 조리 담당이었을 때는 생선이나 용 고기를 손질했었잖아."

페는 고개를 갸웃하면서, 개구리를 왼손으로 붙잡더니, 아무런 망설임도 없이 오른손에 들고 있던 굵고 짧은 송곳 같은 기구로 개구리를 위에서 아래로 내리찍었다.

도마 위에 머리가 고정되었는데도 움찔거리며 경련을 일으키는 개구리를 똑바로 보기 힘들어 하면서도 완전히 고개를 돌리지 못한 돌로레스는 얼굴을 찡그렸다.

"미안하지만 난 도시에서 자랐어. 용 고기는 덩어리로 된 것밖에 손질한 적 없고, 생선이나 새우는 익숙하지만, 개구리나 악어는 또 얘기가 달라."

"나도 도시에서 자랐는데?"

작은 부엌칼로 배를 세로로 가르고, 우지직거리는 소리와 함께 개구리의 껍질을 벗기며 반론하는 페를 보고 돌로레스는 어이가 없다는 듯이 한숨을 내쉬었다.

"그러니까 너는 이상하다는 거야. 유서 깊은 왕도의 전 영주 일족의 아가씨가 왜……."

"아앗?!"

하지만 돌로레스의 한숨 섞인 불평은 들을 일이 매우 드문 레테의 비명에 묻히고 말았다.

"레테?"

"페, 저거! 어쩌지? 악어가!"

레테가 가리킨 곳을 볼 필요도 없이 그 말만 듣고도 페는 무슨 일이 벌어졌는지 바로 이해할 수 있었다.

어떻게 탈출했는지는 모르겠지만, 주방의 돌바닥 위를 작은 악어가 어느새인가 찰딱거리면서 돌아다녔다.

"으악!"

"앗, 페! 이건 정말 큰일이야!"

"나도 알아!"

긴급 사태가 일어나자 역시나 페와 돌로레스도 안색이 변했다.

손바닥 크기이기는 하지만 악어는 악어다. 만에 하나라도 왕족 거주 공간으로 들어가면 정말 큰일이다.

세 사람은 창백한 얼굴로 새끼 악어를 쫓았다.

다행히 그 새끼 악어는 육상에서는 별로 민첩한 종이 아닌 듯, 별로 빠르지는 않았지만 문제는 지금이 밤이라는 점이었다.

아궁이의 불빛만으로는 주방 전체가 밝지 못했기 때문에, 그늘에 숨기라도 하면 발견하기가 매우 힘들다.

그리고 사태는 생각할 수 있는 최악의 방향으로 흘렀다.

"앗, 저쪽으로 갔어!"

"뭐~? 저쪽은 복도잖아!"

당연하지만 복도는 불빛이 전혀 없었다.

그렇기 때문에 이대로 같이 뛰쳐나가 봐야 발견할 가능성은 거의 없었다.

"어어어, 어쩌지? 아, 맞다."

잠시 허둥대며 생각하던 레타가 아궁이에서 장작 하나를 빼내, 햇불처럼 들고 복도로 나갔다.

주방 밖의 복도는 특별히 몸을 숨길 장소가 없는 쭉 뻗은 외길이지만, 한밤중에 햇불의 불빛에 의지해 새끼 악어를 찾기는 결코 쉬운 일이 아니었다.

하지만 예상외로 레테가 들고 있는 햇불의 불빛에 비친 것은 작은 새끼 악어가 아니라, 여자의 실루엣이었다.

"흐악?!"

햇불의 불빛에 비친 표정이 풍부하지 못한 소녀의 얼굴을 보고 레테가 비명을 질렀다.

한 손에 새끼 악어를 든 무표정한 소녀. 어두운 곳에서 보기에는 조금 무시무시한 광경이었지만, 조금 침착하게 바라보니 그냥 신입 시녀에 불과했다.

"어, 어라? 루이사?"

"잡았구나! 고마워, 루이사."

"다행이야, 정말 고마워, 루이사. 근데 왜 나왔어?"

선배 시녀들이 우르르 달려와 자신을 둘러싸는데도 루이사는 전혀 동요하지 않았다.

"자기 전에 물을 한 잔 마시려고 주방에 가는 중이었습니다. 그런데 악어가 보이길래 잡았습니다."

루이사는 특별히 우쭐대는 모습도 없이 담담한 어조로 그렇게 말을 한 뒤, 오른손에 들고 있던 새끼 악어를 들어 올려 보여 주었다.

"굉장하다~. 어두워서 보이지도 않는데 어떻게 잡았어?"

"단련을 했으니까요."

"그런 것보다, 그렇게 기분 나쁜 생물을 아무렇지도 않게 맨손으로 잡는 정신력이 더 대단해."

"단련을 했으니까요."

떠들썩하게 이야기를 하면서 시녀들은 주방으로 돌아갔다.

주방으로 돌아간 페는 가장 먼저 물통 안을 확인해 보았다.

"좋아. 이쪽은 괜찮아."

남아 있는 생물 중, 도망갈 가능성이 있는 것은 논장어 정도였지만, 이쪽은 문제없이 물통에서 느릿하게 헤엄치고 있었다.

"아아, 심장이 멈추는 줄 알았어."

"정말, 루이사에게 감사해야 해."

"응, 고마워~, 루이사."

"아니요, 일인걸요."

주방에 돌아온 문제아 3인방은 당연하다는 듯이 작업을 다시 시작했다.

"그럼 또 도망가기 전에 새끼 악어를 손질하자. 루이사, 고마워."

조금 전의 그 일을 반성하며 그렇게 말한 뒤, 새끼 악어를 건네받으려는데, 루이사가 페에게 억양 없는 목소리로 제안했다.

"괜찮으면, 제가 할까요?"

"아, 루이사. 할 수 있겠어? 그럼 부탁할까? 보답으로 루이사도

같이 먹게 해 줄게. 레테의 요리 실력은 후궁에서 바네사 님 다음이
거든."

"감사합니다. 잘 먹겠습니다. 이쪽 도구를 좀 빌리겠습니다."

페와 루이사는 나란히 부엌칼을 사용해 남아 있던 개구리, 악어,
논장어의 손질을 했다.

루이사의 손놀림은 매우 능숙해서 조금도 위태로워 보이지 않
았다.

그 사이에 레테는 아궁이의 불을 조절하고 깊은 냄비에 기름을
넣고, 조미료를 준비했다.

기름을 많이 사용하는 튀김은 일반 가정에서는 좀처럼 만들기 어
려운 고급 요리이지만, 당연히 후궁에서는 아무런 걱정 없이 만들
수 있었다.

왕족의 요리를 만들 때는 기름을 아낌없이 사용했고, 사용하는
기름도 최상의 상태인 고급 기름뿐이었다.

그렇기 때문에, 몇 번인가 음식을 튀길 때 사용한 기름이나 오래
돼서 살짝 맛이 떨어진 기름 등은, 이렇게 젊은 시녀들이 빈 시간에
'요리 공부'를 위해 사용할 수 있도록, 조리 담당 책임자인 바네사가
허락을 해 주었다.

"그럼 나는 이걸 맡을게."

돌로레스가 그렇게 말하며 작은 물고기와 새우의 손질을 시작
했다.

개구리나 논장어, 악어는 될 수 있으면 만지고 싶지 않다는 돌로
레스도 물고기나 새우는 아무런 문제 없이 잘 손질했다. 어디가 다

른가 하면 '익숙함의 정도'라고밖에 할 말이 없었다.

돌로레스는 작은 물고기 중에서도 비교적 큰 것들의 머리와 내장을 제거한 뒤, 작은 새우의 껍질을 제거하는 등, 손질을 했다. 하지만 그보다 작은 물고기나 새우는 손질을 할 수 없었기 때문에 그대로 두었다.

어차피 기름으로 튀길 거라, 잘만 튀기면 뼈나 껍질도 문제없이 먹을 수 있기 때문이었다.

그렇게 준비가 끝나면 그때부터는 레테의 독무대다.

"레테, 다 됐어."

"이쪽도 끝났어~."

"끝났습니다."

돌로레스, 페, 루이사의 말을 들은 레테가 아궁이 앞에 선 채 대답했다.

"고마워. 나머진 내가 할 테니까 식재료는 이쪽으로 가져와~."

"응, 나머진 맡길게."

"맛있게 잘 부탁해."

"하나부터 열까지 다 레테한테 맡겨 두면 미안하니까, 우리는 차라도 준비할까?"

요리를 레테에게 맡겨 둔 돌로레스와 페는 주방의 한쪽 구석에 있는 우물에서 물을 길어 손을 씻으면서 루이사에게 제안했다.

"돌로레스, 차 하나는 잘 끓였지? 아, 루이사. 기왕에 같은 방에 있는 애들도 불러오지?"

"아, 페치고는 좋은 생각인걸?"

"같은 방……, 미레라랑 니르다, 말인가요? 왜죠?"

고개를 갸웃하는 루이사에게 페는 짐짓 선배답게 설명했다.

"같은 방에서 지내는 아이들과 사이좋게 지내기 위해서야. 같은 방의 동료는 같이 생활하고 같이 일하는 사이니까, 이런 기회에 거리를 확 좁혀 놓으면 좋잖아?"

"그렇군요. 확실히 직무를 수행하기 위해, 동료와의 협동 능력을 끌어 올려 놓는 일도 중요할 것 같습니다. 충고해 주셔서 감사합니다."

신입 시녀는 인사를 하더니, 곧장 제안을 실천하기 위해 자신의 방으로 돌아갔다.

◆

그리고 약 30분 후.

다섯 명의 시녀가 주방의 테이블을 둘러싸고 앉았다.

페, 돌로레스, 레테, 루이사, 그리고 니르다까지 다섯 명이었다.

각 사람 앞에는 뜨거운 차가 담겨 수증기가 올라오는 나무 컵이 있었고, 중앙의 접시에는 이제 막 조리가 끝나 김이 올라오는 튀김이 있었다.

"어? 미레라는?"

고개를 갸웃하는 페에게 루이사가 담담한 어조로 말했다.

"네, 미레라는 오늘 피곤해서 그냥 자겠다고 했습니다."

"아, 그렇구나. 벌써 시간이 늦었으니 어쩔 수 없지."

페는 그냥 쉽게 이해해 줬지만, 실상은 그것 때문이 아니었다.

처음에는 참가할 생각이었던 미레라였지만, 야식 메뉴가 뭔지 들은 직후, 갑자기 '하지만 오늘은 너무 늦었으니 그만 잘게'라고 말했다.

좋은 집안 출신 아가씨라, 역시 개구리나 악어는 조금 자극이 강했던 모양이었다.

하지만 그런 미레라의 마음을 눈치채지 못한 루이사와 니르다는 따뜻한 차로 목을 축이고, 이제 막 튀긴 작은 물고기와 새우를 먹기 시작했다.

튀김에는 기본적으로 소금간만을 해 두었기 때문에, 각자 작은 접시에 향신료나 특제 소스를 뿌려 두고 찍어 먹었다.

"음, 맛있네요."

작은 접시에 뿌려 둔 특제 소스를 찍어 악어 고기를 먹어 본 루이사는 웬일로 눈을 살짝 크게 뜨더니, 솔직한 감상을 말해 주었다.

"고마워. 그렇게 말해 주니 정말 기쁜걸?!"

환하게 웃는 레테 옆에서, 페가 본인보다 더 자랑스럽게 가슴을 폈다.

"레테의 요리 실력, 굉장하지? 이 소스는 레테가 직접 만든 거야."

"그런가요?"

"굉장해요, 레테 씨."

페의 말을 듣고 루이사는 조금 전보다 더 크게 눈을 동그랗게 떴고, 니르다는 솔직하게 칭찬을 했다.

자투리 야채와 고기를 다종다양한 향신료와 함께 몇 시간이나 푹 끓여서 만드는 소스는 요리의 맛을 결정하는 가장 중요한 포인트라고들 한다.

실제로 후궁에서도 소스를 만드는 일은 바네사가 거의 전담하고 있었고, 대부분의 젊은 시녀들은 단순 작업만을 도왔다. 레테는 그 유일한 예외였다.

이렇게 빈 시간에 직접 소스를 만들 수 있도록 허락하고, 가끔 맛도 봐 주니, 레테는 사실상 바네사의 제자라고 해도 과언이 아니었다.

원재료를 모르면 매우 맛있게만 느껴지는 튀김을 안주 삼아 젊은 시녀들은 담소를 계속 나눴다.

"두 사람은 어때? 후궁 생활에는 좀 적응됐어?"

돌로레스의 가벼운 질문에 신입 시녀 두 사람은 모두 고개를 끄덕였다.

"네. 다른 분들도 매우 친절하셔서, 아주 즐거워요."

"네. 현재로선 임무에 지장이 있는 장애는 발생하지 않았습니다."

서로 말의 분위기는 많이 달랐지만, 현재의 환경에 니르다도 루이사도 모두 문제없이 적응하고 있는 듯했다.

한편, 미레라처럼 태생이 좋은 아가씨는 맨 처음에 고생을 많이 한다.

대귀족의 아가씨는 다른 사람과 공동으로 생활한다는 것 자체가 처음 겪는 일이기 때문이다.

　모두 후궁 시녀로서 합격한 사람들이기 때문에 이상한 사람은 없지만, 익숙지 않은 사람에게는 다른 사람과 같은 공간에서 자고 일어난다는 것 자체가 큰 스트레스다.

　"이제 슬슬 본격적으로 일을 시작할 텐데, 뭐 불안한 점은 없어?"

　가능한 일이라면 내가 도와줄게. 그렇게 말하며 몸을 앞으로 내미는 페는 '후배에게 멋진 모습을 보이고 싶어서 헛도는 선배'의 전형적인 예다.

　어떤 의미론 가장 의지가 되지 않는, 의지해서는 안 되는 사람이다.

　하지만 니르다는 순진하게도 기쁘게 미소를 짓더니,

　"으으음, 청소라든가 요리는 괜찮을 것 같지만, 예법을 잘 지킬 수 있을까 불안해요."

　라고, 솔직하게 속마음을 털어놓았다.

　페는 예상외의 대답이었던지 난처한 표정을 지었다.

　"예법이라. 음~, 젠지로 님은 굉장히 관대하니까 그런 점은 신경 안 써도 될 것 같은데. 물론 아우라 폐하 앞에서는 조금 신경 쓰는 편이 좋으려나?"

　페가 니르다의 불안을 이해하기는 조금 힘들었다.

　문제아 3인방 중에 가장 문제아라고 할 수 있는 페였지만, 그렇다고 해서 결코 귀족으로서 필요한 예법을 모르는 것은 아니었다.

페는 예법을 다 익혔으면서도, 자신의 욕망을 위해 혼날 수도 있고 아닐 수도 있는 아슬아슬한 수준에서 예법을 어기는 것뿐이었다.

한편, 니르다는 예법을 지키고는 싶지만, 그 예법에 관한 지식이 완전하지 않고, '마을'이라는 다른 세계의 상식이 몸에 붙어 있기 때문에, 때때로 비상식적인 일을 저지를 가능성이 있는 아이였다.

질이 나쁜 쪽은 페지만, 큰 실수를 할 가능성이 있는 사람은 오히려 니르다 쪽이었다.

잘난 척을 했지만 대답이 궁했던 페를 대신해 조언을 해 준 사람은 요령이 좋은 것만으로 따지면 문제아 3인방 중에서도 단연 손꼽히는 돌로레스였다.

"실수를 했을 때 중요한 거라면, 일부러 한 게 아니라고 밝히는 것과 진심이 담긴 사과야. 그 두 가지만 잊어버리지 않으면 젠지로 님은 절대 화를 내지 않으시니 걱정 안 해도 되지 않을까?"

요령이 좋고 약삭빠른 돌로레스는 후궁의 역학 관계를 꽤 정확하게 파악하고 있었다.

본인이 매우 유연한 성격인데다 강력한 권력을 휘두른 적이 지금까지 한 번도 없었기 때문에 눈치채지 못하는 사람도 있었지만, 후궁에서 젠지로의 권한은 한없이 절대적이었다.

아만다 시녀장은 엄격한 상사이고, 여왕 아우라는 젠지로에 비하면 상당히 엄한 주인이었다.

하지만 아만다 시녀장도, 여왕 아우라도, 젠지로가 '너무 심하게 벌하지 말아 줬으면 한다'고 말하면, 끝까지 자신의 주장을 관철할 수 없었다.

결과적으로 젠지로에게 악평만 받지 않으면 원칙적으로 후궁에서 평화롭게 지낼 수 있다는 말이었다.

그런 돌로레스의 설명을 들은 니르다는 난처한 표정을 지으며 머뭇머뭇 말했다.

"저어……, 돌로레스 씨. 저는 실패를 했을 때 어떻게 수습할 수 있는가보다는 어떻게 하면 실수를 안 할 수 있는지를 가르쳐 주셨으면 하는데요."

니르다의 말에, 돌로레스는 허를 찔린 듯 눈을 껌뻑거렸다.

"……그런 생각은 한 적도 없어."

일을 대충 해도 혼나지 않는 방법을 찾거나, 혼날 것 같을 때 최대한 피해를 줄이는 방법을 생각하는 등, 나쁜 의미로 요령이 좋은 돌로레스에게는 '처음부터 실패하지 않기를 바라는' 니르다의 순진한 모습이 조금 눈부시게 보였다.

"아, 응. 그런 거라면 역시 혼나면서 배울 수밖에 없을 것 같아. 이곳 후궁에는 옥타비아 님을 제외하고는 손님도 거의 안 오시고, 조금 전에도 말했지만 젠지로 님은 악의가 없는 실수에는 관대하시니, 실패를 반복하며 배울 수밖에 없어."

"그런가요? 그렇겠죠? 네, 알겠습니다. 힘낼게요!"

독기가 빠진 돌로레스의 말에, 니르다는 두 개의 작은 주먹을 꽉 쥐며 힘차게 고개를 끄덕였다.

그 후에도 시녀들의 대화는 계속되었다.

"그래, 얼마 전에 우리가 한 일은 간이 정비고, 본격적인 정비는 '우기'가 끝난 뒤에 시녀들이 다 모여서 할 거야. 엄청나게 힘드니까 니르다랑 루이사도 지금부터 각오해 두는 게 좋아."

페의 말을 들은 니르다는 몸을 부르르 떨었지만, 루이사는 무표정한 얼굴로 고개만 살짝 끄덕였다.

"히, 힘낼게요."

"일이 힘든 거야 당연한 일입니다. 이미 각오한 바입니다."

"의욕은 높이 사겠지만, 아마 너희들이 상상하는 것보다 훨씬 힘들걸? 너희들의 각오가 꺾이지 않으면 좋을 텐데."

그렇게 말하는 돌로레스의 말투도 어딘가 즐겁게 느껴졌다.

'우기'가 지난 뒤의 본격적인 정비는 모든 시녀가 참가하기 때문에 돌로레스도 빠질 수 없다는 말인데, 그런 것보다 신입 시녀가 헉헉대며 힘들어 하는 모습을 보는 게 더 즐겁다는 말일까.

조금 성격이 나쁜 편일지도 모른다.

"근데 니르다를 비롯해서 신입이 많이 들어왔으니 좀 든든한 걸?!"

한편, 레테는 여전히 느긋한 목소리로 그런 소리를 했다.

하지만 레테의 말투가 조금 무사태평하기는 해도, 하는 말 자체가 틀린 건 아니었다.

"사람이 늘면 그만큼 한 사람이 해야 할 일이 줄어드는 건 사실이야."

"신입들이 정식으로 일을 시작하면, 일이 어떻게 조정될까?"

현재, 기존 인원만으로 로테이션이 돌아간다는 사실을 떠올린 페는 그런 의문을 던졌다.

"음~, 부서마다 인원을 늘리는 걸까요?"

"예비 전력으로서 유격 부대를 편성할지도 모릅니다."

니르다와 루이사가 그렇게 말을 했지만, 당연히 추측에 불과했다.

실제로도 젠지로의 생각은 양쪽 다 아니었다.

젠지로는 인원수가 늘면 시녀들에게 정기적으로 휴가를 주는 게 어떠냐고 아우라에게 제안했다.

물론 휴가라도 후궁 시녀들은 후궁 밖으로 나갈 수는 없었다. 그래도 하루 종일 자기 방에서 자신을 위해 시간을 쓴다면 몸과 마음의 긴장을 푸는 데 도움이 될 거라고 생각했다.

단, 긴급할 때에는 시녀장의 판단으로 휴가를 취소하고 직장으로 불러낼 수 있도록 허가를 했기 때문에, 루이사의 '예비 전력'이라는 생각도 꼭 틀렸다고 하기는 어려웠다.

어쨌든, 그런 '정기 휴가'라는 새로운 개념이 후궁 전체에 퍼지려면 조금 더 기다려야 했다.

"앗, 이젠 정말 시간이 많이 늦었어. 이제 슬슬 치우자."

돌로레스가 그렇게 말하자, 모두 대화를 중단하고 자리에서 일어섰다.

"응, 알았어. 나는 아궁이의 불을 끌게."

"좋아. 그럼 나는 물통을 정리할게."

"나는 테이블을 닦을 테니까, 니르다와 루이사는 그릇을 씻고 정리 좀 해 주겠어?"

자연스럽게 돌로레스는 가장 편한 테이블 닦기를 맡으면서, 설거지를 후배 두 사람에게 떠넘겼다.

"네, 알겠습니다."

"지금부터 임무를 시작하겠습니다."

　그런 돌로레스의 마음을 모르는 신입 시녀 두 사람은 순순히 식기를 들고 취사장으로 걸어갔다.

이상적인 기둥서방 생활 ❽

초판 1쇄 발행   2016년 12월 31일
초판 2쇄 발행   2017년 2월 28일

저자 와타나베 츠네히코

발행인 원종우
발행처 (주)이미지프레임

주소 (13814) 경기도 과천시 뒷골1로 6, 3층
영업부 02-3667-2653   **편집부** 02-3667-2654   **팩스** 02-3667-2655
메일 edit01@imageframe.kr   **웹** vnovel.blog.me

ISBN 978-89-6052-963-2 02830   **(세트)** 978-89-6052-269-5

RISOU NO HIMOSEIKATSU 8 © Tsunehiko Watanabe 2016
All rights reserved
Original Japanese edition published by SHUFUNOTOMO CO., LTD
Korean translation rights arranged with SHUFUNOTOMO CO., LTD
through OrangeAgency Co., Seoul.
Korean translation rights © 2016 by Imageframe. Co., Ltd

이 책과 수록 내용의 한국 내 저작권은 오렌지 에이전시를 통한 '슈후노토모'사와 독점 계약으로 (주)이미지프레
임이 소유합니다. 저작권법에 의하여 한국 내에서 보호를 받는 저작물이므로 무단전재와 무단복제를 금합니다.